불꽃과 재 속의 작은 불씨

불꽃과 재 속의 작은 불씨

이소현 지음

상

좋은땅

달리는 기차 안에서 바라본 풍경은 하염없이 뒤로 밀려 나간다. 무엇이든 지나
간 것은 돌아오지 않는 법이니까. 떠나간 시간과 작별하는 것은 언제나 어렵다.
그래서 순간순간을 잡아 둔다. 언제든 그 추억을 떠올릴 수 있도록 말이다.

목차

———·ı·—✦—·ı·———

1부

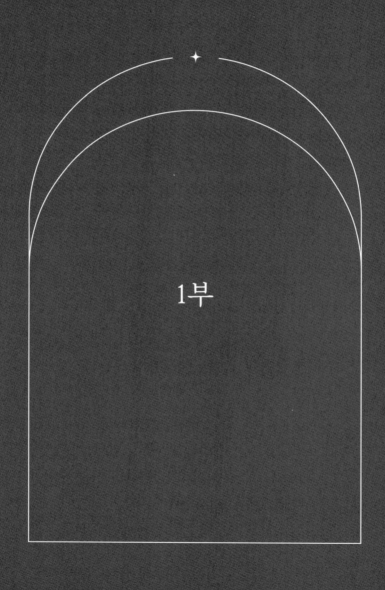

1부

[1월]

부피가 큰 겨울옷을 바퀴 달린 여행 가방에 꾸역꾸역 집어넣느라 어젯밤 엄마, 아빠와 정말이지 용을 썼다. 1월 7일, 드디어 떠나는 날이다. 나는 미국에서 교환학생으로 1년 정도 머물게 된다. 큰 캐리어 2개를 하나씩 짊어진 엄마와 아빠는 나를 공항에 데려다주기 위해 아침부터 분주했다. 고속도로로 진입하는 순간 큰 장의차가 보이자 엄마가 기쁜 목소리로 말했다.

"지현아, 오늘 안전하게 잘 도착할 건가 보다. 이렇게 장의차가 딱 나타나 주고!"

"장의차와 무슨 관련이야?" 앞에 신호를 받고 서 있는 장의차를 바라보며 물었다.

"운이 좋을 징조이지. 배곯던 시절, 일반 잔칫집과 다르게 초상집은 친인척 가리지 않고 대접하는 게 상례거든. 어디서든 상여 행차를 보면 배고픈 이들은 전부 따라갔지. 망자의 대접을 받을 수 있는 재수 좋은 날이니까." 약간은 격양된 어조였다. 엄마는 오늘만의 운을 논하였지만 나는 미국 생활 내내 그 운이 항상 따라 주길 바라며 뒷좌석에서 길디긴 장의차가 지나간 자리를 한참이나 바라보았다. 망자의 대접을 받는 재수 좋은 날이라….

나리타와 달라스를 경유해 도착한 곳은 '테네시주'의 '멤피스'라는 작은 공항이었다. 보안 검색장을 통과한 후 내 차례를 기다렸다. 입국 심사를 할 때 괜히 입국이 거부되어 한국으로 돌아가면 어쩌나 걱정도 했지만 긴장했던 것이 무색할 만큼 금방 끝이 나 버렸다. 모든 것이 낯설기만 했던 첫 장거리 비행이었다.

내가 향한 곳은 아칸소(Arkansas)라는 곳으로 미국을 대표하는 주는 아니었다. 옥수수밭만 광활하게 펼쳐진 시골이다 보니 비행기를 여러 번 갈아타야 하는 수고스러움을 견뎌야 했지만 그저 멀리 떠나올 수 있다는 사실만으로도 가슴 벅차고 설렜다. 나를 전혀 모르는 곳에서 새로이 시작하는 것은 긴장 가득할 일이겠지만 설레는 마음이 압도적이었다. 깨끗한 하얀 도화지에 내가 원하는 것으로만 채워 나갈 수 있으니 말이다. 그런데 긴 여정 내내 말동무 없이 철저히 혼자인 사실이 곤혹스러웠다. 누군가와 함께 동행했다면 좀 더 견딜 만했을까? 내게 이런 감정은 생소했다. 그저 하얀 캔버스에 알록달록한 물감들로 나의 감정들을 홀로 풀어내고 있으면 내 마음은 이상하리만치 무언가로 차올랐다. 그것만큼 내가 가장 좋아하는 일도 없었으니까. 그래서 혼자인 것도 나쁘지 않았다. 사람들 앞에서 굳이 서툰 감정을 드러내지 않아도 되었고 무엇보다 사람들과 시간을 보낼 때면 좀처럼 그런 생각이 떨쳐

지지 않았다. '내가 제대로 겉돌고 있구나. 내가 외계인이든지 저들이 외계인이든지 둘 중 하나겠지. 이 세상에 나와 비슷한 사람이 있기는 할까? 혹시 이 머나먼 이국 땅에서 만나게 될까?' 나 또한 단짝인 친구가 있었으면 했다. 매번 기대한 만큼 실망도 컸지만 희망의 끈을 놓지 않았다. 그런 희망도 잠시 접어 두고 잠을 청하기 위해 좌석 시트를 뒤로 젖혔다. 아까 간식으로 먹은 피자가 채 소화되지도 않았는데도 앞에 서 있는 승무원은 또 다른 기내식을 준비하느라 분주했다. 이제 끼니마다 챙겨 주는 식사는 단연코 반가울 수 없었다. 더 이상 사육될 수 없기에 한참이나 남은 여정을 위해 잠이나 청해 볼 작정이다.

장시간 비행으로 견디기 힘들 만큼 지루했던 이번 여정은 멤피스 공항에서 미소 짓고 있는 흑인 운전기사 아저씨를 만남으로써 일단락되었다. 튀르기예, 프랑스, 독일 등 다양한 국적을 가진 학생들과 함께 공항을 빠져 나와 아칸소 주립대학교로 향했다. 사실 나와 다르게 몇몇 학생들이 긴 입국 심사로 경유지에서 비행기를 놓치는 바람에 밤 열한 시가 넘는 시간에야 출발할 수 있었다. 학교까지는 차로 한 시간 반 정도 더 달려가야 하는 거리였다. 깜빡거리는 조명 하나 없는 시골이라 그런지 창밖은 캄캄하기만 했다.

출입문이 끽 소리와 함께 활짝 젖혀졌다. 버스에서 내리자마자 눈에 들어온 광경은 싸구려 모텔 앞이었다. 늦은 시간이라 기숙사에 바로 들어갈 수 없어 학교 근처 모텔에서 묵어야 했다. 1층뿐인 모텔은 방문이 큰 도로와 바로 연결되어 있어서 안정감이라고는 전혀 느낄 수 없는 구조였다. 퀴퀴한 냄새가 올라오는 카펫 위에 캐리어를 올려 둔 뒤 라디에이터를 세게 틀었다. 바깥과 실내의 온도 차이가 없다시피 했다. 낡아빠진 모텔이라 외풍이 심하게 들어왔고 이중창문이 아닌 얇디얇은 유리창에는 성에가 잔뜩 끼어 있었다. 여자 혼자 이곳에 묵는다는 사실을 행여나 얼핏이라도 지나다니는 행인의 눈에 띄지 않도록 담배 꽁초에 그을린 자국이 얼룩덜룩하게 있는 커튼을 잘 매만졌다.

이미 새벽 1시가 다 되어 가는 시간이었다. 우리는 아침 7시까지 학교에 집합해야 했다. 혹여나 지각할까 하는 마음에 잠이 쉬이 들지 않았다. 아니면 종잇장처럼 얇은 저 유리창으로 아까 비행 중에 보았던 영화 속 연쇄살인범이라도 들이닥칠까 하는 괜한 두려움이 마음을 어지럽혀 놓은 까닭인지 눈이 말똥말똥 떠질 뿐이었다. 그럼에도 온기 하나 없는 침대 속으로 들어가 울퉁불퉁한 베개에 머리를 대고 누웠다. 뜬 눈으로 밤을 지새울지라도 내일 일정을 위해 잠을 청해 볼 수밖에.

Ÿ Ÿ Ÿ

아직 개강하려면 일주일이나 남았다. 그럼에도 우리가 일찍 학교를 찾아온 이유는 교환학생들을 위한 오리엔테이션에 참석하기 위해서였다. 오전 9시에 시작할 오리엔테이션은 학생회관 2층 대강당 홀에서 진행되었다. 문 앞 복도에는 우리가 간단하게 먹을 수 있도록 화과자와 감자칩, 각종 음료가 준비되어 있었다. 아침부터 아무것도 먹지 않아 배가 고팠지만 목이 더 말랐다. 300ml 생수를 따서 단숨에 들이킨 뒤 화과자 몇 개를 집어 입에 털어 넣었다. 좀 살 것 같았다. 오리엔테이션에서 처음 만난 한국 학생들은 인사를 나누기 바빴다. 물론 국적이 다른 친구들과도 인사를 나누었지만 듣는 족족 반대쪽 귀로 흩어져 나갔다. 오랜 비행 때문인지, 시차 때문인지 어느 누구와의 대화에서도 집중하기 힘들었다. 생수 한 병과 화과자 몇 개로 돌아올 정신이 아니었나 보다. 몽롱할 뿐이었다. 하지만 미소를 띠는 일과 적당히 고개를 끄덕이는 일은 잃지 않았다. 갑자기 잠깐 스쳐 지나가는 한국어가 귓속으로 빨려 들어왔다. 어떤 여학생이 시간표를 어떻게 짤 것인지 먼저 말을 걸어왔다. 사실 나는 한국에서 정한 시간표를 바꿀 마음이 없었다. 이대로 국제 관리 담당자의 확인 도장만 받으면 되는 상황이었다.

"난 어떤 수업 들을지 다 정하고 왔어." 내 의도와 달리 단호한 말투처럼 들린 것 같아 재빠르게 사람 좋은 미소를 지어 보였다.

"그래? 넌 무슨 수업 들어? 전공만 들을 거야?"

보통 학생들은 졸업 학점 때문에 전공 위주로 듣는 편이었다.

"한국에서 경영 전공을 실컷 들은 것만으로도 충분해. 여기서는 좀 다양하게 들어볼 생각이야."

나는 전공만 생각하면 진저리가 났기에 절레절레 고개를 흔들었다.

"경영 전공이구나. 나도 경영 복수전공이야. 어떤 수업 들을 거야?" 그녀는 초록색 레이스 감자칩 봉지를 잡아 뜯었다. 열자마자 시큼한 사워소스와 톡 쏘는 양파 냄새가 올라왔다. 감자칩을 싫어하지 않지만 너무 이른 아침부터 자극적인 냄새가 코를 찌르니 순간 속이 살짝 울렁거렸다.

불꽃과 재 속의 작은 불씨 - 상

"전공보다는 이것저것 들어 볼까 해. 심리학이나 영문학 정도?" 미식거리는 속을 누르려고 침을 꿀꺽 삼키며 답했다.

시간표를 어떻게 짤 것인지, 어떤 시간대에 어떤 수업을 들을 것인지 너도나도 함께 수강하자며 재잘거렸다. 시간표에 신경을 쓰기에는 나의 컨디션이 난조였다. 하지만 아직까지 소화해야 할 일정이 여전히 많아 보였기에 마음을 비우고 잠시나마 쉴 수 있는 곳으로 향했다. 이 홀의 가장 큰 문을 열고 나와 다과 테이블을 지나니 복도 뒤에 있는 창가가 보였다. 내리쬐는 햇살을 그대로 받아냈다. 한 번씩은 이런 햇살을 피하기보다 모두 받아 내고 싶은 충동에 이끌린다. 시간이 멈춘 듯 아무것도 들리지 않았다. 시간과 공간이 분리되면 이런 느낌일까? 신비하면서도 오묘했다. 오래 지속되길 바라지만 보통 이런 느낌은 오래 가지 않았다. 햇빛을 무방비로 쬐고 있으면 기미에, 주근깨에 피부가 남아 나지 않는다는 엄마의 잔소리가 내 귓전을 때리기 때문이었다. 이 머나먼 타국에서까지 엄마의 잔소리는 멈추지 않다니. 가만히 엄마를 그려 내고 있으니 내 입가에 엷은 미소가 번졌다. 그녀의 목소리가 점점 옅어지더니 엄마의 모습도 이내 사라져 갔다. 햇살을 받아 내며 느낀 것은 1월치고는 한국보다 날씨가 꽤나 따뜻하고 햇살이 강하다는 것이다. 이곳은 내게 어떻게 기억될까? 저 햇살처럼 따뜻하지만 강렬하게 이곳에 지낼 수 있기를 혼자 속으로 바라보았다.

보건실에서 피검사, 신체검사가 차차 끝나니 지하 1층으로 내려가 학생증을 만들어 주었다. 아무런 준비도 되지 않은 상태에서 찰칵 사진이 찍혔고, 그 사진을 그대로 학생증에다가 박아 주었다. 사진을 찍는다고 미리 알려 주었다면 내 몰골이 이렇게까지 처참해 보이지는 않았을 텐데 굉장히 침울한 표정이었다. 흡사 죄수가 죄수 번호판을 들고 찍은 사진과 비교해 보아도 크게 다르지 않을 것 같았다. 학생증이 있어야 학교에서 제공하는 모든 시설을 이용할 수 있었다. 잃어버리게 되면 다시 발급받을 동안 이용에 많은 차질이 생길 것이라고 안내받았으니 죄수증 같은 학생증일지라도 사수할 생각이다. 그런 골칫거리를 내게 안겨 주지 말자고 되뇌었다. 절대적으로 귀찮은 일을 만들고 싶지 않았다. 기숙사 배정을 끝으로 오리엔테이션이 끝이 났다.

캐리어 2개를 질질 끌며 배정받은 방으로 향했다. 기숙사는 학년별, 구조별로 나뉘어 4종류가 있었다. 케인즈(Kays)홀은 1, 2학년들이 배정받았고 2인실이었다. 샤워실이 방 안에 없어 공용 샤워장을 이용해야 했다. North Park Quad(NPQ)는 1~5동까지, Red Wolf Den(RWD)는 1~3동까지 있었으며 3, 4학년이 배정받았다. NPQ와 RWD는 1인실이며 케인즈홀과 달리 4명이서 공유하는 거실과 2명이서 공유하는 샤워실이 딸려 있었다.

대학원생이 사용하는 곳은 '더 빌리지 하우스(The village house)'로 빌라 형태였다. NPQ나 RWD보다 더 넓었으며 유일하게 부엌이 있다는 게 큰 장점이었다. 하지만 학교 주요 건물과 떨어져 있어 차가 없다면 굉장히 불편한 곳이었다. 나는 3학년 2학기로 이곳에 왔기에 NPQ 1동 2층에 배정받았다. 땅덩어리 하나 아주 크다는 걸 자부하듯 기숙사가 넓게 퍼져 있었고 대부분의 기숙사 건물들이 3층이면 끝이었다. NPQ도 3층이 제일 높은 층이었다.

같은 방 번호를 공유하고 있는 룸메이트가 3명이나 더 있었지만 방을 온전히 나 혼자 누릴 수 있다는 사실만으로도 만족스러웠다. 특히 학생회관과의 거리가 가장 중요했는데 1동은 그 어느 동보다 가까웠다. 카페테리아가 학생회관 1층에 위치해 있고 셔틀버스도 학생회관 바로 옆 건물인 Education Leadership에서 출발하기 때문이었다. 걸어서는 15분 정도 소요되는 거리였다.

학생증을 카드키 입력부에다 들이미니 출입문이 달칵 열렸다. 로비까지는 들어올 수 있었지만 호실 앞에 선 순간부터 망연자실했다. 내 방에 들어가기까지 열쇠가 두 개나 더 필요했다. 그렇지 않아도 아침부터 혼이 다 빠진 상태로 버티고 있던 터였다. 체력은 방전이었고 더 이상 서 있기조차 버거웠다. 어쩔 수 없어 캐리어를 다시 끌고 1층 로비로 향했다. 로비에는 'ㄷ'자 모양의 버건디색 소파가 펼쳐져 있었고 사람 한 명 없었다. 햇빛에 색깔이 바랜 귀퉁이 쪽으로 달려가 그대로 몸을 던졌다. 한참을 그렇게 멍한 시간을 보내고 있으니 어떤 흑인 남학생 대여섯 명 무리가 들어오는 것이 보였다. 나도 모르게 본능적으로 그들의 눈을 피해 다른 곳을 응시했다. 그 무리 중 한 명이 무슨 문제가 있냐며 먼저 말을 건네기 전까지 말이다. 덕분에 '다른 곳 응시하기'는 그만두어야 했다. 체격이 우람한 그는 자신이 도와주겠다며 굉장히 적극적이었는데 여기서 잠깐 기다리라는 말과 함께 성큼성큼 계단 쪽으로 걸어 올라가더니 이내 사라졌다. 사실 멍을 때리면서 누군가 어떤 조치라도 취해 주기를 살짝 바라긴 했어도 방금 이 상황은 너무나 예상치 못한 일이었다. 요청하지 않았음에도 낯선 사람이 먼저 도움의 손길을 건네는 것에 당혹스러웠다. 그때 카톡이 울렸다. 로비에서는 와이파이가 되었던 모양이다. 한국 교환학생들과 카카오톡 아이디를 한국에서 미리 교환한 덕분에 단체 채팅방에서 공유하는 정보를 쉽게 얻을 수 있었다. 커먼스 빌딩이라고 세탁실과 조리 시설이 갖추어진 건물에서 각 동의 동장이 학생증을 보여 주면 열쇠를 준다는 것이었다. 처음부터 그 흑인 학생을 기다릴 생각이 없었기에 로비를 급히 빠져나왔다. 마침 아까 오리엔테이션에서 보았던 얼굴이 낯익은 한국인 친구가 열쇠를 막 받아 오고 있었다. 같은 1동이라 그녀 방에 짐을 잠깐 맡겨 둔 뒤 서둘러 나갔다.

지금 몇십 분째 방문 앞에서 낑낑거리고 있는지 모르겠다. 이 망할 열쇠는 너무 뻑뻑했다. 손이 벌겋게 달아오를 때까지 돌려 보아도 꼭 맞지 않는 열쇠를 들고 온 것만 같았다. 마치 내가 거부당하는 것처럼 느껴져 울컥하기까지 했다. 오랜 씨름 끝에 문이 '딸각' 하고 열렸다. 벌게진 이 손처럼 무조건 해낸다는 마음으로 뭐든 노력하리라. 나는 괜히 열쇠를 한 번 더 부여 잡아 보았다.

들어서자마자 제일 먼저 큰 창이 나를 반겨 주었다. 창문 밖 풍경을 실컷 구경하고 싶지만 지금은 그럴 때가 아니었다. NPQ 기숙사를 찾느라 헤매기도 했고 열쇠도 늦게 받아 왔기에 시간이 많이 지체되어 있었다. 무조건 월마트에 가야 했다. 나는 학교에서 운영하는 셔틀버스에 탑승하기 위해 짐을 아무렇게나 밀어 넣은 뒤 아까 오리엔테이션이 진행되었던 학생회관 옆에 위치한 Education Leadership 건물 앞으로 빠르게 걸어갔다. 셔틀버스 기사 아저씨는 어제 공항에서 우리를 맞이

　　　　　　　　　　　　불꽃과 재 속의 작은 불씨 - 상

해 주었던 분이었다. 늦은 밤, 멤피스 공항에서 타고 온 버스도 이 스쿨 버스였던 것이다. 기사 아저씨는 오늘도 인자한 미소로 인사를 건네주었다. 어제 한 번 본 것도 구면이라 그런지 괜히 더 반가웠다.

Ÿ Ÿ Ÿ

'꼭 이불을 사야만 해.' 오늘 사지 않으면 당장 오늘밤부터 낭패였다. 나는 짐을 바리바리 챙겨 오지 않았다. 달랑 캐리어 2개로 간편해서 좋았지만 지금은 당장 사야 할 생필품이 한두 가지가 아니었다. 떠나기 며칠 전 캐리어에 이것저것 담고 있으니 등 뒤에서 엄마는 한마디 던졌다.

"거기도 사람 사는 데야. 촌스럽게 뭘 다 챙겨 가?" 촌스러운 사람이 되기 싫었던 나는 풀었던 짐을 다시 내려놓았다. 옷, 노트북, 책, 화장품 등 당장 필요한 것들만 넣었다. 사실 화장품도 다 떨어져 가는 것뿐이었다. 덕분에 사야 할 것들이 넘쳐났다. 거기다 드라이기, 커피포트, 조명 등 골라야 할 전기제품도 한가득이라서 어떤 것으로 골라야 할지 고민에 빠졌다. 그저 취향대로 사면 될 일이라 생각했지만 종류가 너무 많아 물음표만 뒤따랐다. 오래 쓸 것이 아니라 내가 있는 동안 고장만 나지 않으면 될 일이니 무조건 싼 것으로 고르려 했으나 싼 게 비지떡이라고 혹시나 중간에 고장이 나서 불필요한 지출이 늘어나면 어쩌나 하는 생각으로 이어졌다. 고민할수록 시간만 지체될 뿐이니 결국 많이 팔린 제품을 집어 들었다. 나름 신중히 고른 결과라 생각했다.

파란색 앞치마를 두르고 있는 캐셔가 바코드를 찍은 물건들을 내 쪽으로 전해 주면 봉지에 얼른 담아 넣었다. 셔틀버스를 놓칠까 봐 마음이 조급했다. 이 낯선 땅덩어리에서 미아가 될 수 없었다. 다행히도 서두른 덕분에 셔틀버스가 오기를 도리어 기다려야 했지만 오히려 이편이 나았다.

아까 오리엔테이션 때 시간표를 물어봐 주었던 친구와 버스를 기다렸다. 긴 생머리에 앞머리가 있는 이 친구의 이름은 나영이었다. 큰 덩치에 웃음소리가 특이했다. 나이는 같았지만 학년은 2학년이라 케인즈홀로 배정받았다고 했다. 버스를 기다리는 내내 진행하고 있는 학교 프로그램 중 어떤 것이 있는지 이야기를 나누었다.

기숙사로 향하던 버스 안에서는 나는 도저히 이야기를 이어 나갈 수 없었다. 졸음이 미친듯이 쏟아졌다. 쌓여 가는 피로는 나의 이성을 점점 마비시켰다. 웃을 때 사용되는 얼굴의 근육들도 문을 닫은 지 이미 오래였다. 기숙사에 들어가 그대로 기절하고 싶은 마음뿐이었다. 버스에 내려 나영이와 짧게 인사를 나눈 뒤 바람이 들어가지 않게 옷깃을 단단히 여며 쥔 채 걸어갔다. 아직 겨울인지라 밤은 확실히 추웠다. 한 보따리 가득 안고 1층 로비로 재빠르게 들어오니 히터에서 따뜻한 바람이 강하게 새어 나왔다. 로비에 달려 있는 노란 조명은 아늑함을 최대치로 올려 주려는 듯했다. 그래, 이만하면 나쁘지 않았다.

코가 시렸다. 이 겨울에 히터가 고장 난 줄 알았지만 히터가 돌아가는 소리는 들려왔다. 침대 속을 아무리 파고 들어도 몸은 점점 차가워졌다. 가까이 다가가 보니 히터기에서 망할 찬바람만 나오고 있었다. 거실로 나가 벽에 붙어 있는 조절계를 이리저리 만져 보니 히터기에 고장 난 게 아니었다. 누군가 온도를 낮춘 것이었다. 서양인들은 겨울에도 열이 많은 것일까? 추위를 많이 타는 나로서는 앞으로 걱정이었다. 휴대폰을 확인해 보니 아침 5시였다. 이왕 일어난 김에 샤워 용품을 챙겨 샤워실로 향했다. 따뜻한 물로 샤워를 하면 좀 나아지겠지. 그 순간 흠칫 놀라 나자빠질 뻔했다. 세면대에 지저분하게 널브러져 있는 가발 때문이었다. 어제 잠깐 마주쳤던 옆방 룸메의 것이 틀림없었다. 나보다 키가 작았으며 긴 생머리를 가진 흑인이었다. 이제 와서 보니 그 긴 생머리는 가발이었던 모양이었다. 가발 종류도 몇 가지나 되는지 여러 버전의 가발들이 보였다. 흑인의 경우 곱슬이 많아서 가발을 착용한다더니 앞으로 자주 마주칠 것이다. 아직까지는 납량특집물이 따로 없지만 아무튼 한 학기 동안 저 친구와 세면대와 샤워실을 공유해야 하니 적응해야 했다.

세면대를 거쳐 욕실로 들어가니 욕실 선반에도 그녀의 개인 용품들로 가득했다. 함께 이용하는 샤워실이라 선반을 깨끗하게 비워야 함에도 그녀는 본인의 흔적을 고스란히 남겨 두었다. 남의 것에 손을 대어 치우는 게 오히려 오해를 살 것 같아 그대로 두었다. 물이 많이 튀겠지만 신경 쓰지 않으려 했다. 처음에는 새하얬을 얼룩덜룩한 샤워 커튼을 치고 샤워 꼭지를 빨간색이 표시되어 있는 쪽으로 끝까지 돌려 틀었다. 한동안 뜨거운 물을 받아 내고 있으니 살 것 같았다. 뼛속까지 서려 있던 한기가 점점 빠져 나가고 뜨거운 열기로 내 안을 가득 채워 나갔다.

옷걸이에 옷들을 걸고 서랍에 물건들을 채우며 어제 정리 못한 짐들을 정리해 나갔다. 얼추 정리가 끝났음에도 이제 겨우 8시가 넘는 시각이었다. 생각보다 시간이 더디게 흘렀다. 배가 고파 어제 사 온 바나나 하나를 깠다. 학교 카페테리아는 개강일에 맞추어 운영할 예정이었다. 그때까지 알아서 끼니를 해결해야 했지만 학교 근처에는 서브웨이와 맥도날드 그리고 멕시칸 식당뿐이었다. 어제 오전 오리엔테이션이 끝나고 한국 학생들과 점심으로 먹은 치미창가는 최악이었다. 이 주변에 있는 다른 식당조차 시도하고 싶지 않을 정도였다. 낯선 곳이라 모든 신경이 예민해진 것일까? 먹으면 먹을수록 입맛을 잃어 갈 뿐이었다. 이 나라 음식에도 적응할 시간이 필요한 것인지 원치 않은 다이어트를 강행하게 될지도 모른다는 생각이 들었다.

오늘은 시간표를 확인하는 날이었다. 도서관 건물 지하 1층에 있는 행정관에서 10시에 상담이 예약되어 있었다. 학생들이 한 번에 몰리는 것을 방지하기 위한 조치였다. 이곳 학부생들은 스스로 시간표를 수정하고 관리할 수 있지만 우리 같은 교환학생은 국제 관리 담당자를 통해서만 시간표를 수정할 수 있었다. 이곳에서의 알찬 학교생활을 위해 어떤 수업들을 들어야 할지 한국에서부터 심사숙고해 온 나였다. 노트북을 켠 뒤 시간표에 오류가 없는지 다시 한번 더 살펴보았다. 기대하던 심리학개론 수업도 알맞게 잘 들어가 있었다.

경영학과에 흥미가 없음에도 취업이 잘될 것이라는 부모님의 막연한 기대 때문에 경영학과에 들어가게 되었다. 다른 방법이 없어 경영학 전공임에도 타 전공의 수업을 열심히 들어왔다. 내 주위 친구들은 타 학과 전공을 쉽게 시도하지 않았다. 학점 관리의 문제가 첫 번째로 발목을 잡았고, 아는 사람 한 명 없는 타관 강의실에서 혼자 수업을 들어야 하는 불편함이 두 번째로 발목을 잡았다. 하지만 나는 어쩔 수 없었다. 어떤 과목이 나와 잘 어울리는지 알고 싶었다.

나는 책상 멀리 위에 놓여 있는 액자를 가까이 당겨 왔다. 엄마, 아빠가 나를 보며 환하게 웃고 있었다. 애초에 내 존재의 근원인 엄마, 아빠의 말을 거역할 생각은 없었다. 단지 삶에 대한 호기심과 재미를 놓고 싶지 않을 뿐이었다. 이마저도 없다면 삶이라는 것은 금세 무의미해질 테니 말이다. 그래서 무리인 걸 알면서도 미국에 오겠다는 뜻을 굽히지 않았다. 요즘은 너도나도 어학연수를 다녀오니 부모님을 설득하는 데 큰 어려움은 없었다. 한국으로 돌아가 좋은 데 취업해서 부모님을 실망시키지 않으면 될 일이었다.

내가 심리학에 관심을 보이는 이유는 어떤 장면을 볼 때면 당장 그 자리에서 나의 모호한 감정을 하얀 캔버스에 마구 쏟아 내고 싶을 때가 있다. 말로 설명할 수 없는 이런 감정들이 왜 일어나는지 이론적으로 알고 싶었지만 우리 학교는 심리 학과가 없었다. 그래서 아칸소 주립대학교에서 심리학 수업을 수강하리라 한국에서부터 벼르고 온 터였다.

오티 때 받았던 파일에서 예약증를 챙겨 들었다. 비가 곧 쏟아질 것처럼 먹구름이 잔뜩 끼어 있는 날씨였다. 어둑한 날씨를 보니 밤 산책을 했던 열여덟 살의 기억이 불쑥 떠올랐다.

이따금 엄마와 동네 뒷산에 밤 산책을 강행하는 편이었는데 그날따라 뒷산에 퍼지는 산 내음이 짙었다. 도심 속에서 산 냄새가 이토록 진하게 나려면 비 온 뒤나 가능할 일이었지만 이날은 비 한 방울 내리지 않은 날이었다. 아니나 다를까 정상에 다다르자 빗방울이 한두 방울씩 떨어졌다. 엄마와 나는 발걸음을 재촉해 곧바로 내려오기 시작했지만 뛰다시피 했던 발걸음은 점점 느려져 갔다. 뛰어가든 걸어가든 어차피 다 젖을 일이었기에 비를 한껏 받아 내는 일을 애써 피하지 않았다. 나중에는 오히려 더 많은 비가 내려 주기를 바라고 있었다. 내 안에 카타르시스 같은 어떤 것이 스멀스멀 올라오는 기분이었다. 나는 감정을 잘 숨기는 편이었다. 나를 불쌍히 여기는 것이 죽기보다 싫어서 상처한 번 받지 않은 사람처럼 굴었다. 그런데 그것이 나를 힘들게 했던 것일까? 시야가 자꾸만 흐려졌다. 두 뺨에 눈물이 흘러내렸지만 세찬 비덕분에 엄마는 전혀 알아차리지 못했다. 이 눈물에 대해 설명하지 않아도 되어 참 다행이었다. 그날은 그럴싸한 이유를 만들어 내어 나를 속이고 싶지 않았다. 그 이후로 비를 맞을 때면 무겁게 짓눌렀던 어깨가 깃털처럼 가벼워지는 기분이다. 나는 비가 올 때면 그때처럼 빗속으로 뛰어들고 싶어진다. 나를 속박하고 있는 모든 굴레로부터 벗어나고 싶으니까.

Ÿ Ÿ Ÿ

  개강 전이라 길거리에는 사람 한 명 없었다. 휑한 거리 때문인지 겨울바람이 더 시리게 느껴졌다. 건물 안으로 들어가 목 틈새로 찬 기운이 들어가지 않게 여며 쥐었던 옷깃을 느슨하게 풀었다. 가슴팍 깊이 턱을 파묻는 바람에 뒷골이 뻐근할 지경이라 목을 동그랗게 원형으로 돌려냈다. 복도 쪽에서 체구가 거대한 남자가 내 쪽으로 천천히 걸어오고 있었는데 가까이서 보니 이목구비가 두툼한 살에 파묻혀 있었고 학교 로고가 적힌 후드티를 입고 입었다. 그런데 나와 눈이 마주치자 인사를 건네는 것이 아닌가! 생각지 못한 이 상황에 나는 모기만 한 목소리로 겨우 받아칠 뿐이었다. 심지어 용기를 내려고 두 손까지 꽉 쥐었다. 서로 알지 못하더라도 가벼운 인사 정도는 건네는 것이 미국 문화라는 것을 실감한 순간이었다. 방금 나의 태도가 부끄럼쟁이로 비쳤을 것이라 생각하니 괜히 화가 났다. 나는 결코 부끄러움쟁이가 아니다. 좀 멋들어진 인사를 했으면 좋았을 텐데. 수줍은 인사를 만회라도 하듯 유리문을 활짝 열고 당당하게 들어가려 했으나 이미 안에는 사람들로 빼곡히 가득 차 있었다. 문을 여는 것조차 주의해야 하는 상황이라 조심스레 손잡이를 잡아당겼다. 안에는 다양한 국적을 가진 학생들로 가득 차 있었고 9시 예약된 사람일 것이다. 한 학생은 요구 사항이 많은지 끝날 기색이 보이지 않았다. 앉을 자리도 없는 이곳에서 얼마나 기다려야 할지 가늠조차 되지 않았다. 의심의 여지없이 제일 늦게 합류한 사람인 나는 제일 오래 기다려야 할 것이다. 마침 어제 캐리어를 맡겨 주었던 한국인 친구가 사무실 안쪽 소파에 앉아 있는 것이 보였다. 혼자 멀뚱히 기다리는 것보다는 그 친구와 대화를 나누는 편이 나을 것 같았다.

"어제는 고마웠어요."

어제도 고맙다는 인사를 했지만 말을 붙이기 위해 다시 한번 더 고맙다는 인사를 전하며 그녀 옆에 앉아 있는 다른 친구한테도 인사를 건넸다.

"천만에요! 여기 사람이 너무 많죠. 이쪽에 앉으시겠어요?"

자리가 상당히 좁아 보여 서 있는 편이 나을 것 같았지만 그 친구의 호의를 처음부터 거절하고 싶지 않았다. 엉거주춤 엉덩이를 밀어붙이며 미소 띤 얼굴로 물었다.

"어떤 수업을 들을지 정했어요?" 이 공간에서 물어볼 만한 것이 시간표 말고는 딱히 떠오르는 것이 없었다.

"대충 정하긴 했지만 웬만하면 전공 위주로 들으려고요. 제때 졸업하려면 미리 들어 두는 게 편할 것 같아서요." 그녀는 앞머리 없는 밝은 갈색의 긴 머리를 귀 뒤로 넘기며 물었다.

"그런데 몇 살이세요?"

"한국에서는 이제 23살이 되었죠." 내가 멋쩍게 웃으며 답했다.

"저도예요. 우리 나이도 같은데 말 놓자! 내 이름은 민진이야! 너는?" 그녀의 화끈한 친화력에 우리는 순식간에 친구가 되었다. 어안이 벙벙했지만 굳이 내색하지 않았다.

"난 지현이야! 그래! 우리 말 편하게 하자."

민진이 옆에 앉은 '은지'라는 친구도 민진이 덕분에 친구가 되었다. 피부가 하얗고 광대가 보기 좋게 나와 있었다. 그녀는 우리보다 한 살 많았다. 직원이 키보드를 탁탁 치는 소리를 배경 삼으며 대화를 꽤 오래 주고받았지만 기다림은 끝이 나지 않았다. 이곳은 일 처리가 무척이나 느렸다. 한국과 달라도 너무 달랐다. 내가 할 수 있는 것은 오로지 기다림뿐이라는 사실이 더 답답했다.

"요구 조건을 여기다 적어 놓고 가세요. 나중에 담당자 오면 다 반영해 놓을 거예요. 학교 홈페이지에서 확인해 보고 시간표가 그대로면 내일 다시 오세요."

컴퓨터 앞에 앉아 있는 직원이 일어나 우리를 향해 외쳤다. 계속해서 몰려 들어오는 학생들을 그 좁은 공간에 모두 받아 낼 수 없다는 사실을 점심시간이 다 되어서야 인지한 것이다. 고작 시간표 하나 바꾸는 데 하루를 기다려야 한다니! 심지어 담당자라고 생각했던 저 직원은 담당자도 아니라는 사실에 다시 한번 더 경악하지 않을 수 없었다. 이곳에서 적응하려면 느긋한 태도는 필수인 듯했지만 내게 잘 장착이 될지는 의문이었다.

시간이 꽤 지나 우리 셋은 자연스럽게 점심을 함께 먹기로 했다. 이번 끼니를 어떻게 해결할지 민진이와 은지 언니도 머리가 꽤나 아픈 듯했다. 근처에 마땅한 곳이 없었다. 계단을 오르자 나영이와 그제 멤피스 공항에 도착해 제일 먼저 통성명을 했던 명기 오빠가 내려오고 있었다. 명기 오빠 옆에는 윤재라는 사람도 함께 있었다. 얼떨결에 여섯 명 모두 다 함께 점심을 해결하기 위해 거리로 나왔다.

"맥도날드는 빼자. 어제 저녁에 갔는데 돈 아까웠어." 명기 오빠는 한국의 양상추와 소스가 잔뜩 들어간 햄버거를 상상하지 말라며 빵과 패티, 치즈가 전부인 햄버거는 삼키기조차 힘들었다고 진지하게 말을 이어 가고 있었다. 말을 하면서 미간에 힘을 과하게 주고 있으니 짧은 바가지 앞머리가 빨리 길어 그 주름을 어서 가려 주었으면 좋겠다는 생각이 머릿속을 떠나지 않았다.

결국 우리는 서브웨이로 향했다. 맥도날드와 어제 최악이었던 멕시칸 식당을 제외하고 걸어서 갈 수 있는 식당은 서브웨이뿐이었다. 서브웨이를 가기 위해 횡단보도 앞에 서서 초록불이 바뀌길 한참을 기다려도 빨간불이었다. 우리 모두 고개를 갸우뚱거리며 주변을 두리번거렸지만 고장인지 신호등의 색깔은 바뀔 생각이 없어 보였다.

"이거 누르는 거 아니야?" 윤재 오빠가 신호등에 달린 작은 버튼을 가리켰다.

"눌러 봐." 명기 오빠가 답했다. 누른 지 얼마 되지 않아 신호등의 색이 드디어 바뀌었다. 신호등 시스템도 참 낯설었다. 길 한 번 건너기 쉽지 않은 곳이었다.

들어서자마자 서브웨이 특유의 냄새가 코를 심히 찔렀다. 평상시 나라면 빵 굽는 냄새가 콧속으로 먼저 스며들어 허기진 배를 자극했을 일이지만 오늘따라 톡 쏘는 스위트 어니언 소스 냄새가 역하게 났다. 나를 제외한 다섯 명 모두 주문을 끝내고 쪼르르 자리에 앉았다. 초면이라 길다란 빵을 크게 베어 물지 못하니 흘리는 게 반 이상이었다. 나는 속이 좋지 않아 레몬에이드 하나 시켜 놓고 빨대만 잘근잘근 물어 댔다.

"너도 경영학과지? 경영 수업 어떤 거 들어?" 명기 오빠가 샌드위치 포장지를 접으며 내게 물었다. 빵 사이로 파프리카가 계속 흘러내렸다.

"투자론이랑 경영전략? 전공은 두 개 정도만 들으려고."

"나도 투자론 들을 건데! 같이 들으면 되겠다. 다른 수업은 또 뭐 들어?" 그는 손에 묻은 소스를 냅킨에 대충 닦으며 물었다.

"심리학개론. 우리 학교는 심리학 수업이 없어서 들어 보려고."

"나는 전공 위주로 알아보는 중이라." 명기 오빠가 아쉬운 표정으로 말했다. 그때 맞은편에 앉은 나영이는 나를 보며 눈을 흘겼다.

"레몬에이드만 마셔도 괜찮아? 마른 애들은 다 이유가 있다니까." 약간은 빈정거리는 말투였다.

"한식만 생각나서 말이지." 그녀의 말에 개의치 않고 무심하게 답했다. 이런 류의 시기, 질투는 익숙하다. 사실 배가 고프긴 했지만 생각나는 것은 오직 한국 음식뿐이었다. 마침 윤재 오빠가 제안을 했다. 오늘 저녁부터 다른 교환학생 친구들과 커먼스 빌딩에서 요리를 해 먹을 것이라 했다. 어제 열쇠를 받으러 커먼스 빌딩에 갔을 때 잠깐 보니 조리실에는 냉장고, 가스레인지, 각종 주방 기구들이 갖추어져 있는 모습이 떠올랐다. 윤재 오빠는 원한다면 우리도 함께하자고 했다. 일주일 동안은 요리해 먹는 것이 나쁠 것 없었고 한식을 먹을 수 있는 좋은 기회였다. 이 제안을 마다할 이유가 없어 보였지만 명기 오빠와 나를 제외한 나머지 둘의 반응은 뜨뜻미지근했다. 결국 우리 둘만 동참하기로 했다.

　우리 셋은 월마트에 식재료를 사기 위해 오후 3시에 출발하는 셔틀버스 시간에 맞춰 Education Leadership 건물로 걸어갔다. 윤재 오빠가 미리 와 있는 두 명을 향해 손을 흔들어 보였다. 어제 오티에서 본 적이 없는 얼굴이었다. 윤재 오빠는 내 얼굴에 띤 물음표를 읽었다는 듯 답해 주었다. 비행기 표가 없어 오늘 아침에 도착한 것이라고 설명해 주었다. 명기 오빠는 빠른 걸음으로 그쪽으로 다가가 먼저 인사를 건넸다.

　세상이 이렇게도 좁다니! 승민 오빠였다. 그와는 초면이 아니었다. 이렇게 마주칠 거라고 상상도 못한 일이었다. 아는 척을 해야 할지, 말아야 할지 어느 쪽이 더 나을지 머리를 굴리는데 그가 나를 처음 본 사람으로 대했다. 일단 나도 그를 따라 처음 본 척하며 셔틀버스에 올라탔다. 하회탈처럼 얼굴의 모든 근육을 다 쓰며 환하게 웃는 지원 언니가 정치외교학 전공이라고 자신을 소개하자 버스에서 우리들도 차례대로 본인 소개를 시작했다. 아마 내 인생에서 자기소개를 이렇게나 많이 했던 적은 없을 것이다.

　셔틀버스는 3곳만 정차했다. 메이시스(Macy) 백화점과 각종 매장이 있는 쇼핑몰 센터가 첫 번째 정거장이었으며 백화점에는 유명 브랜드들이 즐비해 있었고 몰에는 미용실, 푸드코트, 카페 등이 한데 모여 있었다. 두 번째는 월마트에서 정차했다. 각종 식재료부터 시작해서 가전제품까지 없는 것이 없었다. 마지막은 '달러트리'라는 곳으로 미국판 다이소인데 1달러 물건들이 즐비했지만 품질이 좋지 않아 사람들이 많이 찾지는 않았다. 그래서인지 기사 아저씨도 간혹 들르지 않기도 했다. 서틀버스는 세 군데만 정차했기 때문에 다운타운에 있는 식당이나 펍에 가려면 스쿨버스로는 무리가 있었다.

오늘 저녁 메뉴는 주물럭이었기에 먼저 쌀과 돼지고기가 있는 코너로 카트를 밀었다. 5kg짜리 쌀 한 팩과 돼지고기 두 팩을 챙겨 든 뒤, 함께 버무릴 야채로 양상추가 잔뜩 들어 있는 샐러드 봉지를 마저 담았다. 소스는 한국에서 가지고 온 고추장으로 해결하기로 했다. 공공재 장 보기를 후다닥 끝내고 각자 본인 쇼핑에 집중했다. 나는 요거트 코너로 넘어갔다. 진열되어 있는 요거트 종류가 어마어마했는데 맛뿐만 아니라 브랜드까지 다양했다. 요거트 하나에도 취향이 다양한 미국에 와 있음을 실감한 순간이었다. 다 맛보고 싶지만 방에는 냉장고가 없으니 당장 내일 아침에 먹을 요량으로 블루베리 맛으로 하나 골라 담았다.

지원 언니와 승민 오빠는 어제 우리가 그랬던 것처럼 이불을 뒤적거리고 있었다. 쇼핑이 오래 걸릴 듯하여 휴대폰을 개통하기 위해 T-Mobile을 찾아 거리로 나왔다. 다행히도 월마트에서 멀지 않았다. 나는 이것저것 추천받았지만 학교 안 웬만한 곳에서는 와이파이가 잘되었기에 제일 저렴한 것으로 선택했다. 유심칩으로 갈아 끼우고 밖으로 나오니 땅거미가 깔리고 있었다. 그럼에도 일행들은 여전히 쇼핑 중이었다. 카트에는 짐이 한 아름 쌓여 가고 있었다. 어제 도착하든, 오늘 도착하든 사야 할 물건은 끝없이 생겨나는 것은 똑같았다. 끝날 기미가 보이지 않자 윤재 오빠가 우리를 불러 모았다.

"시간이 너무 늦었으니까 식재료는 커먼스 빌딩에 있는 냉장고에 보관했다가 내일 오전에 만들어 먹는 거 어때?"

"그럼 오늘 저녁은 어떡하지?" 명기 오빠가 사람이 지나갈 수 있게 카트를 옆으로 당겨 세우며 물었다.

"아까 지나가다 보니까 컵밥 같은 거 종류별로 팔더라고. 오늘은 간단하게 이걸로 해결하자." 지원 언니가 카트에서 컵밥을 꺼내 보여 주었다. 그리하여 우리 모두는 컵밥 코너로 달려가 손에 하나씩 잡아 들었다.

Ÿ Ÿ Ÿ

커먼스 빌딩에 들어가니 명기오빠와 윤재 오빠는 먼저 도착해 전자레인지 앞에서 컵밥이 알맞게 데워지기를 기다리는 중이었다. 곧바로 지원 언니와 승민 오빠가 뒤따라 들어왔다. 윤재 오빠는 상당히 뜨거웠는지 컵밥 끝부분을 잡고는 테이블 위에 던지다시피 놓더니 양손을 두 귀에 한참이나 문질러 댔다.

"이번에 우리 학교에서 온 교환학생들이 많더라! 한 스무 명? 너무 많으니까 누가 누군지도 모르겠어." 윤재 오빠가 일회용 숟가락으로 안의 내용물을 이리저리 휘저으며 말했다.

"아마 이런 식으로 어울리는 무리가 나누어질 것 같은데?" 명기 오빠가 그 옆에 앉으며 대꾸했다.

"이왕 이렇게 된 거 열심히 어울려 보자. 또 우리가 사 온 음식들은 하루 만에 먹고 끝날 양이 아니잖아. 재료비도 N분의 1 해서 같이 계산했으니까 종종 모여서 요리해 먹자." 윤재 오빠는 이 멤버들이 마음에 드는 눈치였다. 그때 마침 어떤 한국인 남자가 들어오더니 김하준이라며 자신을 소개했다. 어제 오티에서 본 얼굴이었는데 이목구비가 굉장히 뚜렷했다.

"여기에서 저녁 드시는 건가요?"

"일주일 동안은 카페테리아를 열지 않으니 말이에요. 빨래하러 오셨나 봐요?" 윤재 오빠가 그가 들고 있는 빨래 바구니를 보며 물었다.

"네. 빨래가 많아서요. 다같이 한번 모여야 될 텐데 서로 누가 누군지도 잘 모르니 말이에요."

"그러게요! 자리 한번 만들어 보죠." 승민 오빠는 물고 있던 일회용 숟가락을 급히 빼며 맞장구쳤다.

한국인 친구가 많으면 의지는 될 수 있겠으나 다른 한편으로는 걱정이 되었다. 그들은 한국인이었다. 내가 미국으로 온 이유는 영어로 말할 기회를 많이 만들고 싶어서였다. 유럽으로 교환학생을 가지 않은 이유 또한 영어 때문이었다. 유럽은 대중교통만으로도 여행하기 편했고 다양한 국적의 사람들에 쉽게 노출되어 색다른 문화에 흠씬 빠져들 수 있는 좋은 환경이었다. 그럼에도 내가 미국을 고른 이유는 오로지 영어 때문이었다. 유럽에 다녀온 학교 선배들 이야기를 들어 보면 생각보다 영어로 말할 일이 많지 않았고 영어가 모국어가 아니기에 들을 일도 거의 없다고 했다. 나는 오로지 영어 때문에 미국을 택했다고 과언이 아니었다. 어느 정도는 한국인 친구들과 거리를 두는 것이 좋을 것 같다는 생각이 들었다. 거리를 두려는 나의 행동이 그들에게 어떻게 비칠지 걱정도 되었지만 쓸데없는 생각이라 속으로 다독거렸다.

※ ※ ※

다음 날 아침, 우리는 커먼스 빌딩에 다시 모여 주물럭을 해 먹은 뒤 '호스트 패밀리'를 신청하기 위해 길을 나섰다. 나는 밥을 먹으면서 한국에서 조사한 정보를 공유했다. 이런 프로그램이 있는지 모르는 눈치였다. 다들 이 좋은 기회를 놓칠 리 없었다. 1년 동안 함께 추억을 쌓을 미국 가족이 생긴다는 건 정말 기쁜 일이었다.

우리는 셔틀버스가 정차하는 Education Leadership 건물 안으로 들어갔다. 각종 민원을 처리해 주는 곳이었다. 접수 창구에 앉아 있는 학생에게 호스트 패밀리를 어떻게 신청할 수 있는지 물어보았다. 학교 모든 시설에는 안내를 돕는 학생들이 있었는데 일종의 근로 장학생으로 보면 되었다. 학교 안에 있는 교회에서 진행하는 프로그램이라고 알려 주어 온 길을 다시 되돌아가야 했다. 학교 외곽에 교회가 위치해 있었기 때문이었다.

마호가니색을 입힌 묵직한 출입문을 미니 달랑거리는 종소리가 났다. 어느 교회나 그렇듯 다소 과하기는 하지만 환영 받는다는 느낌은 언제나 기분을 좋게 만들어 주었다. '한나'라는 이름을 가진 여학생이 우리에게 신청서를 주며 친절하게 안내해 주었다. 이름과 메일, 전화

번호를 순서대로 적어 내려가다가 순간 '아차' 싶었다. 아칸소 주립대학교는 '존즈버러(Jonesboro)'시에 있었다. 아칸소주 북동부에 위치해 있는 존즈버러는 80% 이상이 기독교인이다. 사람들의 생활 대부분이 교회에서 결정된다고 봐도 과언이 아니었다. 앞으로 누굴 만나든 독실한 기독교인과 친구가 되어 함께 성경을 공부하고 찬송가를 흥얼거리며 간증을 하는 등의 시간으로 채워 나간다는 생각에 순간 아찔했다. 나는 미국에서만큼은 자유롭고 싶었다. 하지만 교회를 다닐수록 도리어 내 행동에 제약이 될까 봐 두려웠다. 매주 교회에 나갈 자신도 없으면서 말이다. 나는 신청서에 인적사항을 적어 내려가면서도 여기 생활이 죽을 만큼 따분할까 하는 걱정을 떨칠 수가 없었다.

Ÿ Ÿ Ÿ

드디어 개강 첫날이다. 한국처럼 정정 기간에 수업을 들어 보고 그 기간 안에 시간표를 얼마든지 바꿀 수 있었다. 수업을 처음부터 끝까지 혼자 정했던 나는 첫 수업부터 강의실 찾기에 바빴다. 첫 수업인 경영전략을 수강하기 위해 도서관 뒤에 있는 경영관으로 향했다. 당연히 엘리베이터가 없어 맨 꼭대기 층인 3층으로 걸어 올라갔다. 2층도 엘리베이터를 타고 다녔던 나는 한 학기가 끝날 때쯤에는 단단해져 있을 건강한 허벅지를 상상하며 긍정의 회로를 돌렸다. 몇 호인지 확인한 뒤 들어가 보니 커먼스 빌딩에서 빨래를 하러 왔던 그 학생이 자리에 앉아 있었다. 그 사람도 나를 알아보는 것 같았다.

"안녕하세요? 이름이 김하준이죠?" 반가운 마음에 내가 먼저 말을 걸었다.

"기억력 좋으시네요?"

"부지런히 빨래하시던 모습이 인상 깊었거든요." 내가 일부러 장난을 쳤다.

"그래요?" 그는 약간은 당황한 얼굴이었다.

"몇 살이에요?" 나는 가방에서 필기도구를 꺼내며 물었다.

"명기보다 두 살 많아요."

"그럼 말 편하게 하세요. 전 명기 오빠보다 두 살 어리거든요."

"서로 말 편하게 하자!" 그는 긴 앞머리를 정수리 뒤로 쓸어 넘겼다.

"그래요."

나의 대답과 동시에 교수님이 들어와 우리의 대화는 중단되었다. 교수님은 우리에게 교환학생이냐고 물으시더니 인상을 잔뜩 찌푸렸다. 이 수업은 미국의 경영 전략을 다루며 특히나 아칸소주에 대해서 세세하게 살펴보기 때문에 우리가 한국으로 돌아갔을 때 하등의 도움이 되지 않을 것이라며 다른 수업으로 바꾸길 권했다. 더 이상 그 강의실에 앉아 있을 이유가 없었던 우리는 그곳을 빠져나왔다. 그리고 어떤 수업으로 메꿔야 할지 고민에 빠졌다. 아무튼 3학점은 다른 수업으로 채워야 했지만 그 또한 다른 마땅한 수업이 떠오르지 않아 보였다. 그다음 수업이 없었던 우리는 일단 기숙사로 돌아가기로 했다. 길거리에서 고민해 봤자 답이 나올 리 없었다. 나와 같은 NPQ 1동이었던 그는 저녁에 보자며 인사를 한 뒤 3층으로 올라갔다.

불꽃과 재 속의 작은 불씨 - 상

앞 기수 학생들이 한국으로 돌아가기 전에 남기고 간 물건이 꽤 많았다. 미니 냉장고, 전기장판, 전신거울 등 큰 것부터 드라이기, 스탠드, 옷걸이 등 자잘한 것까지 다양했으며 제비뽑기를 통해 이번 기수에게 나누어 주기로 했다. 단톡방 공지는 오티 첫날 올라왔고 나눔 행사는 오늘 저녁 7시 케인즈홀 2층 로비에서 진행될 예정이었다. 요즘 모이기만 하면 온통 그 이야기뿐이었다. 우리들의 최고의 관심사는 미니 냉장고였다. 주물럭 멤버들과 그 뒤로 종종 모여 식사를 함께했는데 밥해 먹은 정이 무엇인지 다들 우리 중 한 명이 냉장고를 탔으면 좋겠다고 했다. 그렇게 되면 커먼스 빌딩의 비좁은 냉장고에 식재료를 보관하지 않아도 된다며 잔뜩 들떠 있었지만 나는 제비뽑기에는 그닥 관심이 없었다. 드라이기도 있고 전기장판도 진작에 구매했었다. 사실 미니 냉장고 말고는 이미 다 가지고 있는 물건들이었다. 그리고 관심이 가지 않은 가장 큰 이유는 뽑기에 그 누구보다 똥손이었기에 기대조차 없었다. 오늘 저녁 모임에서 기대하는 것은 딱 한 가지였다. 한 학기 먼저 생활한 학생에게서 추천 받을 수업은 없는지 알아보고 싶은 마음뿐이었다. 학교 홈페이지에서 나열되어 있는 설명만으로는 한계가 있었다. '경영전략' 수업도 홈페이지에 나와 있는 설명에는 오늘 교수가 말한 내용은 전혀 언급되어 있지 않았다.

저녁 약속까지 시간이 꽤 남아 침대 속으로 파고 들었다. 시차 적응은 애초에 끝난 줄 알았는데 따끈한 전기장판 위에 앉아 있으니 잠이 미친듯이 쏟아졌다. 첫날 아침에 끔찍한 추위를 겪은 후로 전기장판을 바로 구입해 왔다. 오늘 같이 바람 불고 추운 날에는 뜨겁게 달구어 주는 전기장판의 따뜻함을 이길 장사는 없을 것이다.

Ÿ Ÿ Ÿ

어떤 남자가 나를 미친듯이 쫓아오기 시작했다. 온 힘을 다해 도망쳤지만 막다른 길이었다. 모자를 푹 눌러쓴 그는 음흉한 미소를 흘리고 있었다. 내가 벗어날 방법이 어디에도 없다는 생각에 눈물이 새어 나왔다. 결국 나는 그에게 붙잡혀 생애 처음으로 강간이라는 것을 당했다. 끔찍하고 고통스러웠다. 설상가상으로 블랙홀이 빨아당기듯 깊숙한 어딘가로 한없이 끌려 내려가자 그 순간 내 몸을 가눌 수 없게 되었다. 움직여지지 않은 몸뚱이 때문에 속수무책으로 당하기만 했다. 이 숨막히는 상황이 싫었다. 온몸에 퍼진 좌절감과 무력감으로 어깨가 들썩이기 시작했다. 불행 중 다행으로 나의 울음소리에 소스라치게 놀라면서 이 끔찍한 꿈에서 깨어날 수 있게 되었다. 내 몸을 스스로 통제할 수 없게 되니 그 어떤 상황보다 공포스러웠다. 최근에 본 공포영화 때문에 괴상한 꿈을 꾼 것일까? 공포영화는 당분간 멀리 해야겠다.

사방은 이미 어두워져 있었다. 해가 진 지 꽤 되었는지 소름 돋을 만큼 깜깜했다. 나는 벌떡 일어나 책상 옆 미니 조명을 더듬거리며 찾아 켰다. 불쑥 엄마가 보고 싶었다. 아니, 엄마가 아니어도 좋았다. 그냥 누군가에게 기대고 싶었다. 어두운 공간에서 혼자 우두커니 앉아 있으니 서러운 감정이 복받쳐 올라왔다. 엄마는 내게 자주 말했다. 혼자 왔다 가는 것이 인생이니 사람에 연연하지 말라고 이르곤 했다. 무엇이든 혼자서도 잘 헤쳐 나가길 바라는 엄마의 마음이 투영된 말이었지만 나는 사람이 그리웠다. 그녀의 세뇌 덕분에 누구에게 의지하지 않고 혼자서도 그럭저럭 잘 헤쳐 나갔으나 오늘 같은 날에는 사람이 지독하게 그리웠다. 이곳에서도 여전히 혼자 헤쳐 나갔다. 다들 친한 무리를 만들기에 여념이 없었지만 나는 영어 때문이라도 거리를 두었기에 내가 낄 자리는 없었다. 외톨이가 된 기분이었지만 다른 방법이 없었다. 조급한 마음을 편히 갖고 싶었으나 이 또한 잘되지 않았다. 주어진 시간이 많으니 조급하지 말라고 스스로 다독거리는 것밖에 할 수 있는 것이 없어 더 힘들었다. 이곳에 온 지 2주가 채 되지 않았지만 나는 외로웠다. 외롭다는 것을 인정하고 싶지 않았지만 비행기에 오른 순간부터 외로운 감정은 쉽사리 사라지지 않았다.

맞춰 놓은 알람이 울리기 시작했다. 더 이상 이불 속에서 꾸물거리고 있을 시간이 없다. 세면대로 향했다. 수건에 찬물을 적셔 눈두덩이에 가져다 댔다. 이런 나약해 빠진 얼굴로 사람들 앞에 나타날 수 없으니 말이다.

Ÿ Ÿ Ÿ

"다 모인 것 같으니 하나씩 뽑아 볼까요?" 이 모임을 주도하는 사람은 다름 아닌 이 학교 대학원생인 태오 오빠였다. 한국에 있는 우리 학교와 완전히 무관한 사람인데도 매 학기마다 교환학생 친구들을 챙겨 주고 모임을 이끌어 나간다고 했다.

다들 제비 뽑기 종이를 하나씩 집어 들었다. 총 20번까지 적힌 종이 쪽지였다. 순서가 빠를수록 원하는 물건을 가져갈 확률이 높았다. 제비뽑기가 시작되자마자 시끌벅적 소란스러워지기 시작했다. 순서가 뒤쪽인 사람들은 울상이었고 빠른 순서들의 사람들은 환호를 질러 댔다. 나의 차례였다. 나는 종이 뭉치를 휘저을 생각이 없었기에 손가락을 넣자마자 걸리는 것 하나를 끄집어 올렸다. 별 기대 없이 쪽지를 열어 확인해 보니 내 순서가 2번이었다. 나는 분명 똥손인데 너무나도 놀랐다. 이번에도 선택하는 것이 아니라 어떤 것이 남겨져 있을지 생각하고 온 터였는데 내게도 이런 행운이 있다는 사실이 그저 놀라울 따름이었다. 놀라운 것도 잠시 고민에 빠졌다. 1번이 보나마나 냉장고를 가져갈 테니 나는 그다음으로 무엇을 골라야 할까? 어떤 것을 골라야 잘 골랐다고 소문이 날까?

앞에서 1번이 아닌 2번을 바로 외쳤다. 현재 19명만이 종이를 뽑은 것이다. 한 명이 오지 않은 관계로 아무도 뽑지 않은 1번이 무효 처리가 되어 다음 순서인 내게 기회가 온 것이었다. 나는 고민할 것도 없이 냉장고라고 소리를 질러 버렸다. 이런 횡재가 내게도 있는지 놀라웠다. 역시 사람은 내려놓을 때 비로소 얻는 법일까? 덕분에 한 학기 내내 좋아하는 요거트를 실컷 쟁여 놓고 먹을 수 있게 되었다.

명기, 윤재, 승민 오빠가 냉장고의 한 모서리씩 움켜 잡고 NPQ로 향했다. 미니 냉장고였지만 은근히 무거웠고 모서리에만 지탱해서 옮기려니 여간 쉬운 일이 아니었다. 고맙게도 우리 무리는 내가 냉장고를 타 온 것에 안도하며 축하해 주었다. 그에 반해 승민 오빠는 골이 잔뜩

나 있었다. 사각턱에 심슨을 닮은 승민 오빠가 울상을 짓고 있으니 사각턱이 더 도드라져 보였다. 자신이 타 온 것이 옷걸이였기에 속이 상당히 상해 보였다. 우리는 가는 길 내내 그가 투덜거리는 소리를 군말 없이 들어 주었다.

　방에 떡 하니 자리 잡은 냉장고를 보니 기분이 좋았다. 끔찍한 꿈이 오히려 행운을 가져다 준 것일까? 꿈은 정말 반대인 것일까? 기쁨도 잠시 침대에 걸터앉아 노트북을 켰다. 시간표 때문이었다. 물건 증정이 끝나고 우리는 자기소개 시간을 가진 뒤 지난 학기에 온 민정이라는 친구와 기훈이라는 오빠는 이곳 생활의 소소한 팁과 정보를 공유해 주었다. 민정이와 같은 학년이었지만 한 학기 먼저 생활해서인지 친구보다는 선배 같았다. 똑 부러지는 말투와 달리 양 볼의 볼살이 봉긋 솟아 귀여운 이미지가 강한 친구였다. 그녀는 경영학을 복수전공 하고 있어 경영학 수업에 대해 이것저것 물어볼 수 있었다. 특히 그녀는 'Social Impact Management'라는 수업을 오늘 들어 보니 괜찮았다며 하준 오빠와 내게 추천해 주었다. 기업이 사회에 줄 수 있는 영향이 어떤 것이 있는지 배우는 수업이었다. 경영전략을 대체할 만한 수업이라 생각했지만 정원이 이미 초과라 교수님께 추가로 수강이 가능한지 개인적으로 메일을 보내야 했다. 다행히도 한국 학교와 달리 이곳은 정원 이상으로 쉽게 잘 받아 준다고 했다. 학교 홈페이지에 들어가 교수님 메일 주소를 찾기 시작했다. 그럼에도 혹시 모르니 나는 간절한 마음으로 메일을 써 내려갔다.

Ÿ Ÿ Ÿ

개강하고 일주일이 지나니 확실히 활기가 띄었다. 특히 카페테리아가 운영되니 여러모로 편했다. 학교 카페테리아는 에슐리 같았다. 고기가 절대 빠지지 않은 고열량 음식들이 주를 이루는 뷔페식이었다. 무제한으로 먹을 수 있다는 것이 장점이자 단점이었다. 이곳 생활에 점차 적응이 되면서부터 식욕이 폭발할 지경에 이르렀다. 칼로리 높고 달달한 음식이 더 이상 입에 거슬리지 않았다. 5kg이 찌는 것은 문제도 아니었다. 미국으로 유학 가면 기본 10kg 이상 찌고 온다는 말이 있을 정도였다. 그리하여 오늘 저녁은 나영이, 민진이, 은지 언니가 체육관(Gym)으로 간다길래 따라나서기로 했다. 저녁에는 한국 친구들이 다 모여 축구 경기도 할 것이라고 알려 주었다.

단층의 체육관 건물은 규모가 엄청났다. 문을 열고 들어가자마자 널찍한 탁구대가 제일 먼저 우리를 반겼다. 탁구대 바로 옆에 있는 카운터를 지나 안으로 들어가니 농구장과 배드민턴 그물 코트가 넓게 펼쳐져 있었다. 제일 끝 쪽에는 간이 실내 축구장도 마련되어 있었다. 농구장 맞은편에는 여러 가지 헬스 기구들이 보였으며 유산소 기구부터 웨이트 기구들까지 종류가 굉장히 다양했다. 창밖을 바라보며 뛸 수 있도록 러닝머신과 스텝퍼가 창문을 향해 일렬로 줄지어 있었고 그 뒤에는 근력운동 기구들이 웅장한 자세로 서 있었다. 유일하게 아는 레그 프레스 머신과 풀다운 머신 말고도 이름 모를 기구들이 굉장히 많았다. 방금 에어팟을 꽂은 한 여학생이 데드 리프트 후 바벨을 바닥에 텅

기듯 내려놓으며 거친 숨을 몰아쉬었는데 그녀의 모습에 시선을 떼기 어려웠다. 정말이지 멋있었다.

탁구를 치고 있던 명기 오빠와 승민 오빠가 우리를 불러 세우더니 갑작스럽게 배드민턴 경기를 제안했다. 우리는 흔쾌히 제안을 받아들였다. 카운터에 학생증을 맡기니 배드민턴 채와 공을 빌릴 수 있었다. 우리는 여러 번에 걸쳐 손바닥 뒤집기로 편을 갈랐다. 올림픽 경기도 체급별, 성별에 맞게 시합을 겨루니 남녀 구성이 알맞게 팀이 나올 때까지 말이다. 나와 명기 오빠, 민진이는 손등을 내어 한편이 되었다.

"저 오빠 뭐야? 선수야?" 내가 명기 오빠를 보며 물었다. 승민 오빠는 경기장을 날아다녔다. 저 체구로 깃털처럼 가볍게 날아올라 스매싱을 여러 번 날렸는데 눈 뜨고 보고도 믿기 힘들었다. 오랜만에 승부욕이 불타오르기 시작했지만 우리 팀은 공을 줍다가 끝날 판이었다. 무엇이라도 배울 것이 있나 싶어 승민 오빠의 자세를 유심히 살펴보다가 이상한 점이 발견되었다. 배드민턴 채가 우리 것과 달랐다.

"왜 오빠만 채가 다른 거야? 여기서 빌린 거 맞아?" 내가 승민 오빠를 향해 큰 소리로 물었다.

"한국에서 따로 챙겨 온 거야. 가격 들으면 놀랄 걸? 학교에서 빌려주는 것과는 차원이 다르지." 승민 오빠는 관자놀이에서 흐르는 땀을 손등으로 훔쳐 내며 우쭐거렸다.

"미국까지 배드민턴 채를 챙겨와? 국가대표 나갈 거야?" 심기가 불편해진 내가 비꼬듯 물었다.

"취미 생활이라고 해 두자."

"그래, 그러자. 그리고 경기도 여기서 그만두자. 앞으로는 심판만 해." 심판만 하라는 소리에 승민 오빠의 얼굴이 붉으락푸르락 시뻘겋게 달아올랐지만 별로 신경 쓰고 싶지 않았다. 우리 팀은 공 한 번도 받아 치지 못했다. 심지어 그와 같은 편인 은지 언니와 나영이조차 공 한 번 치지 못했다. 승민 오빠 혼자 경기장을 활보할 뿐이었다. 치미는 굴욕감을 삭이기 위해 뒤쪽 관람석 계단에 자리를 잡았다. 분명 우리가 들어올 때 만해도 텅텅 비어 있던 경기장이었지만 지금은 농구 골대 4대 모두가 사람들로 바글거렸다. 다른 사람들도 치열하게 경기에 임하고 있었다. 작든 크든 경기라면 승부욕에 불을 지피는 법이니까.

무심코 경기를 관찰하니 서양인의 체격이 동양인보다 확연히 월등하다는 것이 눈에 띄었다. 내 옆에 앉아 있는 이 두 오빠들도 한국에서는 작은 체구에 속하는 편이 아님에도 확실히 달랐다. 운동하는 모습에 빠져드는데 나영이가 말을 걸어왔다.

"오빠들 축구하러 간대. 우리도 가 보자!"

"알았어. 나도 축구 좋아하지." 엉덩이를 털며 말했다.

"오, 축구 좋아해? 나는 규칙을 몰라서 볼 때마다 집중이 잘 안 되더라고."

"관람이 아니라 내가 직접 뛰는 경기를 말하는 거였어." 배드민턴으로 승부욕에 불을 지펴 놓은 상태라 경기에 임하고 싶은 마음이 굴뚝같았다.

"아. 그래? 네가 축구를 한다고? 일단 가 보자." 나영이는 믿기지 않는다는 듯 고개를 저으며 나를 쳐다보았다.

불꽃과 재 속의 작은 불씨 - 상

초등학교 시절부터 각 반별 축구 대항전은 남자들만 차지할 수 있는 전유물 같았다. 여자들은 플래카드를 만들어 응원을 하는 것 외에는 할 수 있는 것이 없었다. 나 또한 경기에 임하고 싶었으나 선택지는 없었다. 성별에 따라 역할이 정해지는 것이 마뜩지 않았지만 크게 불만을 토로하거나 문제 삼지 않았다. 선택지가 없다는 사실이 몹시 싫었지만 미움받을 용기 또한 없었다. 친구들 사이에서 유별나다고 놀림받을 것이 뻔했기 때문이었다. 하지만 여기는 미국이니까 내 목소리를 조금씩 내어 보아도 괜찮지 않을까? 혹여 놀림거리가 되어도 이제는 괜찮았다. 나는 더 이상 어린 아이가 아니다. 놀림 좀 받아도 내 세상이 무너지지 않게 지킬 줄 아는 성인이 되었으니 말이다.

농구장 출입문을 여는 순간 건장한 사내 셋이서 차례로 농구공을 튀기며 들어오는 것이었다. 분명 동양인임에도 불구하고 웬만한 서양인들보다 몸집이 더 컸다. 키 180 후반은 되어야 상대로 하여금 저런 위압감을 풍길 수 있을 것 같았다. 중국인인가? 한국에 온 중국 유학생들은 저리 크지는 않았는데 스타일을 보아하니 일본인 같지도 않았다. 대체 국적이 뭘까? 나는 유리창에 비친 그 셋을 한 번 더 뒤돌아보았다. 나도 한국에서는 작은 키는 아닌데 여기서는 아주 그냥 땅꼬마가 따로 없구만.

아까 본 간이 축구장으로 넘어오니 윤재 오빠가 우리를 반갑게 맞이해 주었다.

"오, 응원하러 온 거야?" 윤재 오빠가 막 들어서고 있는 우리를 보며 물었다.

"아니, 나도 경기 뛸래." 내가 목에 힘을 주었다.

"네가? 그럼 나영이도?" 윤재 오빠는 나를 힐끔 보더니 나영이에게도 물었다.

"지현이도 뛰는데 저도 한번 해 보죠." 나영이는 턱을 치켜들며 대답했다.

"형! 여자들도 같이하는 건 어때?" 뒤에서 공을 신나게 튀기던 하준 오빠에게 물었다.

"나쁠 거 없지. 그럼 팀을 어떻게 나눌까? 여자 중에 하고 싶은 사람 또 없어?" 관중석을 향해 큰 소리로 외쳤다. 응원하러 온 여자들이 꽤 있었다. 한국 교환학생 친구들 모두가 이곳에 집합한 듯했다. 민진이와 은지 언니는 뒤도 돌아보지 않고 관람석으로 향했다. 우여곡절 끝에 남자 다섯에 여자 두 명씩 팀을 이룰 수 있었다. 그리고 원활한 경기 진행을 위해 여자가 넣는 골에는 2점을 부여하는 베네핏을 주었다.

오랜만에 공을 향해 달려보는 기분이었다. 아까 잠깐 구경한 농구장에 남자들만 득실대서인지 아니면 오늘따라 승부욕이 과한 것인지 여자도 남자만큼 강하다는 것을 보여 주고 싶었다. 몸을 사리지 않고 열심히 뛰었지만 우리 팀은 2골이나 내주어야 했다. 오늘은 절대 지고 싶지 않았다. 나는 남자들의 무시무시한 태클을 무릅쓰고 드디어 상대의 골대 앞까지 나아갔다. 빈 공간으로 발을 쭉 뻗는 순간, 그대로 골대 안으로 공이 굴러 들어갔다. 드디어 내가 한 골을 넣었다. 우리는 바로 2점이 되어 동점이 되었다. 골을 넣는 순간 환호 소리가 귓전을 때렸다.

우리 팀과 하이파이브를 하면서도 어안이 벙벙했다. 골이라니! 심장이 쿵쾅거렸다. 죽은 줄만 알았던 심장이 살아 있다고 외치고 있는 기분이었다. 오늘 잠자기 전에 내가 가장 잘한 일을 떠올린다면 골을 넣은 이 순간일 것이다. 이 기세를 몰아 다시 한번 더 골대로 향하는가 싶었지만 명기 오빠의 태클이 너무나도 깊이 들어왔다. 하필이면 그는 축구화를 신고 있었고 인정사정없이 내 왼쪽 발목을 강타해 버렸다. 승민 오빠의 배드민턴 채에 이어 명기 오빠의 축구화까지 다들 장비들이 대단했다. 딱딱한 축구화에 그대로 넘어져 버렸고 눈에서 불이 나는 것처럼 화끈거렸다. 발목은 순식간에 부어 오르기 시작했고 경기를 중단해야 했다. 나는 부축을 받으며 경기장 밖으로 나왔다. 발목은 점점 더 부어 올랐고 욱신거렸다. 당분간은 움직일 때마다 발목이 지끈거릴 것 같았다. 명기 오빠는 미간에 잡힌 주름을 더 진하게 만들며 연신 미안하다고 말했지만 그래도 이렇게 깊은 태클이라니! 고의가 아니라는 것을 잘 알기에 화를 낼 수도 없는 노릇이었다. 오늘 잠자기 전에 가장 어리석은 짓을 떠올린다면 축구를 한 일일 것이다. 축구를 한 것이 가장 후회스러웠다. 변덕이 죽 끓듯 했다.

　나는 곧장 기숙사로 돌아와 얼음찜질을 위해 냉장고 문을 열었다. 냉장고 덕분에 냉찜질을 할 수 있으니 그나마 다행이었다. 냉장고를 받아 올 때만 해도 냉찜질을 위해 사용될 줄 누가 알았으랴? 윤재 오빠도 걱정이 되었는지 파스를 한 아름 전해 주었다. 윤재 오빠의 전공이 체육이라는 사실을 감안한다면 이렇게 다양한 종류의 파스를 가지고 있다는 사실이 놀랄 일도 아니었다. 내가 곧잘 서는 걸 보더니 뼈에는 무리가 없는 것 같다며 걱정하지 말라고 안심시켜 주었다. 따뜻한 물로 인대를 이완한 뒤 얼음 찜질을 하라는 말을 남기고 부축해 준 친구들과 함께 사라졌다. 땀에 젖은 머리카락을 얼굴에서 떼어내며 샤워실로 향했다. 한국과 달리 샤워 헤드가 위에 고정되어 있어 뜨거운 물을 발목에 조준하기 어려웠다. 그래서 욕조에 발목이 잠길 정도로 물을 받았다. 뜨거운 물을 한참 받아 낸 뒤 서 있는 것조차 무리이기에 샤워를 빠르게 마치고 아까 받은 파스를 붙였다. 여전히 욱신거렸다. 심신의 안정을 위해 향초를 켜고 침대에 누웠다. 보송한 향이 방 안에 한가득 채워지기를 기다리며 오늘 하루를 되돌아보았다. 잠들기 전 종종하는 습관이었다. 오늘 가장 잘한 일은 골을 넣은 것이었고 가장 후회되는 일은 골을 넣으려다 다친 일이었다. 참 아이러니했다. 오늘 축구를 하지 않았으면 가장 잘한 일도, 가장 후회할 일도 없었을 것이다. 결론은 축구를 하길 잘했다는 것이다. 비록 천국과 지옥을 오갈지라도 내가 살아 있음을 느끼게 해 주었으니 말이다.

Ÿ Ÿ Ÿ

어느덧 1월의 끝을 향해 달려가고 있었다. 학교 수업이 끝나면 카페테리아에서 끝없는 수다와 체육관에서 치열한 운동 대결로 한 달을 보냈다. 딱히 할 일 없는 교환학생들 사이에 배드민턴 대결은 무료함을 벗어나게 해 주었다. 우연히 같은 편이 되어 지우라는 친구를 알게 되었고 우리는 자연스럽게 가까워지게 되었다. 처음에 그녀와 나는 함께 어울려 다니는 무리가 달라서 친해질 기회가 없었지만 같은 편이 된 이후로 함께 보내는 시간이 많아진 것이다. 신기하게도 그녀와 공강 시간이 비슷했고 겹치는 수업도 하나 있었다. 거기다 동은 달라도 같은 NPQ라서 움직이는 동선까지 비슷했다. 나는 한국인 친구들과 약간의 거리를 두고 싶어 했고 그녀 또한 같은 생각이었다. 지우도 영어로 말할 기회를 많이 만들고 싶어 했는데 이 부분 때문에 급속도로 가까워진 것이다.

수업이 끝나고 학생회관 2층으로 올라왔다. 2층 통로를 가로지르면 기숙사와 더 가까웠기 때문에 더욱이 비가 오는 날에는 이 통로를 꼭 이용했다. 입이 심심해진 지우와 나는 학생회관 2층에 있는 편의점에 들러 젤리와 감자칩을 고르고 있었다. 마침 민정이가 매점 안으로 들어오고 있었다. 민정이도 금요일 마지막 수업을 끝내고 기숙사로 돌아가기 전에 들른 것이라 했다. 우리 셋은 같은 나이 때문인지 금방 가까워졌다. 한 봉지씩 손에 쥔 채 유리문을 밀고 나오자 민정이가 본인의 방에서 함께 시간을 보내자며 제안했다. 지우와 나는 무료하던 참에 그녀의 초대에 바로 응했다. 민정이 방은 NPQ 1동 1층이었으며 나와 방 구조가 똑같음에도 그녀의 방이 훨씬 좋아 보였다.

"아늑하고 되게 좋다. 내 방은 되게 휑한데 말이야." 그녀의 방을 둘러보며 말했다.

"작년에 한국으로 돌아가는 언니, 오빠들이 주고 간 것들이야. 조명이며 카펫이며 다 얻어 온 거지. 나도 작년에는 되게 휑했어. 그나저나 오늘 모건이 초대한 파티에 갈 거야?"

금요일 밤 파티였다. 며칠 전 단톡방에 파티 공지가 올라왔었다. 모건은 이곳 학부생이라 발이 굉장히 넓었다. 이런 파티를 종종 공지해 주어서 교환학생인 우리에게 외국인 친구들과 어울릴 수 있는 기회를 만들어 주고는 했다. 지우와 나는 방에서 뒹굴다 시간 맞춰 가기로 이미 정한 뒤였다.

"응. 그래야 외국인 친구들을 사귈 수 있지 않을까? 그리고 그들의 홈 파티가 어떤 분위기인지 궁금하기도 해." 아까 편의점에서 사 온 타이어 모양의 복숭아 맛 젤리를 한입에 넣으며 답했다. 새콤달콤 상큼한 맛이 입안 가득 퍼졌다.

"맞아. 집이 순식간에 클럽이 되어 버리지. 아주 시끌벅적해."

"그게 가능해? 기독교인만 80% 이상인 학교 아니었어?" 나는 믿기지 않아 눈을 땡그랗게 뜨고 약간은 격양된 목소리로 물었다. 학교에서 진행하는 프로그램 중에서 교회와 연관되지 않은 것을 찾기 힘들 정도였다. 관심사가 다르다 보니 아무리 외국인과 친해지려고 노력해도 어울리기 쉽지 않았다. 이곳에 온 지 한 달이 채 되지도 않았지만 따분함을 느끼고 있었던 참이었다.

"난 클럽 가 본 적 없어." 지우가 우물쭈물 말했다. 이번에는 민정이도 눈이 땡그래졌다.

"한 번쯤 가 보는 것도 추천해. 젊을 때 누려 봐야지." 민정이는 인생 선배처럼 말했다.

"남자친구가 싫어해서." 민정이와 나는 아까보다 눈이 더 땡그래져서 그녀를 쳐다보았다.

"나도 남자친구 있어! 경험이잖아? 나이 들어서 클럽 가 보겠어? 그 정도는 남자친구가 이해해야지." 민정이도, 지우도 한국에 두고 온 남자친구가 있는 모양이었다. 나만 남자친구가 없다는 사실에 괜히 씁쓸해 침대 위에 아무렇게나 뒹굴고 있는 쿠션을 끌어다 안았다.

"남자친구가 너무 보수적이야. 내가 항상 조신하길 바라는데 나는 절대 그런 사람이 아니거든. 이제 나도 많이 지쳤어." 지우는 눈꼬리를 축 늘어뜨려 놓았다. 지칠 대로 지친 얼굴이었다.

"이참에 헤어져." 민정이가 당차게 말하니 지우는 놀란 눈으로 그녀를 쳐다보았다. 놀란 눈 때문에 토끼처럼 보였다. 그녀는 어떤 대꾸도 하지 못했다.

"농담이야." 지우의 예상치 못한 반응에 민정이는 멋쩍게 웃어 보였다.

"그래! 네가 이 사랑을 지키는 데는 이유가 다 있겠지." 내가 끼어들었다.

"다만 너의 모습을 있는 그대로 받아 줄 수 있는 사랑이 가치가 있다고 생각해." 나는 쿠션을 더 끌어안았다. 심각할 정도는 아니지만 나만 혼자라는 사실이 약간은 외로웠다.

우리는 파티 시간이 다가오자 명색이 파티이니 옷도 갈아입고 화장도 수정하기 위해 각자 방에 잠깐 들르기로 했다. 정말이지 후드티는 벗어 던지고 싶었다. 학교에서 후드티나 운동복을 입지 않은 외국인을 찾아보기 힘들었다. 완벽히 적응이 끝난 우리도 대체로 맨투맨이나 후드티를 입었지만 명색이 첫 파티이니 약간의 변화를 주고 싶었다. 대체 홈파티는 어떤 분위기일까?

"지현아, 오늘 너무 예쁜 거 아냐?" 민정이가 나를 훑더니 감탄하듯 말했다. 예전부터 느낀 것이지만 민정이는 항상 내게 좋은 말만 해 주었다. 우연히 마주칠 때마다 예쁘다, 멋지다 등의 칭찬을 아끼지 않았는데 지금도 그저 청바지에 검은색 니트를 입었을 뿐이었다.

"살이 쪄서 영 말이 아니야." 민망한 나는 손사래를 치고 있는데 2동에 사는 기훈 오빠가 이쪽으로 걸어오고 있는 것이 보였다. 우리 넷은 학교 교정을 가로질러 함께 걸어갔다. 파티 장소는 학교 바로 앞에 있는 집이라 멀지 않았다. 가로등에 불이 들어오기는 했지만 이 동네는 해가 지면 상당히 어두웠다. 한 발짝 앞서 걷고 있던 기훈 오빠가 뒤돌아보며 물었다.

"학교생활은 어때?"

"다른 건 괜찮은데 한국 음식이 그리워." 나는 긴 팔을 축 늘어뜨리며 답했다.

"그래서 우리 짜 먹는 튜브형 고추장 들고 다니잖아." 지우는 처진 눈을 더 늘어뜨리며 거들었다.

"맞아. 그러면 울렁대는 속이 좀 진정되더라고." 내가 맞장구쳤다. 식성도 비슷했던 지우와 나는 가끔씩 고추장을 챙겨 갔다. 덕분에 튜브형 고추장은 이제 몇 개 남지 않았다.

"여기는 한국인들이 별로 없어서 한인마트는 고사하고 아시안 마켓도 차를 타고도 한참은 가야 있지." 기훈 오빠도 안다는 듯이 고개를 끄덕였다. 표정 변화가 크게 있는 사람은 아니었다.

"태오 형한테 삼겹살 파티 또 추진하자고 해야겠다."

"그때 제비뽑기 진행해 주었던 분 말하는 거지?" 나는 코트 단추를 여미며 호주머니에 손을 꽂으며 물었다. 막 불어오는 찬바람에 손이 곱아지고 있었다.

"맞아." 지우가 고개를 끄덕이며 답했다. 나는 웬 삼겹살 파티인지 마저 물어보고 싶었으나 어느새 바닥에서 울리고 있는 진동 때문에 우리가 파티 장소에 도착했음을 알 수 있었다. 문밖에서부터 사람들이 바글바글했다. 교회에서 몇 번 참석했던 모임과 차원이 달랐다. 그 모임에서는 찬송가에 맞춰 율동을 따라 배우며 흥을 돋우는 사람들이 무안하지 않게 적당히 즐거운 척하며 시간을 때우고 오는 것이 다였다. 그곳과 비교한다면 이곳은 분명 음지의 세계일 것이다. 오히려 본능에 충실한 이들의 모습이 더 인간적으로 보였다. 신앙이 강한 사람을 보면 왠지 모르게 거부감이 들었다. 과연 어떤 유혹에 흔들리지 않을 수 있을까? 머릿속에는 끊임없는 의심만 맴돌았다. 일상의 궤도를 벗어나 일탈을 꿈꾸는 것이 모름지기 더 인간적이지 않나? 이런 비일상을 기대하는 것은 인간의 본능 중 하나일 테니 말이다.

쿵쾅거리는 스피커와 노래방에나 있을 법한 미러볼은 대체 어디서 구했을까? 휘황찬란한 조명이 정말이지 클럽을 방불케 했다. 복도와 방에는 빈 공간 없이 사람들로 꽉 찼다. 힙합 스타일의 음악이 사방으로 흘러나오니 너도나도 빨간색 플라스틱 컵을 하나씩 들고서는 팔꿈치를 흔들어 대고 있었다. 우리도 빨간색 플라스틱 컵을 찾아 들기 위해 부엌으로 들어가는데 어디를 가나 혼란, 복잡 그 자체였다. 기훈 오빠는 감자칩과 팝콘이 널브러져 있는 아일랜드 식탁 위에 빨간 플라스틱 컵 4잔을 깔았다. 앱솔루트를 조금 따르더니 오렌지 주스를 왕창 섞은 뒤 조리대 안에 놓여 있는 아이스 쿨러에서 얼음을 가득 담아 주었다. 오렌지 주스 덕분인지 꽤 맛있었다. 홀짝거리는 지우와 나를 보더니 기훈 오빠가 한마디 했다.

"맛있다고 계속 먹으면 훅 간다. 조심해." 여전히 표정은 없는 얼굴이었다.

이제는 술기운을 빌려 거실 쪽으로 나가 음악에 맞춰 몸을 맡길 차례였다. 얼굴이 낯익은 한국 교환학생들도 여럿 보였다. 대학교 1학년 때 동기 언니들을 따라 페스티벌을 다닌 덕분에 큰 이질감은 없었으나 지우는 이 상황이 힘들어 보였다. 안면이 있는 사람들과 어울려 춤을 추는 이 상황이 불편한지 지우는 자꾸 밖에 들락거렸다. 어떤 여자가 우리 쪽으로 걸어와 말을 걸어왔다. 구릿빛 피부에 다부진 체격이었다. 본인을 '루나'라고 소개했는데 스페인어로도 유창하게 대화가 가능한 걸 보면 멕시코계 미국인인 것 같았다. 화끈한 차림새만큼 행동도 화끈했다. 대뜸 페이스북 아이디를 물어보더니 연락하겠다며 다른 무리 쪽으로 유유히 사라져 나갔다.

"저 여자가 이 파티의 주인인가? 여기 사람들 다 아는 것 같아." 언제 또 돌아왔는지 지우가 물었다.

"그러고 보니 파티 주최가 누구인지도 모르고 이 집을 누비고 다니는 게 너무 웃기지 않아?" 빈 플라스틱 컵을 내려 들며 내가 말했다.

"홈파티 하면 친구의 친구, 또 친구의 친구, 또 친구의 친구까지 다 불러. 사실 누가 주최인지는 신경 쓰지 않더라고." 똑 부러진 얼굴로 민정이가 설명했다.

"우리 잠깐 쉴까?" 지우는 불편한 눈길로 주변을 두리번거렸다.

"불편하면 기숙사로 돌아가도 돼. 지금 갈래?"

"그래도 돼? 적응이 안 돼. 춤추는 게 쉽지 않네. 나 때문에 분위기 흐린 건 아니지?" 지우는 미안한지 이마를 연신 문질렀다.

"아쉽지만 파티는 얼마든지 많아." 민정이가 아쉬운 목소리를 누르며 뒤돌아섰다.

"나 부엌에 코트 두고 왔어. 잠깐만!" 문으로 향하는 지우와 민정이를 불러 세웠다. 아일랜드 식탁에는 이제 다른 멤버들로 채워져 있었다. 코트가 보이지 않아 사람들 사이로 연신 찾아 헤매고 있으니 뒤에서 어떤 남자가 말을 걸어왔다. 영어로 말하고 있음에도 일본인 특유의 악센트가 강하게 묻어 있었다. 그는 아까보다 내 쪽으로 더 가까이 섰다. 상당히 부담스러운 거리였다.

"Are you korean?" 그는 대뜸 내게 한국인이냐고 물어 보았다. 딱 봐도 거나하게 취해 있었다. 나는 아무 대답도 하지 않았다. 대꾸할 가치가 없었다.

"예뻐요. 나랑 사귀어요!" 기껏 어눌한 한국말로 한다는 소리가 이런 개수작이라니! 여태껏 저 말만 되풀이하며 한국인들을 집적거렸을 것이 분명했다. 나는 이번에도 어떤 대꾸도 하지 않았다. 마침 지우가 내 코트를 찾았다고 큰 소리로 알려 주어서 그를 무시하고 나오려는데 갑자기 내 손목을 잡아 낚아채는 것이 아닌가! 그의 손아귀에 벗어나려고 힘껏 뿌리칠수록 더 죄어 올 뿐이었다. 대체 지금 무슨 일이 일어나고 있는 것일까? 이 상황이 화가 나서 현기증이 날 지경이었다. 내가 아무리 동양이라는 비슷한 문화권에서 자랐다 해도 이런 신체적 구속은 참기 어려웠다. 나는 눈을 부릅뜨고 그를 노려보았지만 그는 오히려 장난기 가득한 얼굴로 나를 쳐다보았다. 그는 놓아줄 생각이 전혀 없어 보였다. 한마디 하려는데 기훈 오빠가 어디선가 나타나 그의 손을 잡아다 풀어 주었다.

"켄타! 오랜만이야." 이 일본 새끼 이름이 켄타인 듯했다. 기훈 오빠가 그와 알은체하더니 내게 참으라는 눈짓을 보냈다. 이유가 무엇 때문인지 모르겠으나 그저 참아야 하는 이 상황이 상당히 불쾌했다. 더 이상 그곳에 서 있을 이유가 없기에 그대로 문밖으로 나왔다. 민정이와 지우가 뒤따라 나왔다.

"저런 한량들 몇 명 있거든. 엮이지 않는 게 좋아. 잘했어!" 민정이가 내 표정을 살폈다.

"왜?" 지우가 건네주는 코트를 받아 들며 물었다.

"저럴수록 더 집적거리거든. 피하는 게 상책이야. 네가 튕길수록 흥미로운 게임거리를 제공해 주는 셈이거든." 민정이는 고개를 절레절레 저었다. 나는 그녀의 말에 경악했다. 힘으로 제압하려고 하는 것도 모자라 게임거리로 생각하다니! 그가 내 손목을 낚아챘을 때 한마디라도 하고 나왔어야 했다. 그에게 따끔하게 한마디 쏘아붙이지 않고 곱게 보내 준 것이 한스러웠다. 나는 가던 길을 멈추고 뒤를 돌아보았다. 그때 지우가 내 팔을 잡아 끌었다.

"엮여 봤자 좋을 것 없어. 피하는 것도 지혜야." 지우 말이 맞았지만 어릴 때부터 왕자님과 결혼하지 않으면 해피엔딩이 아니게 되는 동화책들이 너무나도 싫었다. 꼭 여자가 남자들의 소유물처럼 행동하는 인간들을 보면 소름 끼치게 싫었다. 현기증이 다시 밀려 들어왔다. 이대로 기숙사로 돌아가는 편이 나을지도 모른다. 그저 아무 생각 없이 깊은 잠에 빠져들면 나아질 것이다.

Ÿ Ÿ Ÿ

전화가 울리기 시작했다. 전화 소리에 놀라 벌떡 일어났다. 지우였다. 영문학이 전공인 지우와 'Compositon'이라는 에세이 수업을 함께 수강했는데 과제 때문에 오늘 도서관에 가기로 했었다.

"알았어. 12시에 카페테리아 들렀다가 도서관 가는 걸로." 내가 답했다. 전화를 끊고 액정 화면을 확인하니 많은 알림이 들어와 있었다. 페이스북 친구 요청이었다. 어제 파티에서 본 사람도 있었지만 마주친 적도 없는 사람들도 꽤나 많았다. 이들은 대체 나를 어떻게 알고 친구 요청을 한 것일까?

오늘 같은 주말의 카페테리아는 한적했다. 지우와 나는 구석에 자리를 잡았다. 식탁에 쾅 놓는 쟁반 소리, 바닥에 찍 끌리는 의자 소리, 여기저기서 웅웅거리는 대화 소리가 난무하던 주중의 풍경과는 달랐다. 수업이 끝난 한국 친구들이 삼삼오오 모여들면 자의든 타의든 널찍한 라운드 테이블에서 함께 앉아 시끌벅적하게 식사를 해야 했다. 하지만 나는 이런 소수의 모임을 더 좋아했다. 그렇다 하여 사람 많은 자리를 일부러 피하지는 않았다.

도서관으로 향하는 산책길은 상당히 예뻤다. 길을 따라 햇빛을 받은 울창한 나무들이 싱그러이 서 있었다. 눈부신 햇살이 내리쬐니 초록 가득한 산책길이 반짝였다. 가만히 들여다보면 단 한 가지의 초록색은 없었다. 햇빛에 그대로 노출된 나뭇잎은 노랗게 빛났고 그늘진 이파리는 새파랬다. 나무 위로 쏜살같이 올라가는 청설모가 검은 눈동자를 바삐 굴리며 우리를 쳐다보고 있었다. 갑자기 불어오는 산들바람 때문에 이름 모를 싱싱한 꽃 향기가 코 깊숙이 들어왔다. 물결치듯 흩날리는 머리카락을 뒤로 쓸어 넘기니 절로 미소가 지어졌다. 평온한 주말 오후였다. 오염 가득한 도시가 아닌 깨끗한 자연 속에서 산다는 것이 참 마음에 드는 순간이었다. 시골이라 불편한 점도 많지만 자연의 매력에 빠져들고 있는 요즘이었다. 깨끗한 공기가 폐 깊숙한 곳까지 닿을 수 있게 숨을 크게 들이마셨다.

주말이라 도서관은 예상한 대로 한적 그 자체였다. 쉴 틈 없이 종이를 뱉어 내느라 윙윙거리는 프린터기들도 주말에는 휴식을 취하고 있었다. 사람들로 항상 북적대던 도서관이 텅 비어 있으니 기훈 오빠와 모건이 단연코 눈에 띄었다. 의외의 인물이었다. 지우와 나는 그쪽으로 다가갔다.

"주말에 공부하러 나와?" 여기에 있을 것 같지 않은 사람들이라 의아한 표정으로 물었다.

불꽃과 재 속의 작은 불씨 - 상

"곧 시험 기간이라서. 너희는 주말에 어쩐 일로?" 기훈 오빠는 본인이 더 의아하다는 듯이 물었다.

"우리는 에세이 과제가 있어." 지우가 의자를 빼며 답했다.

"그런데 벌써 시험 기간이야?" 나는 노트북이 들어 있어 무거운 백팩을 책상 위에 걸쳐 놓으며 물었다.

"그렇지. 여기는 한 학기에 시험을 3번이나 보잖아. 시험 준비하다 보면 한 학기가 끝나 있을 거야." 기훈 오빠가 굴리던 볼펜을 내려놓으며 답했다.

"맞아. 3번이었지." 처음에 3번의 시험을 치러야 하는 상황이 꽤나 당황스러웠다. 한국에서 중간, 기말 2번의 시험을 치르는 것도 버거운 일이었다. 대신 Composition 수업처럼 과제로 대체하는 수업도 있으니 그나마 다행이라 여겼다.

"누나. 어제 켄타가 수작 부렸다면서요?" 모건은 킥킥거리며 의자를 뒤로 젖혀 흔들거렸다. 반동이 꽤 세서 넘어지지는 않을까 하는 걱정이 잠깐 일었다.

"한마디도 하지 못하고 나온 게 아직도 분하다."

남자와 여자를 동등한 존재로 보지 않고 남자의 소유물처럼 대하는 인간들을 혐오했다. 잘 지내다가도 한 번씩 이런 상황에 놓일 때면 예전 상처가 다시금 나를 힘들게 했다. 그저 눈 감고, 귀 닫는 게 나를 지키는 것이라 생각했지만 지나고 보면 이 또한 나의 마음속에 흔적을 남겼다. 어떠한 대응조차 하지 못한 채 무력했던 나 자신을 마주하는 것이 여전히 힘들었다. 오롯이 버텨야 했던 내가 가여웠으니 말이다.

"피하는 게 상책이야." 내 마음을 알 길이 없는 기훈 오빠는 대응하는 것이 아니라 피하는 것이 낫다고 말하고 있었다.

"왜냐면 소문이 장난 아니거든요. 여기 사회가 굉장히 좁아요. 촌구석이라 서로 모르는 게 없거든요." 모건은 손사래를 치며 신난 목소리로 말했다.

"소문 나면 여자만 불리해." 이번에도 기훈 오빠는 표정 없는 얼굴이었다.

"그건 편견이지." 그의 말이 맞을지도 모르지만 인정하고 싶지 않았다.

"현실이 그런 걸 어째?" 무표정인 그의 얼굴이 오늘 따라 심히 얄미웠다.

"어제 기훈 오빠가 나서 줘서 다행이었지." 지우가 내 팔을 잡아당기며 자리에 앉으라는 눈짓을 보냈다.

"어제는 고마웠어." 아무튼 기훈 오빠 덕분에 크게 공론화된 것 같지 않은 듯했다. 지우와 나는 맞은편에 나란히 자리를 잡았다. 나는 눈을 잠깐 감으며 주말에도 도서관에 찾아온 이유를 상기하려고 숨을 크게 들이마셨다. 다다음 주까지 내야 하는 과제를 작성해야 했다. 이른 감이 있었지만 모국어가 아니기에 미리 과제를 준비하기로 했다.

지우 또한 영어에 대한 욕심이 컸다. 이 부분 때문에 그녀와 빨리 친해질 수 있었다. 왜냐하면 우리처럼 모두가 외국인 친구들과 어울리고 싶어 하는 것은 아니었다. 태오 오빠 집에 매일같이 모여 친목을 다져 나가는 한국인 친구들도 꽤 많았다. 나는 시간이 지날수록 친목을 다져 나갈 외국인 친구 하나 없다는 사실이 조바심이 났다. 형편상 무리인 걸 알면서도 유학을 강행해서 온 만큼 한국으로 돌아갈 때쯤에는 영어 실력이 가시적인 결과로 도출되었으면 했다. 한 번씩 나의 상처와 마주칠 때면 주춤거려진다. 그럼에도 부모님을 떠올리며 용기 내는 일을 주저하지 않을 것이다. 다만 어제 다녀온 홈 파티는 감수해야 할 위험이 많아 보였고, 교회에서 주관하는 모임은 심성들이 천상계에 속하는 사람들이라 대화를 하면 할수록 종교에 위안을 받는 그들을 이해하기가 어려웠다. 조바심에 잠식되어 버리기 전에 이 두 선택지 중에서 어느 하나라도 골라야 했지만 어느 쪽으로도 마음이 기울어지지 않았다.

Ÿ Ÿ Ÿ

하준 오빠가 카페테리아 안으로 들어왔다. 하준 오빠는 하준 언니로 통했으며 언니라는 호칭이 전혀 어색하지 않았다. 얼핏 보면 단발처럼 보이는 긴 앞머리도 한몫했다. 오빠는 여기저기 학교 소식을 알려 주었는데 오늘도 어김없이 소식통을 들고 왔다. 오늘 저녁 학교 주최로 환영 파티가 학생회관 2층 큰 홀에서 열린다고 했다. 공연도 있을 예정이며 지역 주민들도 참여하는 행사라고 알려 주었다. 지우와 나는 눈이 마주쳤다. 외국인 친구를 사귈 수 있는 또 다른 기회였다.

식사가 끝난 지우와 나는 자리에서 일어났다. 밀린 빨래 때문에 오늘은 세탁실에 갈 예정이었다. 파티가 저녁 5시면 지금 일어나야 했다.

"지현아, 환영 파티 가는 거지?" 내가 일어나자 샌드위치를 한입 베어 문 민진이가 왼쪽 뺨으로 음식을 다급히 몰아넣고서 물었다. 꼭 도토리를 물고 있는 다람쥐 같았다. 학교 잔디밭에 자주 출몰하는 청솔모가 떠올랐다.

"당연하지. 빨래 돌려 놓고 가려고. 너는?"

"나도 갈 거야. 그 전에 애들이랑 배드민턴 한 게임 하고 가려고."

"은지 언니도?"

"당연하지." 옆에 앉은 은지 언니는 당연하다는 듯 고개를 끄덕였다. 민진이는 은지 언니와 항상 같이 다녔으며 오빠들과 탁구, 배드민턴 내기를 꾸준히 했다. 보통 지는 팀이 학교 앞 카페에서 커피와 빵을 사는 걸로 하루를 마무리하곤 했다. 내가 자유로운 미국 생활에서 기대했던 것은 체육관에서 경기 내기라든지 도서관에서 과제나 시험 준비를 하고 있는 모습을 상상하고 온 것이 아니었다.

"알았어. 나중에 보자."

우리는 지름길로 가기 위해 오늘도 어김없이 학생회관 2층으로 올라갔다.

"이번에는 마음 맞는 외국인들을 사귈 수 있을까? 수업에서도 친구를 사귀기에는 한계가 있어." 나는 힘이 빠진 목소리로 푸념했다.

"수업에서 만난 친구들은 우리에게 관심이 없고, 교회에서 만난 친구들은 죄다 예수님 이야기뿐이야. 그렇다고 저번 파티에서 만난 사람들은 거부감만 들어. 뭔가 목적 의식이 뚜렷해 보인달까? 그런데 너는 페이스북 친구 신청 다 받아 줬더라? 나는 받아 줄지 고민이야. 다 처음 보는 애들이던데."

"받긴 했는데 어떤 애가 밥 먹자고 계속 메시지 온다? 나를 어떻게 아는지 물어봤더니 파티에서 봤다는데 나는 그 사람을 단 한 번도 본 적이 없거든." 코너를 돌며 말했다.

"사회가 좁아서 그런지 한 다리 건너면 다 아는 걸까? 왠지 무섭기도 해." 지우가 눈썹을 찡그렸다.

"벌써 한 달이나 지났어. 같이 밥이라도 먹어 보고 친구가 될 수 있는지 없는지 알아보기라도 할까?" 평소에는 이런 위험을 절대 무릅쓰지 않을 테지만 기회를 계속 만들어 가야 한다는 조급한 마음에 잠식되어 가고 있었다.

"조급하지 말자. 어차피 1년은 있을 거잖아?" 그녀는 당연하다는 듯 물었다.

"잘 모르겠어. 생각보다 영어를 사용할 기회가 많지 않은 것 같아서. 차라리 다음 학기 학비로 실컷 여행이나 다니는 게 더 낫지 않을까 싶어." 부모님이 지원해 주시는 학비를 좀 더 유용하게 쓰고 싶었다.

"안 돼. 나랑 한 학기 더 있자. 함께 돌파구를 찾아보자." 지우는 절망스러운 표정을 지어 보였다.

"아직 결정된 건 아무것도 없어. 한 학기 동안 열심히 즐겨 보자!" 나는 미소 띤 얼굴로 그녀를 바라보며 답했다.

ᵜ ᵜ ᵜ

지우와 나는 마지막으로 건조 버튼을 누르고 바깥 테라스로 향했다.

우리는 목제 탁자에 들어가 있는 의자를 뒤로 빼 앉았다.

"건조까지 30분 남았어! 지금 4시니까 좀 늦을 수도 있겠는데?" 나는 머리를 고쳐 묶었다.

"명색이 파티인데 화장이라도 수정해야 하지 않을까? 그러면 너무 늦으려나?" 지우는 의자에 몸을 기대어 앉으며 물었다.

"학교에서 주최하는 파티이니까 왠지 학생들도 후드티 차림으로 나타날 것 같은데?"

"한국에서 예쁜 옷도 잔뜩 챙겨 왔는데 도통 쓸 일이 없네." 지우는 한국에서 챙겨온 옷들을 활용하지 못해 못내 아쉬운지 짧은 한숨을 내쉬며 말을 이었다.

"얘네들은 대체 언제 꾸미고 다니지?"

갑자기 불쑥 한 장면이 떠올랐다. 나는 관찰력이 좋은 편이었다.

"일요일! 교회 갈 때 슈트에 드레스까지 풀세팅한 모습 기억나지?"

"기억나! 여기는 정말 80% 이상이 기독교인이 맞나 봐. 학교가 아니라 교회에 갈 때 드레스업이라니!" 그녀는 살짝 경악한 얼굴이었다.

"신에게 잘 보이려는 것일까?" 확실치 않으니 나는 고개를 옆으로 갸웃했다.

"만약 그렇다면 그들을 평생 이해하지 못할 것 같아." 지우는 뜨악한 표정을 짓더니 이내 따분해 죽겠다는 듯 기지개를 늘어뜨렸다.

"그나저나 도서관-체육관 이 사이클로 무한 반복이니 지루해."

"이 동네가 지루하긴 한데 또 무지 평화로워. 유유자적 그 자체 아니야? 하지만 영어 때문이라도 일탈이 절실하지만 말이야."

단층인 커먼스 빌딩은 문만 열어도 초록 잔디가 깔려 있는 공원이 펼쳐졌다. 한국에서는 이런 일상의 소소한 여유를 즐기기 어려웠다. 경쟁 때문에 항상 경계하면서 살아왔던 나로서는 처음 느껴 보는 감정이었다. 한국으로 돌아간다면 아마 이곳의 자연이 왠지 모르게 그리울 것 같았다. 자연의 매력을 느끼지만 이내 마음을 고쳐먹었다. 아직 이루고 해내야 할 것들이 많았다. 역동적인 일탈에 대한 갈망이 가득 찬 눈빛으로 그녀를 바라보았다.

"맞아! 꼭 이곳을 타파해 보자. 우리 둘이라도 다채롭게 보내기로!" 지우는 익살스럽게 웃어 보였다.

"지루할 것 같으면 서로 발악하자!" 나는 그녀를 향해 방그레 웃어 보였다. 지우는 발악은 어떻게 하는 거냐며 연신 웃어 댔다. 미래를 걱정하기에는 겨울답지 않은 푹한 날씨였다. 바람 한 점 없는 포근한 저녁이 될 것만 같았다. 다 된 빨랫감이 담긴 바구니를 껴안고 지우 방이 있는 3동으로 향했다. 수다가 끊이지 않아 함께 움직여야 했다.

"아, 맞아. 윤지는? 파티 있다고 알려 줘야 하지 않아?" 윤지는 지우가 처음에 줄곧 함께 다녔던 친구였다.

"이미 연락했지. 윤지는 안 가겠대. 처음부터 이런 게 맞지 않았어. 나는 다 참여하고 싶은데 윤지는 한국인 외에는 별로 어울리고 싶어하지 않아 해." 풀이 죽은 목소리로 푸념했다.

"우리와 그 부분은 다르다." 사실 나 때문에 윤지와 소원해진 건 같아 걱정이 되었던 부분이었다.

"응. 그래서 너와 순식간에 친해진 거 알아? 비슷한 부분이 많았거든." 지우도 나처럼 우리가 잘 맞는다고 생각하고 있는 모양이었다.

"다른 사람들은 한국에서부터 이미 알던 사이 같던데 나는 아는 사람 한 명 없어서 위축되었거든. 매번 소식도 제일 느리고 말이야. 너를 만나서 얼마나 다행인지 몰라."

"네가 위축이 돼?" 지우가 놀란 토끼 눈으로 쳐다보았다.

"당연하지." 내가 웃으며 답했다. 위축되어 보이지 않으려고 일부러 오기를 부리듯이 다녔다. 사실 타지에서 홀로 헤쳐 나가기에는 큰 용기가 필요했다. 하지만 그녀가 함께해 주니 용기 내는 일이 마냥 힘들지 않았다. 혼자일 때보다 그녀와 함께하니 일상이 풍요로워진 것은 사실이었다. 그리고 가장 마음에 드는 점은 한국에 돌아가서라도 이 시절의 추억을 하염없이 끄집어낼 수 있는 친구가 생겼다는 사실이 행복했다. 나는 이것이 그 무엇보다도 가장 마음에 들었다.

고등학교 2학년 때 제주도로 수학여행을 떠나게 되었다. 단짝이 없었던 내게 마냥 즐거운 여행이 되지 않으리라고 예상은 했지만 그렇다고 내 인생에서 다시 없을 마지막 수학여행이라 쉽게 포기할 수도 없는 노릇이었다. 결국 나는 내가 누려야 할 경험을 저버리지 말자는 결정을 내렸고 제주도로 향하는 비행기에 올라탔다. 도착하자마자 약속이라도 한 듯 다들 짝을 지어 버스에 올라탔지만 나는 두 자리를 나 홀로 차지해야 했다. 식당에서는 네 사람씩 세팅된 테이블에 앉아야 했기 때문에 세 사람이 있는 빈 자리에 가서 끼니마다 매번 다른 사람들과 식사를 해결해야 했다. 무리에서 혼자 다닌다는 것은 나를 쳐다보는 곱지 않은 시선 또한 견뎌 내야 하는 일이었지만 이런 것들은 얼마든지 견딜 수 있었다. 2박 3일 동안 내가 가장 힘들었던 것은 좋은 것을 봐도, 맛있는 것을 먹어도 함께 이야기 나누며 공감할 친구가 없다는 것이었다. 사람과 나눈 추억이 없으니 수학여행을 떠올리면 기억에 남는 것이 없었다. 하지만 미국은 다를 것이다. 지우라는 친구를 만나게 되었으니 말이다.

  학생회관 2층 대강당으로 서둘러 올라가니 밖에서는 공연을 준비하려는 사람들로 분주했다. 홀 바깥에서는 코스튬 파티인지 휘황찬란한 의상에 헤어스프레이를 잔뜩 뿌려 빳빳하게 틀어올려진 머리를 손으로 잡으며 마지막까지 춤 연습을 하고 있었다. 걷는 것조차 부자연스러워 굉장히 불편해 보여서 어떤 춤을 출지 감조차 오지 않았다. 대강당 안은 지역 주민들의 홍보로 시끌벅적했다. 그들이 운영하는 식당, 꽃집, 카페, 병원 등 다양했다. 그들이 나누어 주는 포스트잇, 비닐 백팩 등 생필품을 차례대로 받아 들었다. 다만 가게 로고가 크게 적혀 있어 실질적으로 사용을 할지 의문이었지만 혹시 몰라 고이 챙겨 들었다.
  늦게 도착하여 앉을 자리가 없었다. 멀리서 한 라운드 테이블에 한국 친구들끼리 모여 앉아 있는 것 보였다. 카페테리아에서 그랬던 것처럼 어떤 이질감도 없었다. 단지 주변 배경만 약간 바뀌어 있을 뿐이었다. 여기서마저 한국인들과 어울릴 수 없는 노릇이지만 일단 그쪽으로 가 인사를 했다. 그리고 뒤를 돌아 자리가 없는지 다른 쪽을 쭉 둘러보는데 오빠들이 우리 자리를 만들어 주려고 일어서고 있었다.
  "괜찮아. 다른 데도 자리가 있을 거야." 내가 단호한 목소리로 거절했다. 나는 뒤쪽으로 다급하게 빠져나오며 지우에게 말했다.

"여기까지 왔으니 외국인 친구들 만나야지. 알지?" 나는 어깨를 일부러 더 빳빳하게 세우며 걸어 나왔다.

"당연하지! 발악하기로 했잖아. 그런데 뒤통수는 뜨겁다. 오빠들의 따가운 시선이 느껴져." 나는 애써 개의치 않으려 했다. 대강당에는 라운드 테이블로 가득했지만 7~8인석이라 서로 앞면이 있는 사이끼리 어울려 앉아 있는 듯했다. 여기서 친구를 사귀는 것이 더 어려워 보였지만 더 이상 미룰 수 없었고 하루 빨리 새로운 외국인 친구를 만들고 싶었다. 나는 다시 한번 더 주위를 둘러보았다. 다행히도 모두가 8명씩 무리 지어 오는 것은 아니니 앉을 자리가 아예 없는 것은 아니었다.

"지우야. 나 따라와 봐. 저 오른쪽 맨 끝에 세 명 보여?" 나는 턱으로 그쪽을 가리켰다.

"덩치 엄청 큰 남자애들? 그런데 국적이 어디지?"

"중국인인가? 아무튼 저기 가 보는 건 어때?"

"그럼 영어는?" 지우가 의아한 얼굴로 물었다.

"명기 오빠가 그러더라고. 수업에서 중국인 친구를 사귀었는데 같은 아시아인이라 그런지 다가가기 쉬웠대. 서로의 모국어를 모르니 당연히 대화도 영어로 할 수 있고 말이야. 우리도 도전해 보자. 어쨌든 지금보다 영어로 더 자주 말할 것 같지 않아?" 나는 어깨를 으쓱했다.

"그 생각을 못 했네. 얼른 가 보자. 그런데 오빠들이 아직도 우리 주시하는 거 알지?" 지우는 민망한지 쭈뼛거렸다.

나는 그들의 영향을 받고 싶지 않아 그쪽으로 쳐다보지도 않았다. 아니, 힐끔거리는 것조차 하지 않았다. 정말이지 여기서까지 한국인들과 어울린다면 한국과 다를 바가 없었다. 절대적으로 시간 낭비, 돈 낭비였다. 그보다 저 친구들이 우리가 앉는 것을 꺼려 하면 어쩌나 아니면 저 빈자리가 다른 지인의 자리를 맡아 놓은 것이면 어쩌나 하는 걱정이 더 앞섰다. 만약 거절당하더라도 내 옆에는 지우가 함께 있으니 용기 낼 수 있었다.

Ÿ Ÿ Ÿ

"안녕. 여기 앉아도 될까?" 콧속으로 너무 과한 숨을 들이쉰 나머지 약간 현기증이 났지만 두 주먹을 꼭 쥐고서는 당당한 척했다. 다른 곳에 자리가 없다는 등의 뒷말은 붙이지 않기로 했다. 앉을 자리가 없어 골랐다기보다 너희들을 알아가 보고 싶은 나의 마음이 내포되어 있으니 말이다.

"Sure, Sure, Sure." 그들 중 한 명이 세 번이나 반복하여 말해 주었다. 그가 일어서더니 내 쪽으로 상체를 숙이며 자리를 만들어 주었다. 앉아 있을 때는 몰랐는데 키가 상당히 큰 친구였다. 같은 아시아인이라 체구에 대해서는 어떤 위화감도 없을 줄 알았지만 순간 심장이 쿵쾅거렸다. 낯선 사람한테 말 한 번 걸었다고 이렇게 긴장하는 나였나? 아니면 그의 큰 키에 쫄은 것인가? 어쨌거나 그가 웃으니 반달 모양의 눈매가 더욱 짙어지니 매력적인 눈웃음이 흘러나왔다. 돌출된 눈썹 뼈와 진한 눈썹이 주는 이미지와 상반되었다. 강한 긍정의 답을 들으니 걱정했던 마음이 눈 녹듯 사라졌다. 검은색 뿔테 안경을 쓰고 있는 다른 한 명도 벌떡 일어나 본인의 자리를 내주었고 맞은편에 앉은 다른 한 명도 우리를 향해 연한 미소를 지어 주었다.

나는 반달 눈 친구 옆 자리에, 지우는 뿔테 안경이 내어준 자리에 앉았다. 다섯 명이 둘러 앉자마자 페이스북 아이디를 교환하기 바빴다. 으레 처음 만났을 때 본인이 누구인지 설명하기보다는 페이스북을 통해 어떤 사람인지 파악하고는 했다. 관심사가 어떤 것인지, 어떤 취향을 가지고 있는지, 혹시나 공유하고 있는 친구는 없는지 등의 개인적인 정보를 짧은 시간에 파악할 수 있었다. 오랜 시간 함께 보내야 알 수 있는 것들이지만 SNS를 통한다면 이런 시간은 단축되었다. 큰 공을 들이지 않아도 되었지만 나는 사진 몇 장으로 나라는 사람을 단정 짓는 일이 불편했다. 그럼에도 나 또한 페이스북 계정은 가지고 있었다. 어찌 됐든 대세의 흐름을 역행할 수 없었고 무엇보다 사람들과 어울리기 위해서 필수가 되어 있었다.

"어느 나라에서 왔어?" 내가 반짝이는 눈으로 모두를 향해 물었다.

"맞춰 봐." 반달 눈을 가진 그가 답했다.

"중국?" 지우가 물었다. 나도 그렇게 말하려던 참이었다. 그런데 갑자기 세 명의 야유 가득한 목소리가 공간을 채웠다.

"한국이 일본과 적대적인 것처럼 우리도 중국을 좋아하지 않아."

놀랍게도 그들은 몽골리아인이었다. 몽골이라면 딱히 알고 있는 것이 없었다. 기껏해야 세계를 재패했던 칭기즈 칸과 고려 시대 때 침입

해 우리 민족을 오랫동안 괴롭혔다는 것 정도였다. 그에 반해 그들은 한국의 영화, 음악, 음식 등 한국 문화에 대해 알고 있는 것이 많았다. 우리에게 자랑이라도 하듯 하나씩 나열하기 시작했는데 특히 대한항공을 이용할 때마다 인천공항에서 경유하니 한국을 자주 들르는 것과 마찬가지라며 한국에 대한 애정을 거침없이 표현해 주었다. 우리나라에 관심이 많은 그들에게 고마웠지만 몽골리아에 대해 아는 게 없어 무척 미안한 상황이었다. 맞은편에서 조용히 앉아 미소만 띠고 있던 친구가 입을 열었다.

"너희들 그거 알아? 몽골리아 면적이 세계에서 17위 안에 든다는 거?"

"정말? 꼭 알고 있어야 하는 나라 중 하나인 거네?" 지우의 답변에 우리 모두 박장대소했다. 지우도 나와 같은 생각을 했던 것 같았다. 그녀도 몽골리아에 대해 아는 게 전혀 없어 미안한 것이었다.

"그런데 우리가 한국 사람인 건 어떻게 알았어?" 한 치의 망설임도 없이 일본과 한국의 관계까지 운운한 사실이 신기했다.

"한국인은 하나같이 예쁘고 세련되었잖아. 다른 아시아인과 딱 구별돼." 지우 옆에 뿔테 안경을 끼고 있던 친구가 나를 쳐다보며 답했다.

"그런가? 어쨌든 우리나라에 대해 이렇게나 많이 알고 있다니 고마워." 칭찬에 약한 나는 얼버무리며 답했다.

"천만에. 아시아에서 한국을 싫어하는 나라는 없을 걸? 그나저나 이름이 뭐야?" 반달 눈을 가진 그 친구가 대뜸 나의 이름을 물었다. 페이스북 아이디만 교환한 것뿐이지 이름을 서로 물어보지 않았던 것이다.

"맞아. 내 이름! 그냥 스텔라(Stella)로 불러." '현'의 발음이 어려워 수업에서든, 사적 모임에서든 영어 이름을 만들도록 권유받았다. 심지어 교수님도 한국 이름 대신 영어 이름으로 출석을 불렀다.

"한국 이름은?" 나는 흠칫했다. '스텔라'로 소개한 이후 한국 이름을 내게 되물어본 사람은 이 아이가 처음이었다.

"지현이야. 그런데 외국인들은 '현' 발음이 잘되지 않더라고."

"지히-언?"

"아니. 히언이 아니라 현이야. 그것 봐. 어려워. 스텔라로 불러도 괜찮아." 무대와 등을 지고 앉아 있어 괴상한 코스튬을 입은 공연을 놓쳤지만 전혀 아쉽지 않았다. 어수선한 주위와 다르게 우리들은 그 어느 때보다 서로에게 집중하며 대화를 이어 갔다.

"아니야. 한국 이름으로 부를래." 영어 이름은 내키지 않는 듯 고개를 가로저으며 답했다. 사실 나는 내 이름이 좋았다. 사람의 정체성을 이름에서 찾을 수 있다고 생각하지만 로마에 가면 로마법을 따라야 하듯 어쩔 수 없는 일이라 생각했다. 하지만 그는 달랐다. 나의 한국 이름을 물어 준 그에게 고마운 감정이 일었다.

"히-언? 영어 철자가 어떻게 돼? 페이스북 다시 보여 줘 봐." 다소 적극적인 친구였다.

"Sure, sure, sure." 우리를 반갑게 맞이해 주었던 것처럼 그의 표현을 따라 말했다. 그가 아까보다 더 깊은 반달 눈웃음을 지어 보였다. 나는 페이스북을 열어 그에게 나의 휴대폰을 건네주었다. 그가 내 계정을 보더니 헤아리기 어려운 표정으로 물었다.

"네 생일이 4월 1일이야?"

"응. 만우절이야." 나는 어깨를 으쓱했다.

"나도 4월 1일이야." 그가 능글맞게 웃었다.

"오늘 만우절 아니거든?" 나는 반신반의하는 표정으로 물었지만 정말 믿기 어려웠다. 여태껏 나와 생일이 같은 사람을 만나 본 적이 없었다. 그는 자신의 폰 액정이 잘 보일 수 있게 내게 들이밀며 본인의 페이스북 계정을 보여 주었다. 그의 생일도 4월 1일이 맞았다. '오 마이 갓.' 생일만 같은 게 아니었다. 심지어 태어난 연도마저 같았다. 내 눈을 의심했다. 눈을 비비고 다시 확인해 보아도 의심의 여지없이 그와 나는 같은 날에 태어났다. 본인 계정에 생일을 거짓으로 올릴 이유가 없지 않겠는가?

"그럼 우리 같은 날에 태어난 거야?" 나는 의자를 바짝 댕겨 앉으며 다시 확인했다.

"그런 것 같은데?" 그는 어깨를 으쓱하며 아무렇지 않은 듯 답했다.

"무슨 이런 인연이 다 있어? 이게 말이 돼?" 내가 의도한 것보다 훨씬 호들갑스러운 말투여서 그의 반응과 더 비교되었다.

"신기하다." 나와 달리 그는 희한할 만큼 차분했다. 저 4글자가 다였다.

"너는 놀랍지 않아?" 나는 그 쪽으로 살짝 비틀어 앉아 물었다.

"신기하지만 생각해 봐. 세상에 몇십억 인구가 살아! 같은 날에 태어난 사람이 얼마나 많겠어?"

나는 그의 논리에 뒤지지 않고 바로 반문했다.

"그럼 같은 날에 태어난 사람을 마주할 확률은 얼마나 될까? 넌 여태껏 생일이 같은 사람을 만나 본 적이 있어?"

그는 콧잔등을 찡그리더니 고개를 말없이 저었다.

"그것 봐. 아주 기괴한 일이야." 나는 다시 그의 계정을 확인하다가 그의 이름을 발견했다. 상당히 길었다.

"이게 네 이름이야? 되게 길다. 어떻게 발음해야 돼?". 그의 휴대폰을 돌려주며 물었다.

"투야 에르덴. 길어서 그냥 투야라고 부르면 돼. 참고로 난 영어 이름 같은 건 없어." 그가 장난기 가득한 얼굴로 나를 바라보았다.

"영어 이름 따로 없이 본인 이름 그대로 쓰는 건 좋은 것 같아."

"이름을 나라별로 다 따로 가지고 있는 게 더 이상하지 않아? 그리고 난 내 이름이 좋아." 그가 앉아 있는 자세에서 여유가 느껴졌다. 불현듯 좀 불편하다 해서 주위에 자문을 구하면서까지 이름을 바꾼 나의 모습이 떠올랐다. 나와 좀 맞지 않다 해서, 또 발음이 쉽지 않다 해서 이름을 쉽게 바꾸었던 나의 모습이 마음에 썩 들지 않았다. 깊게 생각하고 한 행동은 아니었다.

내가 쌓아 온 과거의 흔적들은 '지현'으로 기억되고 있을 것이다. 심지어 잠깐 스쳐 지나간 인연일지라도 그들에게는 지금의 내 이름으로 기억될 것이다. 이름이 바뀐다면 왠지 모르게 나의 모든 과거를 빼앗기는 기분이었다. 아팠던 과거든, 행복했던 과거든 나의 함께해 준 이름이니 평생 책임지고 가고 싶었다. 어찌 됐든 지금까지 나와 함께해 준 고마운 이름이라는 사실에는 변하지 않으니 말이다. 그와 짧게 나눈 대화였지만 나로 하여금 생각이라는 것을 하게 만들었다. 어쩌면 나는 무료한 일상에서 이런 자극이 필요했는지도 모르겠다.

지우가 나머지 둘한테도 이름을 물었다.

"난 빌궁이야." 검은 뿔테를 쓴 친구가 답했다. 맞은편 친구도 이어 대답했다.

"난 무흐진이야."

"무흐? 이름이 너무 어려운 거 아니야? '흐'는 어떻게 발음해야 돼?" 내가 웃으면서 장난쳤다. 몽골어 특유의 '흐' 발음이 쉽지 않은 우리였다.

"그러니까. 그냥 몽키라고 부르면 안 돼?" 지우도 나의 장난에 가담했다.

"절대 안 되지! 내 이름은 무흐진이야. 몽키라고 부르면 절대 안 돼!" 무흐진은 순식간에 미간을 잔뜩 찌푸리며 울상을 지어 보였다.

"몽키? 그게 딱이다!" 나는 박수까지 치며 맞장구를 쳤다. 기분 탓인지 모르겠지만 몽키라 부르고 보니 그의 얼굴에서 정말 원숭이가 보이는 것은 왜일까?

"몽키라고 부른다면 어쩔 수 없지만 그래도 '무흐진'으로 부르도록 최소한 노력이라는 걸 해 주면 안 돼?" 순박하게 생긴 그는 성격까지도 순박한 듯했다.

"Never(절대)." 지우와 나는 약속이라도 한 듯 동시에 답했다.

뒤 한 번 돌아보지 않고 이 자리에 집중했다. 평소 같았으면 다른 테이블은 어떤 시간을 보내고 있을지 최소 한 번이라도 관찰했을 나였다. 예정된 행사 시간이 끝나 아쉬움을 뒤로하고 다음을 기약했는데 한국 음식에 관심이 많은 그들을 위해 가능한 한 날을 빨리 잡아 한식을 요리해 먹기로 했다. 투야는 본인의 생일을 위해 가져온 몽골 전통 술을 그날에 개봉하겠다며 신이 난 목소리로 말했다. 덕분에 몽골리아에 가지 않고도 몽골 전통술을 맛볼 수 있게 되었다. 술에 대해 문외한이지만 몽골 전통술만큼은 궁금증이 일었다.

지우와 나는 기숙사로 돌아가기 전 화장실에 잠깐 들렀다.

"오늘 파티 어땠어? 나름 괜찮지 않았어?" 나는 손에 비누 거품을 내며 그녀에게 물었다.

"완전 재미있었어! 새로운 친구들도 생기고 말이야. 이제껏 오늘만큼 영어로 길게 대화한 적이 있나 싶은데?" 지우는 세면대에서 손에 묻은 물기를 탈탈 털었다.

"그러니까! 같은 아시아권이라 그런지 왠지 더 영어가 편하게 나오는 것 같아."

"맞아. 특히 우리처럼 교환학생이 아니라 학부생이라 영어가 수준급이야! 우리가 버벅거려서 문제지! 자주 어울리면 좋을 것 같아." 지우는 한껏 상기된 목소리였다.

"완전 공감이야."

"사실 학교에서 주최하는 환영 파티라 마냥 시시할 거라고만 생각했거든. 가 봤자 한국 모임의 연장선만 될 것 같아서 가지 말까도 잠깐 고민도 했지만 가길 잘한 것 같아."

지우가 고백하듯 말했다. 나 또한 이번 파티도 성에 차지 않을 것이라 단정 지으며 지우와 같은 생각을 했었다. 잠깐 들른 지우 방에서 이야기꽃을 피우다 보니 마냥 늘어지고 싶었다. 그래서 느릿느릿 움직였고 지각은 했지만 차마 가지 말자는 말은 하지 않았다. 뭐든 적극적으

74

로 임하자고 발악하기로 약속했기에 그 말은 피하고 싶었다. 덕분에 투야, 빌궁, 무흐진이라는 친구들을 알게 되었다. 오늘 처음 만난 친구들이었지만 왠지 모르게 학교생활이 재밌어질 듯했다.

방으로 돌아와 나는 문을 잠갔다. 내일은 기다리고 기다리던 주말이었다. 여유로운 미국 학교생활을 그리고 왔지만 과제와 시험으로 허덕이다 보니 한국보다 도서관에 가야 할 일이 많았다. 그래도 내일은 토요일이니 오늘밤 늦장을 부려도 좋았다. 오랜만에 그림 일기장을 꺼내 들었다. 날짜를 보니 여기에 온 지도 벌써 한 달이 다 되어 갔다. 그 어느 때보다 속절없이 흘러가는 시간이 야속했던 때가 있나 싶었다. 나는 미처 기록하지 못한 일상들을 그려 나갔다. 친구의 범위가 조금씩 넓어지면서 불러 주는 모임도 꽤 있었다. 만족을 했냐 못했냐는 별개의 문제였지만 어쨌든 용기 내어 도전하는 일이 많아졌다. 덕분에 두 주먹을 꼭 쥐는 일이 잦아졌지만 말이다. 1년을 머무를지 아니면 여행을 통해 다른 경험을 쌓는 게 좋을지 고민하는 것은 잠시 미루어 두기로 결심했다.

ÿ ÿ ÿ

"띠링띠링…. 띠링띠링." 카톡이 울려 대기 시작했다. 아침부터 엄청난 톡이 밀려 들어와서 반쯤 감은 눈으로 확인했다. 교환학생들의 단톡방이었다. 시계는 11시가 다 되어 갔다. 카페테리아에 같이 갈 사람을 구하려고 서로의 상태를 확인하는 톡이었다. 마침 지우도 카톡 소리에 꼈는지 전화벨이 울렸다.

"지현아, 우리도 카페테리아에 가야 하나?" 평일과 달리 주말에는 카페테리아도 오후 1시부터 4시까지는 브레이크 타임을 가졌다. 주말 아침부터 서두르고 싶지 않았지만 시간을 맞추지 않으면 공복인 상태로 상당히 오래 버텨야 했다.

"다른 대안이 없을까?" 나는 간만의 늦잠이라 좀 더 뒹굴고 싶었다.

"우리 나중에 셔틀버스 타고 나가서 몰에서 먹을까?" 지우는 기발한 대안을 찾은 것마냥 상기된 목소리로 물었다. 그 방법밖에 없으니 알겠다고 했지만 사실 몰에서 파는 음식들 또한 지극히 자극적인 음식들 뿐이라 그녀와 같이 상기된 목소리로 답해 주지 못했다.

셔틀버스에 올라타며 물었다.

"메이시스 백화점 안에 있는 푸드코트에서 먹을 거지?"

"그래야겠지? 그런데 국물 요리가 간절해. 날씨가 흐려서 더 그런가 봐." 지우는 으슬으슬 추운지 손으로 위팔을 문질러 댔다.

"워낙 시골이라 주변에 아시안 마트나 식당은 없는 것 같지 않아? 아니면 우리만 모르는 건가?" 나는 자리에 앉으며 말을 이었다.

"아! 맞아. 우리 처음에 오티 하고 이튿날 뒤였나? 통장 만들러 다 같이 은행에 들렀던 거 기억나?" 은행 수수료에 자유롭기 위해 학교 측에서는 현지 은행(Bank of America)에 들러 우리 모두가 계좌를 개설할 수 있도록 도와주었다.

"거기 옆에 'PHO'라는 상호명이 적힌 건물을 봤는데 이름부터 쌀국

수 식당 냄새가 나지 않아?" 호기심 가득한 눈으로 쳐다보며 버스에 자리를 잡았다.

"월마트 갈 때 몇 번 본 것 같아. 그럼 오늘 거기로 가 볼까?" 셔틀버스는 그곳을 지나쳐 월마트에서 정차했기 때문에 왔던 길을 거슬러 올라가면 되었다.

"그런데 베트남 식당이 아닐 수도 있어." 혹시 헛걸음을 할 수도 있기에 멋쩍게 웃으며 답했다.

"아니면 어때? 가 보자."

"네가 꺼려 하면 어쩌나 했는데 다행이다."

"당연히 가 봐야지." 지우는 긍정의 표현을 한 번 더 해 주었다. 그 건물이 식당이 아닐 수도 있지만 매번 갔던 데만 오고 가기보다는 다른 곳도 탐험하고 싶었다. 우연히 탐험하다가 뜻밖의 발견을 할지도 모를 일이었다. 미지의 세계를 마주하기 전에는 두려움 한가득이지만 막상 도전하고 나면 별것 아닌 경우가 많았다. 매번 처음 용기 내는 일은 힘든 일이었다. 하지만 먼 타국이라도 그녀가 함께해 주고 있으니 든든했다. 그녀는 나에게, 나는 그녀에게 용기를 불어넣어 주는 친구가 되어 가고 있었다. 여태껏 단 한 번도 가져 본 적 없는 단짝으로 말이다.

셔틀버스에서 바라볼 때는 몰랐는데 막상 걸어서 가려고 하니 인도 폭이 상당이 좁았고, 차들이 빠른 속도로 달려 상당히 위험했다. 이 도시는 모두가 차를 소유하고 있는지 학교에서조차도 학생들 대부분이 차로 이동했고 걸어가는 모습을 본 적이 없었다. 제일 이해되지 않는 것은 체육관에 갈 때였다. 걷는 것도 운동일 텐데 차를 타고 이동하는 모습이 꽤 낯설었다. 누가 이 도시에 택시가 2~3대밖에 없다고 한 말이 떠올랐다. 뉴욕 배경인 영화를 보면 노란 택시가 잘만 보이던데 이곳은 찾아오는 관광객도 없어서인지 택시에 대한 수요도 없는 것일까? 그렇다고 차를 소유하고 있는 시민들이 이용할 일도 없을 테니 말이다.

지우와 나란히 걸으니 위험한 것 같아 나는 뒤로 물러서서 걸었다. 지우는 갑자기 생각이 났는지 뒤로 돌아보며 말했다.

"얼마 전에 태오 오빠, 기훈 오빠, 모건 이렇게 셋이서 몰까지 자전거 타고 간 거 알아?"

"이 도로에서? 익스트림 스포츠를 즐기는 사람들이야?" 내가 경악한 표정으로 물었다.

"아주 목숨 내놓고 다니는 거지."

"그런데 생각해 보면 지금 우리도 목숨 내놓고 걸어가는 중이야. 그 위험한 짓을 우리도 하고 있어!" 자전거를 타고 간 사람들과 우리는 크게 다른 점이 없었다.

"우리도 그런 셈이지. 밥 한 끼 먹겠다고 말이야." 지우는 끼니 하나 때우려고 이런 위험을 감수하고 있는 이 상황이 웃긴지 앞에서 깔깔거렸다.

"기훈 오빠는 원래 알던 사이였던 거야? 저번에 말한 삼겹살 파티는 또 뭐야?" 시끄러운 차 소리 때문에 잘 들리지 않는지 지우가 자꾸 뒤도는 것이 위험해 보여서 배에 잔뜩 힘을 주며 큰 소리로 물었다.

"처음에 카페테리아 열기 전에 태오 오빠 집에서 삼겹살을 먹은 적이 있어. 그때 안 거야. 태오 오빠 자취 집이 맥도날드 뒤쪽에 있는 빌라

단지에 있거든. 여기 방값이 엄청 싸서 기숙사에 살면 호구라고 하더라고. 아무튼 집이 되게 넓어. 이번 기수 스무 명이 다 들어가고도 남을 걸?"

"우와~. 그렇게 넓어? 거기다 삼겹살까지? 재밌었겠다." 처음에 나도 주물럭 멤버들과 어울려 다녔던 것처럼 지우도 그들과 모임이 잦았던 모양이었다.

"그냥 술파티야. 아마 그 이후로도 그 집에서 자주 모일 걸? 한국이랑 다를 게 없어. 조만간 태오 오빠가 교환학생 전체 모임을 추진할 거래. 삼겹살 파티하자는 거지. 같이 가자!"

"좋아. 그래도 우리는 거리를 두자. 영어 해야지." 나는 차가 쌩쌩 달리는 도로에서 긴장을 늦추지 않으며 대답했다.

"맞아. 나도 그 이후로는 가지 않았어." 지우는 뒤돌아서서 눈을 찡긋하며 걱정 말라는 얼굴을 지어 보냈다.

어느새 우리는 'Pho'라고 적힌 대문 앞에 섰다. 들어가기도 전에 쌀국수 특유의 향신료 냄새가 코를 쏘아댔다. 예상대로 이곳은 베트남 식당이 맞았다. 내부는 넓었지만 오래 되었는지 꽤 연식이 있어 보였다. 정말 베트남 현지에서 튀어나온 듯한 동양인 여자가 자리를 안내해 주었다. 지나가면서 보니 의자의 인조 가죽이 수명이 다 되었는지 하얀색 충전재가 군데군데 튀어나와 있었다. 그중에서 제일 덜 뜯긴 의자로 향했다. 한쪽 벽에 베트남 풍의 그림이 걸려 있는 자리에 앉으며 여종업원이 주는 메뉴판을 받아 들었다. 메뉴를 쭉 훑어본 뒤 게살 볶음

밥과 양지머리 쌀국수를 주문했다. 내어 준 자스민 차를 홀짝거린 지 오래되지 않았지만 한국처럼 음식이 금방 나왔다. 호호 불며 살짝 들이키니 굉장히 진한 국물이었다. 국물 한 모금에도 느낄 수 있었다. 현지인이 운영하고 있는 식당임이 틀림없었다. 지우와 나는 말없이 먹기만 했다. 오늘의 첫 끼였다.

"국물이 짜긴 해도 진국이야! 당분간 한국 음식 생각도 안 날 것 같아!" 지우는 먹는 소리만 난무했던 이 공간의 정적을 깨 주었다.

"볶음밥도 스리라차 소스에 비벼 먹어 봐. 울렁대는 속도 진정돼." 나는 기막힌 맛을 찾은 것마냥 들떠서 그녀에게 식탁 위에 비치된 스리라차 소스를 건네주었다.

"알았어. 우리 다음에도 또 오자!"

"설마 주말마다 오는 건 아니겠지?" 내가 익살스럽게 웃으며 답했다.

식사를 끝내고 거리로 나와 영수증을 확인하니 꽤 많은 금액이 찍혀 있었다. 팁은 예상했지만 세금까지 따로 붙을 줄 몰랐던 것이다. 메뉴판에 적힌 금액에 세금 정도는 당연히 포함됐을 것이라 생각했다. 메뉴판 금액에서 50%는 더 잡아야 할 성싶었다. 푸드코트, 서브웨이, 맥도날드에 사람들로 넘치는 이유를 좀 알 것도 같았다. 그곳에서는 팁과 세금을 따로 내지 않아도 되었다. 여기 있는 동안 종종 오게 될 텐데 웃돈이 생각보다 많이 붙어 아쉬운 우리였지만 정말 오랜만에 입에 맞는 음식을 먹은 기분이었다. 우리는 이 기세를 몰아 쇼핑몰로 향했다. 시골이라 미국에서도 이곳은 생필품의 경우 물가가 굉장히 쌌다. 한국으로 돌아가기 전에 한 상자 가득 담아 택배를 붙일 나의 모습이 머릿

불꽃과 재 속의 작은 불씨 - 상

속에 그려졌다. 신발도 한국의 반값이었으며 마침 1+1 행사까지 진행하고 있었다. 지우와 나는 눈이 마주쳤다.

"우리 하나씩 고를래?" 지우는 나와 같은 생각을 하고 있었다.

"완전 좋지. 안 사면 분명 후회할 거야." 학교에서 잘 신을지는 모르겠지만 할인도 하는 김에 화려한 것으로 고르기로 했다. 나는 실버 스파클, 지우는 골드 스파클을 신고서는 전신 거울 앞에 섰다. 반짝반짝 빛이 나는 것이 지우도 맘에 드는 눈치였다. 운동화에 후드티만 입고 다녀서인지 이런 기분 전환이 정말 필요했다. 지우와 나는 쇼핑백 하나씩 들고 매장을 나왔다. 우리의 첫 커플템이었다. 남들이 다 하는 우정 반지를 나누어 끼면 이런 기분일까?

다음으로는 '빅토리아 시크릿'에 들어갔다. 한국에는 없는 브랜드였기에 기대가 컸다. 여기도 세일을 많이 했다. 무슨 기념일도 아닌데 유리창에는 할인 안내 전단지가 일관성 없이 덕지덕지 붙어 있었다. 이것저것 향을 맡아 보며 향수를 살펴보았다. 달달하거나 플로럴 향보다는 내가 좋아하는 우디 향을 찾기 위해 심혈을 기울였다. 드디어 요즘 바이브와 어울릴 만한 향을 찾았다. 나는 그 시절 자주 사용한 향수를 통해 기억을 추억하는 편이었다. 한국에 돌아가서도 이 향만 맡으면 언제, 어디서든지 이곳으로 시간 여행을 떠날 수 있을 것이다. 나는 방으로 돌아오자마자 향수의 비닐 포장을 벗긴 뒤 방 전체에 그득 뿌렸다. 오늘이 추억으로 무르익을 수 있게 말이다.

[2월]

대부분의 남는 시간을 도서관에서 보냈다. 수업에 좀 더 적극적으로 참여하고 싶은 욕심도 있었지만 학기 초만큼 행사가 왕성한 것은 아니었다. 그렇다고 해서 파티나 모임이 아예 사라진 것은 아니었다. 며칠 전에는 태오 오빠 집에서 교환학생 스무 명 전체가 모여 삼겹살 파티를 벌였다. 물론 기훈 오빠, 민정이, 모건도 함께했다. 태오 오빠 집은 굉장히 넓었는데 특이한 점이 그 넓은 공간을 가구로 채워 넣지 않았다는 것이다. 가구를 일부러 채워 넣지 않은 것일까? 20명 이상이 자리를 잡았음에도 공간이 남을 정도였다.

이제는 한국인 친구들과 모임을 가져도 조바심이 나지 않았다. 1월과 크게 달라진 점은 몽골리아 친구들과 함께 시간을 보낸다는 것이었다. 확실히 영어를 사용하는 빈도수가 높아졌다. 나는 커먼스 빌딩에 세탁하러 갈때면 투야를 종종 마주치고는 했다. 아마 빨래하는 주기가 비슷한 듯했다. 빌궁과 무흐진은 태오 오빠 집 근처에 있는 다른 빌라에서 자취를 했고 투야만 NPQ 기숙사 뒤에 위치한 'RWD(Red Wolf Den)' 기숙사에서 생활했다. RWD 전용 커먼스 빌딩이 있음에도 투야는 NPQ 커먼스 빌딩까지 오곤 했다.

"왜 여기까지 와서 빨래해? 안 불편해?" 줄지어 설치된 대형 세탁기 중 비어 있는 곳 앞에 서며 물었다. 옆에서 어떤 사람이 막 다 된 빨래를 꺼내자 포근한 냄새가 사방으로 번져 나갔다.

"거기는 세탁기가 몇 대 없어. 갈 때마다 다 사용 중이야. 그리고 여기와 거리가 먼 것도 아니니까." 빌궁과 무흐진과 달리 왜 투야 혼자만 기숙사 생활을 하는지 불현듯 궁금해졌다.

"왜 너만 기숙사 생활해? 학부생이라 굳이 비싼 돈 내고 여기 지낼 이유가 없잖아?" 교환학생의 경우 기숙사 신청이 의무지만 학부생들에게는 의무가 아니었다.

"나만의 공간이 필요한 법이니까. 너도 그렇잖아." 그는 세제를 아래 내려다 두었다.

"그렇지. 내 공간이 중요하긴 하지만⋯." 나는 다소 당황스러웠다. 모든 사람이 본인만의 공간이 필요한 것은 아니다. 모든 걸 공유하며 함께하는 것을 선호하는 사람도 있지 않은가? 투야가 나를 왜 그렇게 보았는지 궁금했다.

"그렇게 생각한 이유가 뭐야? 내가 그렇지 않을 수도 있잖아." 나는 빨래 바구니를 들어올리며 물었다.

"세탁실에 올 때마다 혼자 있던데?" 투야는 세탁기 문을 열어 빨래를 쏟아 붓고 있었다.

"그게 왜?" 내가 의아한 얼굴로 그를 바라보았다.

"수업 갈 때도 혼자 가잖아." 이상하게도 투야를 알게 된 이후로 정말 자주 마주쳤다. 예전에도 동선이 비슷해서 자주 마주쳤던 것일까? 그때는 아는 사이가 아니었기에 마주쳤더라도 알아차리지 못하고 그냥 지나쳤던 것일까? 우연이라고 하기에는 너무 자주 마주쳤다.

"그렇지. 당연히 수업이 다 다르니까."

"그래. 수업이 다른 게 당연하지. 그런데 교환학생들이 매 학기마다 오잖아. 보면 항상 같이 다니던데? 시간표가 동일하지 않은 이상 저렇게 늘 붙어 다닐 수는 없을 것 같거든. 전공이 다 같은 거야? 신기했어." 그는 어깨를 으쓱했다.

"나도 지우와 수업 같은 거 있어. 다른 친구들도 수업 겹치는 거 몇 개 있고."

"수업이 겹치는 걸 말하는 게 아닌 거 알잖아." 투야는 점점 진지한 표정이었다. 사실 그의 말이 어느 정도는 맞았다. 영어가 서툰 우리는 무엇이든 함께하는 것을 선호했다. 수업에서 미처 파악하지 못한 것들을 서로를 통해 보완받고자 했기 때문에 웬만하면 시간표를 같이 짰고 함께 움직였다. 하지만 나는 한국에서도 시간표가 겹치는 경우가 드물었다. 혼자서라도 다른 학과 전공들을 시도한 탓에 학점은 낮았지만 새로운 분야를 알아가고 배우는 재미가 있었다.

투야는 마지막 건조 버튼을 누르며 말을 이었다.

"다른 몽골리아 친구들이 빌궁과 무흐진 집에 끊임없이 찾아와. 항상 시끄러운 상황에 노출되고 싶지 않거든." 투야는 이제서야 아까 그 질문에 답을 해 주었다.

"그 집이 너희들의 아지트인 셈이구나? 그런데 너희들 말고도 몽골리아 친구들이 더 있어?"

"꽤 있지." 그는 당연하다는 듯 답했다.

"그런데 왜 난 단 한 번도 못 봤지?" 나는 고개를 갸우뚱거리며 빨래바구니를 껴안았다.

"네가 보고 싶은 것만 봐서 그런 거 아니야?" 투야는 다소 풀어진 얼굴로 능글맞게 웃어 보였다. 나는 이번만큼은 순순히 인정하고 싶지 않았다.

"아니거든? 너희 셋이 붙어 있는 꼴도 보기 힘들어. 체육관에서 농구할 때나 같이 있을 뿐이잖아. 다른 친구들과 대체 언제 함께 있었다는 거야?" 나는 괜히 열을 냈다.

"그것 봐. 그런데 너희 한국 친구들은 항상 붙어 있지 않아?" 그는 나의 약을 올리려고 작정한 듯했다.

"아니라니까!" 의도치 않았지만 나의 목소리는 날이 서 있었다. 외국인의 눈에 한국 사람은 의존적이며 주체적이지 못하다고 생각하는 것 같아 심기가 불편해진 탓이었다. 누가 동전을 빼지 않은 채 건조기를 돌렸는지 뒤에서 딸각거리는 소리가 굉장히 거슬리기 시작했다.

"알았으니까 진정해. 어쨌든 다른 몽골리아 친구들도 꽤 있어. 그리고 너는 독립적인 것 같아. 이렇게 마주칠 때 보면 항상 혼자던데?"

"맞아! 한국 애들이 참 독립적이지!" 나는 이때다 싶어 강조하며 말했다.

"아니. 너만 그래!" 한국인 모두가 독립적이란 말은 절대 동의할 수가 없다는 듯이 고개를 세차게 저었다. 여태껏 본 적 없는 단호한 표정이었다.

"아니야. 네가 아직 안 겪어 봐서 그래."

그의 말이 맞을지도 모르겠지만 인정하고 싶지 않았다. 학창 시절 일제강점기에 독립운동을 했던 열사나 위인들을 공부할 때였다. 매국노가 독립운동가의 후손보다 더 잘 살아가는 곳이 한국이라 배웠다. 그 이후로 나라를 위해 목숨을 바치는 일은 참 어리석은 일이라 생각했다. 나라가 위기에 처할지라도 그들과 똑같은 행보를 걷지 않겠다고 어린 마음에 속으로 다짐도 했었다. 그런데 외국인 눈에 의존적인 사람으로 비치는 것이 왜 이리도 싫을까? 정말 별 것도 아닌 일에 불끈 화가 났다. 외국에 나오니 없던 애국심이라도 생긴 걸까? 그런 것 같지는 않았다. 독립운동가들 중에서도 그저 나의 가족과 사랑하는 이들을 지키고 싶은 마음에 용기를 냈던 사람들도 있었을 테니까. 모두가 거시적으로 나라를 구한다는 마음으로 덤벼든 것은 아닐 것이다. 나도 오롯이 처음으로 마음을 열게 된 친구들을 위한 일종의 방어 기제가 작용한 듯했다.

"내가 속단했다면 미안해." 그가 갑자기 내 기분을 살피며 풀어진 얼굴로 사과했다. 그의 사과에 이런 일로 발끈한 내가 볼품없어 보였을 것이라고 생각하니 순간 얼굴이 화끈 달아올랐다.

"네가 사과할 일은 아니지. 내가 미안해. 괜한 일에 열이나 내고."

"그나저나 체육관에 자주 가지?" 그가 주제를 돌렸다.

"종종 배드민턴 내기하러 가지." 우리는 테라스로 나가 대화를 이어

나갔다. 건조기 앞에 서서 빨래가 다 될 때까지 짤랑거리는 동전 소리를 참아 내고 있을 이유가 없었다.

"나랑도 내기하자."

"너랑 무슨 내기해?" 지나가는 사람들을 구경하고 있던 나는 시선을 거두고 그를 바라보았다. 해가 뉘엿뉘엿 넘어가더니 금세 어둠이 깔리고 있었다. 마침 가로등에 번쩍거리며 불이 들어왔다.

"농구 한 판하자." 투야는 상기된 목소리로 말했다.

"오. 내 농구 실력 보면 놀랄 텐데? 괜찮겠어?" 나는 세상에서 가장 익살스러운 표정을 지어 보였다.

"알지! 너 승부욕 강하잖아. 재밌을 것 같아!" 아까 진지했던 표정과 달리 어느새 장난기 가득한 얼굴이었다.

"알면 긴장해!"

내가 승부욕이 강한 것은 또 어떻게 알아서 저런 말을 하는지 의문이었다. 투야는 나에 대해 잘 맞추는 것 같았다. 아니면 나보다 관찰력이 더 좋은 사람인 것일까? 실제로 농구공 튀기는 걸 좋아해서 드리블을 곧잘 했었다. 공을 바닥에 튀길 때 멀어진 것 같다가도 결국 내 손안으로 착 감길 때 오는 희열감은 말로 설명할 수 없었다. 멀어진 것 같지만 곧 이내 손안으로 들어올 때면 오히려 떠나보내야 비로소 얻을 수 있다는 세상의 이치를 배우는 것 같기도 했다. 그런 매력 때문에 스트레스가 쌓일 때면 가끔씩 오락실에 가 빼먹지 않고 했던 게임이 농구였다. 농구공을 골대에 넣는 아주 단순한 게임이었는데 내가 가장 좋아하는 게임 중 하나였다.

그와 함께하면 시간이 빨리 흘러갔다. 보통은 빨래를 돌려놓고 방에서 시간을 때우다가 세탁실로 돌아왔다. 그리고 건조기 앞에서 30분을 또 기다려야 했다. 오늘같이 투야를 우연히 만나는 날이면 방에 들르지 않았다. 오히려 건조가 끝난 빨래가 주인이 오기만을 기다리고 있을 뿐이었다.

투야는 오늘도 어김없이 가까운 거리임에도 꼭 나를 기숙사 앞까지 데려다주었다. 아무렴 본인의 기숙사보다 멀까? 본인이 RWD 전용 커먼스가 아니라 NPQ 전용 커먼스 빌딩에 온 사실을 까먹은 것일까? 10시밖에 안 된 시간이었지만 위험하다는 이유였다. 그는 이럴 때 보면 꼭 옛날 사람 같았다. 신사숙녀라는 말이 나오던 할머니 할아버지 시절, 꼭 숙녀를 집 앞까지 안전하게 모셔야 하는 신사의 숙명으로 여기는 사람처럼 행동했다.

Ÿ Ÿ Ÿ

내가 가장 좋아하는 금요일이다. 수업이 끝나고 오늘도 어김없이 만남의 장소인 카페테리아로 향했다. 한국 친구들은 큰 라운드 테이블 하나 떡하니 차지하고 있었다. 나와 지우도 자연스럽게 그리로 향했다. 허니 머스타드 소스가 잔뜩 들어간 샐러드를 지우와 나누어 먹고 있었다.

"지현아, 소스 그렇게 많이 넣어서 먹으면 살 안 빠져." 하준 오빠가 노란색이 한가득 뿌려진 샐러드를 보며 기겁하는 표정을 지었다.

"샐러드를 먹어야 살이 빠지지. 그런데 풀때기 먹으려면 소스는 기본 아니야?" 나는 허니머스터드 소스가 줄줄 흐르는 샐러드에 포크로 찍으며 물었다.

"샐러드를 그렇게 먹으면 살 안 빠지지. 코끼리도 풀만 먹는데?" 같이 먹던 다른 친구들이 박장대소했다. 나도 따라 웃었다.

"지현아, 너는 왜 따라 웃어? 화 나지 않아?" 윤재 오빠가 사용하던 젓가락을 내려놓으며 말했다. 카페테리아에서 제공하는 젓가락은 없지만 그는 본인 젓가락을 항상 챙겨 다녔다. 나는 그 번거로움을 감수하지 못하겠지만 나 또한 젓가락이 편한지라 그가 젓가락을 사용할 때마다 항상 눈길이 갔다.

"괜찮아. 코끼리는 생각도 못 했는데 기발했어. 샐러드도 조심해야 한다는 사실을 알았으니 됐어." 나는 무심한 말투로 답한 뒤 포크를 내려놓았다.

"네가 다 받아 주니까 형이 계속 놀리는 거야." 윤재 오빠는 눈살을 찌푸리며 안타깝게 나를 쳐다보았다. 그의 걱정과 달리 사실 이런 류의 장난은 애교로 느껴질 정도였다. 이보다 더 모진 말들도 무수히 견뎌왔던 나였다.

"장난이야. 너 살쪄도 돼. 무슨 살을 뺀다고 그래?" 무안했는지 아니면 정말로 미안했는지 하준 오빠가 내게 다시 말을 걸었다.

"이미 살이 쪘는 걸?" 나는 사과를 한 입 베어 물고는 어깨를 으쓱했다.

"살이 쪄도 서양인들은 우리를 정말 왜소하게 보잖아. 특히 너는 더 비실하게 볼 걸?" 윤재 오빠가 카페테리아에 있는 재료를 이용해 햄버거를 제조하면서 말했다. 그는 모닝빵을 반으로 가른 뒤 닭가슴살 패티와 샐러드 코너에 있는 슬라이스된 토마토와 렌치 소스를 가득 뿌렸다. 저 조합으로 만들어 먹을 생각은 못 했는데 나중에 시도해 봐야겠다는 생각이 들었다. 꽤 별미가 될 듯했다.

"그러니까 시작도 안 했는데 이미 진 기분이야." 나는 그 모습에서 눈을 떼지 않은 채 답했다.

"출발점이 다른 걸 어쩌겠냐? 만족하고 살아야지." 하준 오빠의 체념한 듯한 목소리가 흘러나왔다. 순간 무언가 번쩍하고 떠올랐는지 눈이 커졌다.

"오늘 마코토가 집으로 초대했거든. 직접 음식을 만들어서 준비할 거래. 친구들 데리고 와도 된다고 하길래 가고 싶은 사람 있어?" 하준 오빠도 외국인 친구를 사귄 모양이었다. 태오 오빠 집에서 술만 퍼 마시는 줄 알았는데 다른 국적을 가진 친구가 있다는 사실이 대견해서 물었다.

"마코토가 누구야?"

"일본인 친구야. 오, 지현이 관심을 보이는데? 같이 가자." 하준 오빠가 긴 앞머리를 귀 뒤에 꽂으며 괴상한 목소리를 흘렸다.

"그 괴상한 목소리를 거두어 준다면 생각해 보지." 내가 놀리듯 말했다. 그리고 지우에게 가자는 눈짓을 보냈다.

"오빠 몇 시, 어디로 가면 돼?" 지우는 홀짝거리던 사이다를 내려놓으며 물었다.

"시간은 6시이고 더 빌리지 하우스라고 대학원 기숙사라서 여기서 좀 멀어. 학교에서도 꽤 외곽에 위치해 있거든."

Ÿ Ÿ Ÿ

명기 오빠와 민정이도 함께하기로 하여 NPQ 1동 로비에서 만나기로 했다. 1동 거주자인 민정이와 하준 오빠는 로비 소파에 널브러진 채로 반쯤 누워 있었다. 곧이어 3동에 사는 지우와 4동에 사는 명기 오빠가 들어왔다.

우리는 옷자락을 단단히 여미며 앞으로 나아갔다.

"아직 겨울은 겨울이야." 나는 모진 바람을 뚫으며 말했다.

"그러니까. 이렇게 걸어가는 사람은 우리밖에 없을 거야." 민정이가 깔깔 웃었다.

"왜 이렇게 웃기지? 우리 진짜 의지의 한국인이지 않아? 이곳 사람들은 절대 걸어 다니지 않을 것 같은데." 옷깃을 여며 쥔 오른손이 시려 와 왼손으로 바꾸었다. 불쑥 하준 오빠가 나를 보더니 무언가가 떠올랐는지 표정이 괴상하게 변하고 있었다.

"저번 환영 파티에서 어떤 남자애들이랑 분위기가 아주 화기애애하던데?" 하준 오빠가 장난스럽게 비꼬는 말투로 말했다.

"왜 질투 났어?" 나는 굴하지 않고 받아쳤다.

"아니 스스럼없이 그쪽으로 가길래 놀랐을 뿐이야." 내 예상과 달리 더 이상 놀리지 않았다. 하준 오빠의 장난기 가득한 얼굴이 어느새 사라져 있었다.

"영어 때문에 온 거니까. 외국인 친구들을 다양하게 만나보고 싶어." 나는 솔직하게 답했다.

"그래서 나도 자극받아서 마코토와 친구가 된 거야. 덕분에 오늘 초대도 받았고."

"내가 좋은 영향을 준 거네?" 나는 만족스러운 미소를 지어 보였다.

"그런 셈이지."

"걔네들은 어느 나라 사람이야? 중국인?" 가만히 듣고만 있던 명기 오빠가 특유의 진지한 얼굴로 물었다.

"오빠도 그렇게 생각했지?" 지우는 상기된 목소리가 흘러나왔다. 그녀는 차가운 바람에 눈이 시린지 눈가 주변에 고인 눈물을 찍어냈다.

"일본은 아닐 테니까 중국 아니야?"

"어, 몽골리아더라고." 지우의 말에 나를 제외한 나머지 네 명은 한 대 얻어 맞은 얼굴이었다. 다들 상당히 놀란 눈치였다.

"몽골? 몽골 사람 처음 봐." 하준 오빠는 무척 신기해했다.

"여기까지 와서 공부하는 거 보면 좀 사는 집 애들이겠어." 오늘도 명기 오빠의 미간에 자리잡은 근육은 열일하고 있었다.

"몽골 사람들은 어떻게 말해? 지현아 한번 보여 줘 봐." 대뜸 하준 오빠가 나에게 한 말이었다.

"뭐라는 거야? 우리 영어로 대화하거든?" 나는 어이없는 표정으로 그를 쏘아보았다.

"그래도 걔네들끼리는 몽골어로 말할 거 아냐?" 끈질기게 요구하는 하준 오빠였다.

"진짜 따라 하기 힘들어. 그냥 '흐~~, 흐~~.' 뭔가 불어 발음 중 하나
인 것 같았어."

폐 깊숙한 곳에서부터 끌어 올려야 하는 발음이었다.

"그게 뭐야? 시킨다고 다 하냐고! 너 왜 이렇게 웃겨?" 그는 자지러지
게 웃기 시작하더니 방방 뛰기까지 했다. 하준 오빠를 시작으로 모두
웃음이 터져 버리고 말았다.

"나를 자꾸만 웃음의 도구로 사용하다니!"

그는 진정하라는 듯 내 어깨를 툭툭 쳤다. 단순히 웃고 떠들 수 있다
는 것 자체가 좋았지만 아까 윤재 오빠의 말이 떠올랐다. 관대함에 브
레이크를 걸어야 할 때였다.

"작작해." 정색한 표정을 지어 보였다. 효과가 있을지 없을지 모를 일
이지만 도착할 때까지 얼굴의 근육을 풀지 않았다.

마코토의 기숙사는 3층이었으며 NPQ 기숙사와 달리 계단이 외부
로 연결되어 있는 구조였다. 일행의 뒤를 따라 제일 끝에 서서 하준 오
빠가 벨을 누른 뒤 호주머니에 손을 얼른 다시 꽂아 넣는 모습을 천천
히 지켜보았다. 나 또한 추운 날씨 때문에 얼굴과 손의 감각이 점점 무
뎌지는 기분이었다. 곧이어 체구가 다소 육중한 마코토라는 친구가 집
안의 따뜻한 온기를 내뿜으며 우리를 맞이해 주었다. 룸메 두 명도 함
께 나왔는데 프랑스 사람이라고 소개했다. 공교롭게도 아까 '흐' 발음
이 떠올랐다. 갑자기 불어가 듣고 싶은 것은 기분 탓이겠지?

마코토는 우리에게 식사부터 권했다. 늦은 점심을 먹은 탓에 딱히 배고프지 않다고 생각했지만 맛깔스럽게 차려 놓은 일본 음식을 보니 식욕이 돌았다. 아칸소주가 내륙에 위치해 있어 구하기 어려운 생선으로 만든 초밥은 아니었지만 계란과 얇은 소고기로 만든 초밥들이 정갈하게 놓여 있었다. 그 외에도 각종 꼬치와 새우말이도 보였다. 식당에서 팔아도 전혀 나무랄 데가 없어 보였다. 거실 테이블을 옮긴 탓인지 움푹 패인 자국이 있는 카펫에 둘러 앉아 우리는 젓가락을 열심히 휘둘렀다. 우리 모두 '우와'라는 소리가 절로 터져 나왔다.

"마코토가 일본에서 셰프로도 일했었대. 관련 자격증도 있다고 하더라고?" 하준 오빠가 설명했다.

"어쩐지 요리가 수준급인 것 같더라니." 정갈하게 차려 놓은 음식들을 세심하게 훑어보았던 명기 오빠였다.

"이걸 다 어떻게 혼자 만들 수 있지? 난 첫인상은 셰프보다는 운동하는 사람일 것 같았거든. 편견일 수 있지만 말이야." 지우가 새우말이를 입에 넣으며 거들었다.

"일본에서 유도도 오랫동안 했었대."

"반전이다. 운동에, 요리까지 완전 멋지다." 명기 오빠는 에너지 드링크 캔을 한 모금 하더니 올라오는 트림을 삼키며 감탄했다. 특이하게도 술은 보이지 않았고 탄산음료만 보일 뿐이었다. 술이 난무했던 첫 파티와 분위기가 사뭇 달랐다.

"일본 사람들이 요리에 진심인 것 같아. 당연히 사람마다 다르겠지만 말이야. 저번 학기에 사귀게 된 일본인 친구 2명이 있는데 가끔씩 만나서 함께 시간을 가지거든. 우동을 해 주겠다고 초대받아서 기숙사에 놀러간 적이 있어. 나는 우동을 먹자고 하니 당연히 면은 인스턴트 면일 거라 생각했거든. 웬걸? 우동 면을 반죽하고 있는 거야! 거기다 맛까지 일품이었어." 민정이는 그때 먹은 우동이 실로 기가 막힌지 고개를 젓고 있었다.

"우동 면을 어떻게 뽑아?" 지우는 재밌다는 듯 눈을 반짝였다.

"웬만한 요리 도구가 다 있어!"

"어떻게 다들 요리를 잘하는 거지?" 나는 계란 초밥을 입에 넣으며 물었다.

"나도 한국 음식 몇 번 해 줬는데. 우리는 알지? 인스턴트 재료 없으면 못 만드는 거? 다음에 '오코노미야끼' 해 먹자는데 시간 되면 같이 갈래?" 지우와 나를 바라보며 물었다.

"그래도 돼?" 내가 곧바로 답했다.

"당연하지. 약속 잡히면 알려 줄게!" 민정이는 환하게 미소 지었다. 해맑은 얼굴이 양 갈래로 땋은 머리와 잘 어울렸다.

배가 찬 우리들도 흩어져 놀기 시작했다. 대화를 나누는 사람도 있고 게임을 즐기는 사람도 있고 제각각이었다. 한쪽 방에서는 둥그렇게 둘러 앉아 서로의 자리를 뺏고 뺏기는 게임이 벌어지고 있었다. 나는 어떤 게임인지 룰을 채 파악하기도 전에 그 방을 얼른 나와 버렸다. 거의 몸싸움을 방불케 하는 게임이었기에 나는 저곳에 낄 수 없음을 단번에 알아차렸다. 참여하는 순간 아마 온몸의 뼈가 으스러질 것이다. 명기 오빠에게 강한 태클을 당한 뒤로는 몸을 사리기로 마음먹었으니 뒤도 돌아보지 않고 방문을 닫아 버렸다. 방에서 나오는데 안면이 있는 친구와 눈이 마주쳤다.

"Hey Stella. 오, 여기서 보게 되다니?" 이 친구를 만났을 때는 영어 이름이 없었다. 아마 페이스북에 추가된 내 영어이름을 본 것 같았다. 그 파티 이후로 한 번도 마주치지 못했던 우리였다. 그럼에도 루나는 오래전 알았던 친구처럼 대해 주었다. 살짝 당황했지만 그 친구의 무드를 맞추려 노력했다.

"루나. 그때 이후로 처음이지? 여기서 보니 반갑다."

"맞아. 오늘 너무 예쁜데?" 나를 한번 훑어보더니 대뜸 건네는 말이었다. 갑자기 훅 들어온 칭찬에 적잖이 당황스러웠다. 그녀의 건강미 넘치는 모습에 비하면 명함도 못 내밀 수준이었다. 손사래를 치며 No를 외치는 나의 모습이 가히 우스꽝스러웠을 것이다. 루나는 그런 내가 귀엽다는 듯 웃어 주었다. 그녀는 파티를 또 계획하고 있으니 페이스북 공지를 확인해 달라 말하며 이번에도 유유히 사라졌다.

걸어서 돌아가야 하는 우리는 다른 친구들보다 집을 일찍 나섰다. 돌아가는 길에는 마코토가 지우한테 여자친구가 되어 달라고 고백한 이야기가 주제가 되었는데 놀릴 거리가 하나 더 생겨서인지 하준 오빠는 아주 신이 나 있었다.

"일본 사람들 특이해. 다들 상습범인 것 같아. 보는 애들마다 다 사귀자고 하는 것 같아." 민정이가 어이없다는 듯 고개를 내저으며 말을

불꽃과 재 속의 작은 불씨 - 상

했다.

"왜 또 누가 그랬었어?" 명기 오빠가 물었다.

"예전 파티에서 지현이한테도 그랬거든." 민정이는 팔짱을 바꿔 끼며 답했다.

"오, 지현이? 의외인데? 그래서 너 뭐라고 대답했어?" 하준 오빠는 어떻게 놀려 먹을까 머리를 굴리는지 얼굴에는 장난기가 가득했다.

"뭘 대꾸해? 개수작 부린다고 지현이 화나서 나온 게 다야." 민정이가 대신 답해 주었다.

"나한테 고백하는 게 의외라는 거지?" 나는 일부러 뿔이 난 표정으로 하준 오빠를 응시했다. 이 반응을 기다렸다는 듯 크게 웃으며 강하게 고개를 끄덕였다.

"오빠, 지현이 그만 좀 놀려. 아까 루나가 지현이 보고 예쁘다고 한 거 같이 봤잖아." 보다 못한 민정이가 못 참겠는지 대신 화를 내주었다.

"그럼 뭐 해? 본인이 아니라고 손을 어찌도 무식하게 흔들어 대던지 나 그거 보고 웃음 참느라 꽤 힘들었다." 아까 참았던 웃음을 분출하듯 미친듯이 낄낄거렸다.

보는 사람 없다고 생각했지만 모두 다 보았나 보다. 시간이 지날수록 기가 빨리는 듯했다. 그저 어서 방으로 돌아가고 싶은 마음뿐이었다.

"오빠 그만 좀 놀려! 지현이 화나면 무서운 애야." 내 표정을 읽었는지 지우는 바람에 휘날리는 머리카락을 양손으로 잡으며 거들었다.

"알았어! 친해지려고 그러는 거지."

ÿ ÿ ÿ

오늘도 어김없이 지우와 도서관으로 향했다. 오늘 오후에는 몽골리아 친구들과 농구 내기를 하기로 한 날이었기에 서둘러 나왔다. 영작(Composition) 수업은 한 주제에 대해 에세이를 제출하면 그것에 대해 함께 읽고 토론을 하며 평가하는 수업이었다. 나는 저번 과제에서 교수님께 이런 말을 들어야 했다.

'외국인 친구이기에 글이 매끄럽지 못하고 부족한 부분이 많으니 이번에는 내용적인 부분 말고도 문법적인 부분도 함께 짚어 보도록 합시다.'

가방을 내려놓으며 지우에게 말을 걸었다.

"나 너무 부끄러웠다. 우리 그때 2주 전부터 준비한 과제였잖아. 검토해 줄 만한 사람이 없을까?" 똑같은 실수를 반복하고 싶지 않았다. '미친 짓이란 똑같은 일을 반복하면서 다른 결과를 기대하는 일이다.' 아인슈타인의 명언이 떠올랐다. 내가 수차례 더 검토한다고 하여 다른 결과가 나올 리가 없었다.

"이제는 내 차례야. 내 에세이에서도 교수님이 그런 반응을 보일까 무섭다." 지우 앞에서 순서가 끊겨 다음 차례는 지우였다.

"왜 하필 내가 첫 번째였을까?" 교수님이 했던 말이 귀에서 계속 맴돌았으며 위축되는 기분은 쉽사리 사라지지 않았다. 그렇지 않아도 말을 알아듣기 위해 평소보다 5배 이상의 에너지를 쏟고 있었다. 덕분에 하루 일과를 마친 후 방으로 돌아갈 때면 항상 방전 상태였다. 지우가 좋은 생각이 떠올랐는지 특유의 토끼 얼굴을 만들어 보였다.

"투야한테 부탁해 봐."

"그런 방법이 있었네? 네 것부터 먼저 봐 달라고 하자. 당장 네 차례 잖아. 물론 투야가 가능하다면 말이야."

"난 괜찮아. 안 그래도 에이든한테 부탁해 놨거든."

에이든은 지우와 같은 NPQ 3동에 사는 미국인 친구였다. 맨 처음 갔던 파티에서 지우는 시끄러운 분위기를 힘들어했다. 밖에 자주 들락거린 덕분에 알게 된 친구라고 소개했지만 사실상 나는 그 파티에서 에이든을 본 적이 없었다. 한 날 기숙사로 일찍 돌아온 날, 지우는 '에이든'이라는 친구와 다운타운에서 저녁을 먹자며 연락이 왔었다. 그때 에이든을 알게 되었고 우리 셋은 멕시코 식당에서 식사를 마친 뒤 '프로즌 요거트'라는 카페도 들렀다. 윙윙거리는 디스펜서 앞에서 원하는 요거트와 토핑을 직접 눌러 담아 무게를 재면 가격이 측정되는 방식이었다. 아까 먹은 멕시코 요리가 너무 짰기에 달달한 걸로 누르고 싶은 마음이 간절했다. 컵에서 질질 흘러나올 때까지 담는 대참사가 발생했지만 상당히 만족스러운 양이었다. 차가운 요거트에 새콤한 블루베리가 톡톡 터지는 맛은 황홀할 정도로 행복한 맛이었다. 우리는 남기지 않고 싹싹 긁어 다 먹었다. 에이든은 그 작은 몸에 어떻게 이 많은 것이 다 들어가냐며 감탄했었다. 사실 카페테리아에서 봐도 미국 사람들이 우리보다 두드러지게 더 많은 양을 먹는 것 같지 않았다. 양이 비슷한데도 왜 우리보다 체구가 더 큰지 이해가 되지 않은 것은 이쪽도 마찬가지였다. 어쨌든 그날 이후로 에이든은 차가 필요한 일이 있거나 도움이 필요할 때 꼭 자신을 불러 달라며 우리에게 호의적으로 다가와 주었다. 에이든은 지우와 같은 NPQ 3동이라 그 이후에도 종종 봐 왔던 모양이었다.

"에이든이 봐 준다고 했구나! 그때 먹은 요거트 생각난다." 나는 노트북을 열었다.

"에이든한테 부탁해서 또 갔다 오자. 멕시코 식당은 빼고 말이야." 지우는 짠 음식을 입안에 가득 넣은 것마냥 얼굴을 잔뜩 찌푸렸다.

"셰프가 소금통 통째로 쏟아부은 줄 알았잖아. 그런데 에이든이 잘 먹길래 음식이 잘못된 건 아니구나 싶었어."

"그러니까 쌀국수도 그랬잖아. 대체로 간이 세." 지우가 맞장구쳤다. 나는 볼펜을 돌리며 고개를 끄덕였다. 과제는 뒷전이고 계속해서 수다를 떠는 바람에 극단의 조치를 취해야 했다. 우리는 어느새 테이블을 띄어 앉아야만 과제에 집중할 수 있는 사이가 되어 있었다.

Ÿ Ÿ Ÿ

체육관 탈의실의 기다란 거울을 지나 일렬로 설치된 캐비닛 앞에 섰다. 가방을 의자에 내려놓으며 캐비닛 열쇠를 돌렸다.

"지현아, 이거 환영 파티에서 나누어 주었던 가방 아냐?" 비닐로 만들어진 더플백 윗부분의 줄을 풀어 운동복을 꺼내는 나를 보더니 지우가 물었다. 치과 로고가 크게 박혀 있는 비닐 더플팩이었다.

"사용할 일 없을 줄 알았는데 이럴 때 들고 다니기 좋더라고. 그리고 여기는 뭘 입든, 뭘 메든 관심조차 없잖아?"

한국이었으면 사용하지 못하고 어딘가에 처박혀 있었을 가방이었다. 한 사람이 어떤 꿈을 품었는지 또 어떤 소중한 추억을 간직하며 살아가는지가 궁금하기보다는 그 사람이 어떤 재력을 가졌는지가 더 궁금한 사회이니 말이다. 한국으로 돌아가면 그 사회에 나를 다시 끼워 맞춰 살아가겠지만 여기 있는 동안만이라도 이 해방감을 맘껏 누리다 가고 싶었다. 이곳에 있을 동안만이라도 진정으로 내가 어떤 사람이 되고 싶은지에 집중하는 시간이 되었으면 했다. 그 정도는 욕심 내 봐도 되지 않을까?

"유용하네. 나도 그 가방 어디 있는지 찾아봐야겠다." 지우가 백팩을 내려놓으며 말했다.

"그런데 비닐 가방이라 너처럼 이것저것 다 넣으면 가방이 찢어질지도 몰라."

"나 가방만 크지 안에 든 게 없어. 들어 봐. 되게 가벼워." 나는 의자에 올려진 그녀의 가방을 살짝 들어보았다. 정말이지 깃털처럼 가벼웠다.

"그럼 이렇게 큰 가방을 왜 들고 다니는 거야?" 내가 당황한 표정으로 물었다.

"나 좀 커 보이지 않아?"

"대체 무슨 말이야? 가방이 너무 커서 상대적으로 더 작아 보여. 몰랐어?" 나의 답변에 지우는 뜨악한 얼굴이 되었다. 전혀 몰랐던 모양이었다.

매끈한 농구 바닥에 농구공을 찧으며 열심히 몸을 풀고 있는 그들을 향해 달려갔다. 투야, 빌궁, 무흐진 모두 농구에 진심인지 사뭇 진지한 얼굴이라 이미 농구 시합이 시작된 것 같은 분위기였다.

"다섯 명이라서 팀을 어떻게 나누지?" 내가 그들을 향해 말했다.

"너희들 한 팀 해. 나 혼자 뛸게." 투야의 기가 막힌 답변이었다. 저 자신감과 패기는 대체 어디서 나오는 것일까?

"네가 아무리 잘해도 1:4로는 경기가 이루질 리 없잖아?" 빌궁은 눈을 찌푸리며 투야에게 항의했다.

"장난이었어." 투야는 아무렇지 않게 장난이라고 말했지만 어느 누구도 장난임을 인지하지 못했다.

우리는 어떻게 팀을 나눌지 의논했고 한국에서 팀을 정할 때 자주 쓰는 '손바닥 뒤집기' 게임으로 정하기로 했다. 다들 손바닥을 이리저리 흔들며 준비를 취했다. 내심 투야와 다른 팀이길 바랐다. 그와 승부를 가르고 싶었다. 저 자신감을 꼭 눌러 주고 싶었다.

2:3으로 팀이 정해졌다. 원하던 대로 투야와 다른 팀이 되었고 지우와 투야가 한 팀이 되었다. 투야가 아무리 농구를 잘한다지만 우리 팀은 3명이니 해 볼만 했다. 더군다나 농구를 좋아하고 승부욕 강한 내가 있으니 승산 있다고 생각했다.

우리 셋은 투야의 공을 뺏기 위해 정신없이 뛰어다녔다. 그는 빠르기도 했지만 골대 근처가 아닌 지점에서도 자꾸만 슛을 노렸다. 나의 치사한 방해로 백발백중은 기록하지 못했지만 그는 나를 나무라지 않았다. 치사한 방법을 써도 화가 난 쪽은 도리어 내 쪽이었다. 부적절한 방법으로 공을 뺏아 와도 슛이 잘될 리 없었다. 오락실에서 자세를 충분히 취한 뒤 공을 던지는 것과는 분명 달랐다. 그래도 굴하지 않고 몇 번의 골을 성공시켰다.

슛을 성공할 때마다 기괴한 세레모니가 하나둘씩 튀어 나오기 시작했다. 웃긴 세레모니를 하려고 슛을 넣는 것 같았다. 어느 순간부터 점수를 카운트하지 않았다. 점점 승부의 의미가 옅어져 갔고 누가 더 웃긴 세레모니를 하는지가 중요해지고 있었다. 이번 슛을 성공시키면 큰 거 한 방을 던지기로 마음먹었다.

"골~~~~."

나는 무흐진의 별명인 몽키를 떠올려 팔 하나를 위로 크게 휘저은 뒤 두 발을 번갈아 굴리며 무흐진 쪽으로 달려갔다. 순간 내 모습에 다들 자지러지게 웃기 시작했다. 경기가 중단하는 사태까지 벌어진 것이다.

"너무 웃겨서 배가 다 아플 지경이야! 이제 그만해. 웃겨서 더는 못하겠어." 지우가 주저앉으며 말했다. 너무 웃어서 지친 것인지 열심히 뛰어서 지친 것인지 몰라도 하나둘씩 자리에 털썩 주저앉아 버렸다.

"하, 아직도 진정이 안 돼. 고릴라 때문에 미치겠어." 빌궁도 배를 부여잡고 있었다.

"고릴라를 바로 앞에서 본 건 나야. 난 내 눈을 의심했어." 무흐진은 못 볼 꼴을 본 것마냥 고개를 절레절레 내저었다.

"그만 놀려. 나도 그만 이성을 잃었어. 정신 챙겨야겠다. 그리고 고릴라 아니고 원숭이였거든." 원숭이 흉내로 경기까지 중단된 이 상황이 상당히 민망했지만 겉으로는 태연한 척했다. 그것을 눈치라도 챈 듯 투야가 물었다.

"우리 출출한데 뭐라도 먹을까?" 그가 화제를 돌려 주었다.

"난 저녁에 선약이 있어." 제각각 넓게 퍼져 앉아 있어 무흐진이 손을 들며 말했다.

"그럼 되는 사람들끼리 가는 건 어때? 또 안 되는 사람 있어?" 지우는 두리번거리며 손을 든 사람이 또 없는지 확인했다.

이미 저녁 8시가 넘은 시간이었다. 우리 모두 차가 없었기에 다운타운에 있는 식당에 가는 것은 무리가 있어 보였다. 기숙사 방향으로 걸어가면서 저녁 메뉴를 상의했다.

"서브웨이나 맥도날드밖에 대안이 없는 거지?" 내가 물었다. 기숙사에서 그나마 가까운 곳은 그 두 군데였다.

"도미노에서 피자 시켜 먹는 건 어때?" 나보다 한 발짝 앞서 걷던 투야가 뒤를 바라보았다.

"주변에 도미노 피자가 있어? 피자 좋은데?" 지우가 대답했다.

"피자를 배달해 줘? 여기는 인건비가 비싸서 늦은 시간까지 배달하는 곳은 없는 줄 알았어."

"맞아. 배달료가 비싸지만 이 밤에 움직이는 것보다 낫지. 이곳은 총 소지가 가능한 나라잖아. 괜히 총살당하면 안 되니까." 빌궁은 무서워 죽겠다는 듯 일부러 과장된 몸짓으로 총 소지 가능한 국가임을 강조했다. 심지어 손가락 총을 만들며 쏘는 시늉까지 하는 그였다. 아마 지우와 내가 오싹하기를 바라는 것 같지만 절대 농락당할 수 없는 나이기에

불꽃과 재 속의 작은 불씨 - 상

한마디 거들었다.

"뭐 어때? 한 번 왔다 가는 인생, 삶에 큰 미련 두지 않으려고." 일부러 대수롭지 않은 척했다.

"죽음이 두렵지 않다는 말은 아니지?" 가만히 듣고 있던 투야가 갑자기 진지한 얼굴로 나를 빤히 쳐다보며 물었다.

"두렵지 않다는 건 아니야. 죽음 앞에서 그 누구보다 살기 위해 필사적이겠지? 다만 죽음으로부터 자유로울 수 없는 한낱 인간일 뿐이라는 거지. 도교 사상이라고 인생무상이라는 가치를 담고 있는 사상이 있거든. 인생은 짧은 꿈만 같다고 했어."

빌궁의 장난을 시니컬하게 받아치고 싶었을 뿐인데 투야의 질문에 인생무상이니 도교 사상까지 읊고 말았다. 나로 인해 분위기가 순식간에 무거워진 것 같아 화제를 돌렸다.

"어쨌든 그럼 피자는 어디서 먹는 게 좋을까?" 나의 바람과 달리 투야는 이해할 수 없다는 표정을 지으며 계속해서 물어왔다.

"도교 사상은 잘못된 것 같아. 인생이 짧은 꿈같으면 열심히 살아갈 필요가 없지 않나? 우리가 이 머나먼 곳까지 와서 공부할 필요도 없고 말이야."

"인생무상에 대해 잘못 이해한 것 같아. 그러니까… 일단 피자부터 주문하자." 아까부터 배고파 하던 빌궁과 지우에게 더 이상 절망감을 안겨 주고 싶지 않았다. 지금 하고 있는 말에 어떤 관심도 없는 이 둘에게 무엇을 설명하든 나에게도 고달픈 일이었다. 피자 메뉴를 정하면서 그 의미에 대해 다음에 설명해 주기로 했다. 투야가 이런 분야에 관심을 가지는 것이 의외였다. 처음에는 내 귀를 의심했다. 빌궁과 지우처럼 이제껏 만난 사람들은 나의 터무니없는 대화의 리듬을 잘 따라가지 못했다. 매번 돌아오는 답변은 내가 너무 철학적이라는 것이었다. 그래서 어릴 때부터 혼자인 것도 나쁘지 않았다. 분명 나는 안드로메다에서 온 외계인이었다. 그런데 투야도 나와 함께 안드로메다에서 내려온 것일까? 아니면 내가 사는 우주가 어떤지 궁금하여 그저 발만 담가보려고 하는 것일까? 설령 그가 보이는 관심이 오로지 호기심에서만 비롯된 행동일지라도 좋았다. 여태껏 궁금증을 보인 사람을 단 한 번도 마주친 적이 없었으니까. 그와 도교 사상에 대해 더 많은 이야기를 나누고 싶은 마음이 굴뚝같았지만 지금은 아니었다.

"내 방에서 먹어도 좋아." 투야는 막 방금 배달된 피자를 들고서 말했다.

"룸메가 없어? 방이 큰 거야?" 지우가 놀라 물었다.

"다른 룸메들도 친구 데려와. 각자 방에 있을 테니 크게 문제되지 않지. 방 크기는 NPQ랑 비슷하다고 보면 돼."

하긴 나의 룸메도 많은 친구들을 데리고 온다. 심지어 여자 방에 남자 애들이 아무렇지 않게 늦은 시간까지 들락거리는데 보통 거실과 연결된 현관문은 잠그지 않고 생활하기 때문에 거리낌 없이 다닐 수 있었다. 그래서 혹시 모를 사고를 대비하는 마음으로 내 방문만큼은 꼭 까먹지 않고 잠가 놓았다. 한 날은 자려고 누우니 누군가 내 방문을 열려는 시도에 식겁한 적도 있었다. 룸메의 방으로 착각한 헤프닝이었는지 몇 번 시도 끝에 잠잠해졌지만 상당히 공포스러운 일이었다.

불꽃과 재 속의 작은 불씨 - 상

우리 네 명을 수용하기에는 공간이 좁을 것 같아 다른 대안이 없는지 생각하고 있던 중에 투야가 RWD 커먼스 빌딩을 다시 제안했다. 그가 본인의 커먼스 빌딩에서 빨래하지 않고 NPQ 커먼스에 올 때마다 그곳의 공간이 얼마나 협소한지 궁금했던 참이라 흔쾌히 그의 제안을 받아들였다. 우리는 은은한 조명이 비추는 오솔길을 따라 RWD 커먼스 빌딩으로 들어갔다.

　RWD 커먼스는 NPQ와 다르게 감성 충만이었다. 하얀 조명이 사방을 적나라하게 밝히던 NPQ 커먼스 빌딩과 달리 RWD 커먼스 빌딩은 주황 조명이 주위를 은은하게 비추고 있었다. 심지어 정중앙에는 그랜드 피아노가 한자리를 떡하니 차지했고 격자형 무늬의 통유리창 안으로 가로등 불빛이 잔잔하게 새어 들어왔다. 아늑한 분위기 때문에 어느 미국 가정집에 방문한 것 같은 착각마저 들게 했다. 덕분에 한쪽에 마련된 세탁실은 작을 수밖에 없었던 것이다.

　우리는 테이블에 하와이안 피자와 포테이토 피자를 펼친 뒤 운치를 더하는 마호가니색 가죽 소파에 나란히 앉았다. 쿠션이 푹 하고 꺼지더니 생각보다 안으로 깊이 빨려 들어갔다. 나오려면 헤엄을 치듯 손으로 휘저어야 일어설 수 있었다. 어느 정도 배가 찰 때쯤이었다. 마지막 한입을 우겨 넣던 빌궁이 정적을 깼다.

　"피아노 칠 줄 아는 사람?" 빌궁은 그랜드 피아노 쪽으로 걸어갔다.

　"너 피아노 칠 줄 알아?" 지우가 호기심 가득한 눈으로 바라보았다.

　"어릴 때 배웠지만 기억나는 건 한 곡뿐이야."

　나는 들뜬 마음에 휴지로 손을 대충 닦으며 빌궁에게 다가갔다. 어느새 투야, 지우까지 피아노 앞에 와 있었다.

"유일하게 외우고 있는 〈월광소나타〉." 빌궁은 피아노 뚜껑을 열어 자리에 앉았다.

시작부터 현란한 손놀림이었다. 빠르게 움직이면서도 완급조절이 완벽했다. 몸은 선율에 따라 부드럽게 움직였다. 우리 모두 그의 연주에 무아지경으로 빠져들었는데 황홀하기까지 했다. 전문 피아니스트가 아닌데도 그의 연주는 수준급이었다. 어릴 때 피아노 학원에서 손가락 연습용으로 배우던 곡이 맞나 싶을 정도였다. 분명 같은 곡인데 내가 알던 그 곡이 아니었다. 빌궁의 뜻밖의 연주로 순식간에 이 공간은 음악회가 되어 있었다. 연주가 끝나자마자 우리 모두 맞추기라도 한 듯 감동받은 얼굴로 힘껏 박수 쳤다.

"어떤 생각을 하면서 연주해? 너의 감정선이 연주에 고스란히 녹아 있어." 손가락과 몸의 움직임이 분명 일반인과 달랐다. 한국에서 피아노 꽤나 치는 친구들조차도 이런 가슴 뭉클한 연주는 없었다. 그저 스킬이 좋은 연주뿐이었다. 빌궁이 표현한 선율은 상당히 놀라웠다. 한 가지의 감정이 아니었다. 다양한 감정선이 느껴져 신선하기까지 했다.

"몽골리아의 광활한 초원을 떠올리지." 그의 예상치 못한 답변에 지우와 나는 눈이 동그래졌다. 우리 둘에게는 추가 설명이 필요했다.

"몽골리아의 초원에 있으면 차분하게 생각할 시간이 많아." 빌궁의 추가 설명에도 우리는 썩 와닿지 못했다. 지우와 나는 여전히 의아한 표정을 지었다.

"도시에서는 경험할 수 없는 것들이 있지. 그래서 어릴 때부터 유학

불꽃과 재 속의 작은 불씨 - 상

으로 지칠 때면 나는 푸른 초원의 몽골리아가 그리웠어." 투야는 머릿속으로 그 초원을 그려 내고 있는 듯했다.

투야와 빌궁이 말하는 그 자연이라는 것이 무엇일까? 나는 자연을 벗삼아 살아간다는 말을 오로지 책으로만 배웠다. 그 삶을 아무리 동경할지라도 내가 사는 곳은 도시였다. 다른 사람과 출발선을 끊임없이 맞추기 위해 무엇이든 좇아가기 바쁜 삶이었으며 낙오자라는 소리를 듣지 않기 위해 획일화된 사고를 꾸준히 강요받는 삶이었다. 고민 따위는 시간 낭비였고 사치였기에 그저 앞만 보고 살았다. 그런데 이곳 시골 생활은 자연을 느낄 수 있는 단조로운 일상의 나열이었다. 덕분에 차분하게 생각할 시간이 많았다. 몽골리아의 초원만큼은 아니겠지만 이곳의 넓은 평원을 보고 있으면 한낱 인간이 좀 다른 생각을 가지고, 좀 다른 길을 가더라도 이 세상은 절대 무너질 것 같지 않았다. 이 거대한 자연은 무엇이든 나를 감싸 줄 것 같았다. 어떤 튀는 짓을 할지라도 그 속에서는 점 하나 제대로 찍히지 않는다고 일러 주는 듯했다. 나는 점점 나를 보이는 일에 덜 주저하고 싶어졌다.

"어릴 때부터 유학을 했던 거야?" 지우가 투야에게 물었다.

"미국 말고 러시아에서도 학교를 다녔었어. 아주 어릴 때 다닌 거라 사실 영어보다 러시아어가 더 편해." 그는 영어도 수준급이었다. 그런데 영어보다 러시아가 더 편하다면 대체 몇 개 국어를 하는 것일까? 제2외국어로 스페인어도 공부한다고 했으니 말이다. 어쨌든 투야는 정작 몽골리아에서 살아온 기간이 길지는 않은 듯했다.

"몽골 사람들은 피아노도 칠 줄 알아? 투야 너도 한 곡 쳐 줘." 지우가 투야 쪽을 순진무구한 얼굴로 바라보았다.

"몽골 사람이라고 피아노를 다 배우지는 않아. 몽골 사람이라고 모두 다 말을 탈 줄 아는 건 아니니까." 투야가 싱겁게 웃으며 답했다.

Ÿ Ÿ Ÿ

일요일 오전이었다. 악보를 출력해 음악학과 건물인 리사이터홀(Recital hall)의 작은 연습실로 향했다. 각 연습실에 피아노가 배치되어 혼자 연습하기 좋다는 정보를 빌궁이 알려 주었기 때문이다. 어린 시절 엄마의 등쌀에 못 이겨 꾸역꾸역 배웠던 피아노였지만 그 어느 때보다 멜로디라는 걸 만들어보고 싶다는 생각이 강하게 일었다.

1인 연습실이 있는 2층으로 올라갔다. 혼자 사용하기 정말 안성맞춤이었다. 작은 창으로 들어오는 강한 햇빛이 피아노 건반 위로 아지랑이가 피어오르듯 일렁거렸다. 건반 위에 손을 올려 본 게 얼마만인지 기억조차 나지 않았다. 초등학교 4학년 때 피아노 학원을 그만두었으니 그 이후로 아마 처음일 것이다. 내가 출력한 이루마의 〈Passing by〉 악보를 가방에서 꺼내 들어 악보대에 올려놓았다. 음계조차 기억하지 못할 거라 생각했지만 다행히도 인터넷을 뒤적거린 끝에 어렴풋이 예전 기억을 소환할 수 있었다. 하지만 비루하기 짝이 없을 정도로 뚱땅거리는 소리만 울려 퍼질 뿐이었다. 첫 술에 배부를 수 있겠냐마는 내가 원하는 선율을 만들어 내기 위해서는 이곳을 자주 찾아와야 할 듯싶었다.

한참을 뚱땅거리던 중 카톡이 울렸다. 투야였다. 카톡이 편한 우리를 위해 몽골리아 친구들은 기꺼이 카톡 계정을 만들어주었다. 어제 부탁한 에세이를 봐 주기로 하여 연락이 온 것이었다. 이렇게 빨리 시간을 내어 줄지 몰랐다. 지금 음악실에 와 있어 당장은 힘들 것 같다는 나의 답변에 그도 체육관에 다녀오기로 했다. 도서관에 가기 위해 나는 악보를 가방에 다시 챙겨 넣었다. 아이러니하게 내가 그의 시간을 맞춰야 했지만 어제 급하게 쓴 에세이를 그대로 보여 줄 수 없었다. 최소한 한 번의 검토는 더 마쳐야 했다.

Ÿ Ÿ Ÿ

멀리서 투야가 도서관 쪽으로 걸어오는 모습이 보였다. 운동을 얼마나 열심히 했는지 꽤 지쳐 보였지만 갓 세탁한 티셔츠에서는 기분 좋은 섬유유연제 향이 싱싱하게 풀풀거렸다.

"하루도 빠짐없이 운동 가?"

"그런 편이지!" 투야는 당연하다는 듯 고개를 끄덕였다.

"매일 가면 주로 어떤 거 해?" 그는 보통 두어 걸음 앞서 걷는 편이었는데 오늘따라 걸음 속도를 늦추어 나의 보폭을 맞추려는 듯했다.

"유산소도 하고, 웨이트도 하고, 근육을 키워야 돼." 그는 한쪽 눈썹을 찡긋 추켜올렸다.

"지금도 충분한 것 같은데. 근육은 키워서 얻다 쓰려고?" 내가 그를 훑어보며 물었다.

"얻다 쓰긴. 여자들이 남자들의 근육에 환장하잖아." 콧잔등을 한껏 찡그리며 능글맞게 웃는 투야였다.

"난 배 나온 남자가 더 좋더라. 포근하니." 나는 메고 있는 백팩의 양옆 가방 끈을 잡아 댕기며 놀리듯 말했다. 그의 표정은 순식간에 일그러졌다.

"거짓말쟁이! 솔직하게 말해 줄래?" 절대 믿지 않는다는 듯 그는 한쪽 눈썹을 더 높이 치켜 올렸다. 나는 그런 그를 가볍게 무시하고 앞장서 걸었다. 순간 그는 기다렸다는 듯 내 옆으로 다시 성큼 다가와 확신에 찬 표정으로 물었다.

"어제 말이야! 인생무상은 우리가 지향해야 할 게 아니라 지양해야 할 게 아닌가?" 어제 끊겼던 대화였다. 그의 눈빛은 꽤나 진지했다.

"도교 사상에서 인생이 덧없다는 건 인생이 유한하다는 뜻이야. 권력, 명예, 성공 등 부귀영화에서 느끼는 기쁨은 일시적이라는 거지. 그래서 유한한 인생을 좀 더 의미 있는 것에 가치를 두고 살아가자는 뜻이야. 그렇게 살다 보면 죽음 앞에서 조금은 의연하게 받아들일 수 있지 않을까? 초연해지는 거지. 죽기 전에 살아온 인생이 파노라마처럼 스쳐 지나간다 하잖아. 살아온 인생을 뒤돌아봤을 때 정말 짧은 꿈일 것 같지 않아?" 어제 못다 한 설명을 벌충이라도 하듯 숨도 쉬지 않고 설명했다.

"그래서 삶에 큰 미련을 두지 않는 태도는 그 누구보다 의미 있게 살아 냈기 때문에 가능하다는 뜻이야?"

"맞아!" 더 이상 부연 설명은 필요도 없었다. 서툰 영어라 이해하기 어려웠을 법한데 투야는 되물어보는 법이 없었다. 심지어 중간중간 단어가 생각나지 않아 여백으로 남긴 부분 마저도 그 말뜻을 알아차렸다.

"인생에서 중요한 게 뭐라고 생각해?" 투야의 다음 질문이었다.

"관계인 것 같아. 물론 인간관계라는 게 내 뜻대로 잘되지 않지만 말이야."

결국 상처받고 홀로 추슬러야 하는 날들이 많았지만 기억에 오래 남을 만큼 소중한 순간은 혼자가 아니라 함께일 때 비로소 완성되었다.

"관계라는 것은 통제되지 않는 변수들로 난무해. 나는 통제 가능한 범위에 있는 것들이 좋아."

"그럼 너는 뭐가 중요하다고 생각해?" 예상치 못한 그의 답변에 목덜미를 벅벅 긁어 댔다.

"나는 기본적으로 사람을 믿지 않아. 내가 잘 먹고 잘사는 게 더 중요하지. 네가 폄하한 부귀영화도 내게는 중요한 부분이야. 내가 계산한 대로 달려가기만 하면 원하는 결과가 나오는 게 좋아." 그의 짙은 눈동자가 오늘따라 차갑고 매서워 보였다.

"폄하하지는 않았어. 그보다 더 중요한 가치가 있을 수 있다는 말이었지. 사람마다 추구하는 가치는 다르니까." 나는 아무렇지 않은 척 괜히 어깨를 으쓱했다.

투야도 나와 비슷한 가치관을 가지고 있는 사람이라 생각했다. 함께 시간을 보낼 때 보면 그 또한 관계를 중요하게 생각하는 사람이었다. 그와 알고 지낸 기간이 얼마 되지 않았지만 그가 보인 배려와 호의를 바탕으로 볼 때 마냥 터무니없는 소리는 아니었다. 그런데 내가 선부른 판단을 한 것일까?

"투야! 내가 부탁할 때면 항상 흔쾌히 들어주잖아. 그리고 사람들한 테도 항상 예의 바른 너잖아." 그와 다니는 내내 주변 사람들에게 무례한 모습을 단 한 번도 본 적이 없었다. 본인을 차가운 사람으로 묘사하는 것이 왠지 속상했다.

"그렇지 않아. 다른 사람이 부탁했다면 오늘처럼 시간을 체크하면서까지 운동하지는 않았을 거야."

"그럼… 나한테는 왜 그렇게까지 해 주는 건데?" 물어보기 망설여졌지만 내게 베푸는 호의가 무슨 이유 때문인지 알고 싶었다.

"우리는 매우 매우 매우 친한 친구니까. 베프잖아!" 그는 씁쓸한 여운을 남긴 채 말을 맺었다. 나는 어떤 대꾸도 하지 못했다. 그저 가장 친한 친구이기에 과한 호의일지라도 베풀 수 있는 것일까? 왜냐하면 가장 친한 친구라서?

부탁한 과제를 봐 주기 위해 종종 함께 시간을 보내던 NPQ 커먼스 빌딩 앞 테라스에 가 앉았다. 그는 좀 더 매끄러운 단어로 교체해 주었다. 같은 의미라도 내가 원하는 뉘앙스로 사용되지 않은 단어들이 꽤나 많았다. 그가 과제를 봐 주며 차근차근 설명해 주었지만 집중이 잘되지 않았다. 이미 뒷장으로 넘어 갔지만 나는 여전히 첫 번째 장에서 벗어나지 못했다. 그가 처음에 체크해 주었던 부분을 읽고 또 읽을 뿐이었다. 그가 남긴 마지막 말의 여운이 쉽사리 사라지지 않았다.

Ÿ Ÿ Ÿ

별다른 일 없이 하루하루가 흘러가고 있었다. 이따금 오늘이 무슨 요일인지 헷갈릴 때도 많았다. 간간이 들어오는 파티 초대는 나름의 비일상이 되어 주기도 했다. 오늘은 승민 오빠의 룸메인 '엔드류'가 다니는 교회에 가 보기로 한 날이었다. 수요일에 소모임으로 진행되는 저녁 예배였다. 승민 오빠와 항상 붙어 다니는 명기, 윤재 오빠와 지원 언니는 당연히 참석할 예정이었다. 지우와 나는 예배에 참석하기 전, 학생회관 2층 편의점에 잠깐 들러 저번에 먹었던 타이어 모양의 복숭아맛 젤리를 고르고 있던 참이었다. 이번에도 민정이가 편의점 안으로 들어오는 모습이 보였다. 수요일, 금요일 마지막 수업이 아마 그녀와 같은 시간대에 끝나는 듯했다. 이 참에 민정이도 함께 저녁 예배에 참석하기로 했다.

삐걱거리는 나무 문을 열고 들어가니 안은 상당히 시끌벅적했다. 작은 공간에는 열댓 명 사람들이 모여 있었으며 악기를 세팅하는 소리, 인사를 주고받는 소리가 웅웅거렸다. 우리를 보더니 모두가 세상에서 가장 환한 미소를 지어 보이며 아주 반갑게 맞이해 주었다. 표정 변화가 딱히 없는 한국인들에게는 이런 환한 미소는 언제 봐도 낯설었다.

한국 교회와 크게 다른 것은 없었다. 예배를 드리고 찬양을 하고 간증의 시간을 갖는 것으로 한국과 비슷하게 흘러갔다. 수요 예배는 무엇보다 빨리 끝이 나서 좋았다. 여기도 마찬가지로 예수님의 품을 벗어나 길 잃은 어린 양을 구원해야 한다는 신념으로 우리를 바라보고 있었다. 어느 교회를 가든 다들 전도에 진심이었다.

"~아멘." 마지막 기도를 끝으로 한 시간 반에 걸친 예배가 끝이 났다.

이 단체를 이끄는 전도사님이 우리 쪽으로 다가왔다. 모든 순서가 그의 리드에 맞춰 진행되었다. 그는 본인을 '알렉스'라고 소개했는데 희끗희끗해 보이는 흰머리 덕분에 중후한 매력이 돋보였다. 그의 선한 인상은 상대의 마음을 편하게 만들어 주었고, 그 옆에 있는 그의 아내 '줄리아' 또한 우리를 따뜻하게 맞이해 주었다. 그녀의 목에 걸려 있는 반짝이는 십자가 목걸이가 눈에 띄었다. 알렉스와 줄리아 부부는 낯선 이국에서도 예배에 참석해 준 것이 고맙다며 이번 주말에 우리 모두 자신의 집에 초대하고 싶다고 전했다.

아칸소 주립 대학교에 처음 왔을 때 교회에서 주관하는 호스트 패밀리에 지원했었다. 아쉽게도 신청한 사람이 많아 배정받지 못하였지만 그 아쉬움을 이곳에서 달래 주기라도 하듯 알렉스와 줄리아는 처음 보는 우리를 가족처럼 따뜻하게 대해 주었다. 더군다나 미국 어느 가족의 한 일상에 초대되었다는 사실이 기뻤다. 과연 실제 가정집은 어떤 모습일까? 미국 드라마를 보며 머릿속으로만 그리던 집이 내 눈앞에 등장한다면 정말이지 헤어 나올 수 없을 만큼 사랑에 빠질 것만 같았다.

남자들은 태오 오빠 집으로 향하여 여자들 넷만 기숙사로 돌아가는 길이었다. 오늘 저녁에도 술 약속이 있다고 했다.

"수요일인데 또 술 마시는 거야? 내일 수업은 어쩌려고 저러는 거냐고! 같이 다니기 힘들어. 정말!" 지원 언니는 기가 막힌 표정을 지으며 푸념을 늘어놓았다. 처음 시간표를 짤 때 승민, 윤재, 명기 오빠와 수업을 맞춘 덕분에 모든 동선이 비슷하게 흘러갔다. 원치 않아도 같이 다녀야 했는데 그 일행들이 술꾼들이라 상당히 싫은 눈치였다.

"언제 오빠들이 평일인지 주말인지 따졌냐고." 민정이가 비꼬았다.

"그나저나 승민 오빠 덕분에 새로운 친구가 또 생겼어. 이번 주말에도 할 일이 생겨서 너무 좋다." 지우의 기분 좋은 목소리가 흘러나왔다.

"맞아. 이런 이벤트라도 없으면 진짜 무료하게 한 학기 가 버린다고. 이번 기수 사람들은 작년 기수들보다 확실히 외국인 친구들이 많은 것 같아. 작년에도 이랬어야 했는데! 1년 지원해서 왔다가 막상 생활이 무료하니까 다 채우지 못하고 한국으로 돌아가는 사람이 많았거든." 민정이는 우리 기수가 대단하다는 듯 말했다. 이번 학기에 딸랑 기훈 오빠와 민정이만 남은 걸 보면 얼마나 무료했을지 짐작할 수 있었다.

갑자기 무언가 떠올랐는지 지원 언니의 얼굴에 궁금증으로 가득했다.

"지현아, 승민 오빠와 원래 아는 사이라며?"

"어떻게 알아?" 나는 적잖이 당황하여 표정이 굳어졌다. 나의 표정 때문에 의도치 않게 지우와 민정이의 호기심을 자극해 버렸다. 그녀 둘은 나를 뚫어지게 쳐다보았다.

"뭐야? 뭐야?" 민정이가 신이 난 표정으로 재촉했다.

"승민 오빠가 예전에 지현이한테 고백한 적이 있었대. 그런데 지현이가 거절했었고."

"헉, 그럼 우연히 여기서 다시 만나게 된 거야?" 지우는 상당히 놀란 표정이었다.

"그렇지. 그런데 어디서 들었어? 난 말한 적 없거든. 승민 오빠가 본인 입으로 그걸 떠벌리고 다니지 않았을 테고." 나는 순식간에 열이 올라 손목에 있는 고무줄로 머리를 묶었다.

"승민 오빠가 말한 거야." 지원 언니는 뭐가 그렇게 웃긴지 낄낄거렸다.

"뇌가 어떻게 된 거 아냐?" 나는 경악을 금치 못해 고개를 절레절레 흔들었다. 본인한테 전혀 득 될 게 없는 이야기였다.

"그런데 왜 거절했어?" 지원 언니는 정말 궁금하다는 듯 물었다.

"한국에서 교양 수업을 같이 들었어. 같은 팀플이라 어쩌다 둘이서 밥을 먹게 되었는데 처음 밥 먹는 자리에서 고백을 하는 거야. 그 이후로 엄청 어색한 사이가 되어서 한 학기가 어서 끝나기를 바랄 뿐이었지. 그 수업을 끝으로 다시는 볼 일 없다 생각했거든." 나는 얕은 한숨을 내뱉었다.

"승민 오빠 순진한 구석이 있네. 그런데 좀 심했다." 지우는 웃음을 참고 있는 듯한 표정이었다.

"나라는 사람을 전혀 알지 못하면서 어떻게 좋아할 수 있지? 내 머리로는 이해가 안 됐어. 최소한 그 사람이 어떤 걸 좋아하고, 어떤 걸 싫어하는지 파악할 만큼의 시간은 필요하지 않아? 그 뒤에나 좋아하는지 아닌지 판단할 수 있는 일이라 생각해."

"왜 금사빠(금방 사랑에 빠지다)인가 보지?" 민정이가 킥킥거리며 한마디 거들었다.

"금사식(금방 사랑에 식는다)이기도 한가 보지. 이제는 아무렇지 않게 이야기도 하고 다니는 거 보면 말이야." 나는 어떠한 감정도 담지 않은 채 답했다.

당장 이번 주말에 알렉스의 집에 초대되어 반나절 이상 함께 시간을 보내야 할 텐데 또다시 그와 불편해질까 봐 걱정이 되었다. 차라리 모른 척하고 지내는 것이 마음 편했다. 나는 무차별적인 이런 고백이 참 힘들었다. 오로지 본인이 원하는 방식으로 사랑을 갈구할 뿐이었다. 그 마음을 거절하면 온갖 비난은 항상 예정되어 있었다. 협박 같은 사랑 고백은 나를 참 아프게 했다. 잠시 잊고 있었던 예전의 상처들이 떠올랐다. 숨을 길게 들이마시니 내쉬는 숨에서 거칠게 울리는 나의 맥박 소리가 들려왔다. 뼈를 뚫고 튀어나올 것 같은 심장이 누그러지기를 기다려 보았다. 어서 잡념이 비워지고 마음이 고요해지기를 바라며 불뚝 솟은 관자놀이 주변을 연신 문질렀다.

Ÿ Ÿ Ÿ

금요일 마지막 수업은 심리학개론이다. 2시에 시작해 4시에 끝난다. 그런데 교수님의 개인 사정으로 오늘 휴강에 이르렀다. 황금 같은 주말이 오전 수업이 끝난 11시부터 맞이하게 된 기분은 어찌 말로 다 설명할 수 있을까? 오늘은 컨디션도 최상이었다. 저번 주부터 시험 기간이라 잠을 통 못 잤다. 모든 시험을 치른 어제 저녁에서야 모든 긴장이 풀렸다. 그제 밤을 새웠더니 피로가 한꺼번에 몰려 왔다. 눈은 자꾸 감겼고 고개는 절로 숙여졌다. 나는 휘몰아치는 잠에 기분 좋게 항복했다. 젊을 때는 충분한 잠만으로도 모든 피로가 풀린다는 엄마의 말을 자장가 삼아 깊은 잠에 빠져 버렸다.

'잠이 보약이거늘. 무슨 부귀영화를 누리겠다고 매 시험 기간이면 저리도 늦게 자는지.' 보통 엄마의 잔소리는 어떠한 답변도, 어떠한 행동도 바라지 않는 허공 속에 사라지게 넙두어야 하는 말들이 대부분이었다. 부귀영화를 누리고자 밤을 새워 공부했다기보다 일종의 책임감이었다. 내게 주어진 일이라면 그것이 작든 크든 최선을 다해야 한다는 책임감 같은 것이었다. 강박에 사로잡힐 만큼 내게는 중요한 부분이었다.

사실 교환학생에게는 학점이 그다지 중요하지 않았다. A를 받든 D를 받든 성적표에는 Pass로 기록되어 똑같았다. 다만 F를 받는 경우에는 Fail로 남기 때문에 무조건 피해야 했지만 수업만 잘 참석해도 D는 받을 수 있었기에 교환학생이 학부생들보다 더 자유로울 수 있는 이유 중 하나였다. 하지만 나는 벼락치기를 해서라도 시험 범위는 모두 훑고 시험장에 들어가야 직성이 풀렸다. 마치 전쟁터에 총 없이 싸우러 갈 수 없듯 말이다. 그런 것들을 다 치러 낸 뒤에 오는 해방감은 말로 설명할 수 없을 만큼 황홀했다. 매일이 주말 같다면 정작 주말의 소중함은 무디어졌을 것이다. 그래서 내게 어느 하루 소중하지 않은 날이 없었다. 더욱이 오늘은 그 해방감의 첫째 날이기에 조금 더 즐겁게 보내고 싶은 마음이 강하게 일었다.

투야, 빌궁, 무흐진, 지우가 있는 단톡방을 열었다.

'오늘 다들 뭐 해? 난 지금 이 시간부터 주말을 맞이할 예정이거든.'

'난 아직 수업 중이야. 곧 끝나.'

지우가 바로 답했다.

'우리 한식 만들어 먹기로 한 거 오늘 어때? 물론 다들 선약이 있다면 다음으로 미루어야 하겠지만 말이야.'

불꽃과 재 속의 작은 불씨 - 상

저번 농구 경기 때 몽골리아 친구들이 하루빨리 우리만의 파티를 만들자는 성화가 대단했기에 망설이지 않고 물었다.

'난 좋아! 난 가능해!'

또 지우의 칼답이었다.

'그럼 오늘은 집에 일찍 가서 청소해야겠는걸?'

빌궁이었다.

'오 너희 집에서 요리해도 돼??????'

나는 기쁜 마음에 물음표 대여섯 개를 연달았다.

'당연하지! 설마 커먼스 빌딩에서 해 먹을 생각은 아니었지?'

'우리들은 보통 거기서 요리해 먹지.'

'자취생인 친구를 적극 활용해야지. 우리 집으로 가자!'

무흐진도 답했다. 아주 담백하게 웃고 있을 그의 얼굴이 떠올랐다.

'다들 오늘 약속이 없는 거야? 금요일에?'

다들 선약이 없다는 사실이 반가우면서도 내가 제안하지 않았다면 무료하게 보냈을 그들을 구원하고 있다는 생각에 어깨가 한껏 올라갔다.

'투야도 약속 없어?'

지우가 물었다. 투야는 아직 아무런 대답이 없었다.

'지금 팀플 중이라서 답장이 늦었어.'

한참 있다 투야의 답변이 들어왔다.

'그럼 각자 시간 보내다가 4시쯤 만나서 장 보는 거 어때? 투야 너도 가능하지?'

'장 보는 건 셔틀버스를 타야 되니까 3시까지 만나야 하지 않을까?'

지우 말이 맞았다. 3시 차를 놓치면 5시까지 기다려야 했다.

'차 있는 친구가 있어. 그 친구한테 부탁해 볼게. 그럼 3시에 만나지 않아도 돼.'

빌궁이었다.

'사실 선약이 있었어. 잠깐 친구를 보기로 한 거라서 저녁 약속에는 문제 없을 거라 생각했지만 장 보는 건 힘들 것 같아. 대신 끝나자마자 바로 달려 갈게. 미안해!'

무흐진이었다. 그래도 아예 참석 못 하는 것은 아니니까 다행이라 생각했다.

'그럼 마트는 되는 사람들만 가는 걸로 하자. 빌궁, 4시까지 어디로 가면 되지?'

'NPQ 커먼스 빌딩 뒤에 있는 주차장으로 와!'

Ÿ Ÿ Ÿ

나는 고추장밖에 없었다. 애초에 한국에서 가져온 재료가 딱히 없었다. 한식이 그리울 것이라 예상하지 못한 결과였다. 유일하게 가지고 있는 고추장을 챙겨 들고 지우 방으로 향했다. 어떤 요리를 할지, 어떤 재료를 골라야 할지 미리 상의하면 좋을 것 같았다. 지우 방에 들어서자마자 지우는 토끼 눈을 한 채 봄 방학에 대해 물어보았다.

"봄 방학은 어떻게 하는 게 좋을까?"

요즘 우리의 관심사는 한국에는 없는 봄 방학이었다. 3월 셋째 주로 일주일이나 되었다. 카페테리아에 모이면 다들 어디로 갈지, 누구와 갈지 아니면 그저 학교에 남을지 여러 고민들로 난무했다.

"짧게라도 여행 다녀올까? 어디 갔다 오자." 내가 상기된 목소리로 말했다.

"좋지! 어디 가지?"

"마이애미는 어때? 아칸소에서는 비행기로 2시간이면 간다던데?" 미국에 있을 때 이곳저곳 여행하고 싶은 마음에 제안해 보았다.

"좋아! 이때 아니면 또 언제 가 보겠어? 그런데 우리 둘이서 갈 거야?" 지우는 침대에 걸터앉으며 물었다.

"다른 친구들도 물어보자! 같이 가면 더 재밌을 것 같아."

"한국 친구들 말하는 거지?"

"아니. 꼭 한국인에 국한되는 사항은 아니지. 두 달 동안 외국인 친구들도 꽤 사귔잖아. 가능한 사람 없는지 물어보자." 1월보다는 이런저런 소소한 모임들로 가득 채운 하루를 보내고 있었다.

"오 좋은 생각이다. 오늘 투야, 빌궁, 무흐진한테도 물어보자." 지우가 들뜬 목소리로 답했다.

"그나저나 오늘 무슨 요리를 할까?"

지우가 갑자기 서랍장 문을 활짝 열며 내게 보여 주었다. 서랍장 하나에는 한국에서 가져온 인스턴트 음식들로 가득했다. 나는 무엇이 있는지 이리저리 살펴보았다.

"인스턴트 미역국도 있어? 이 많은 걸 어떻게 다 챙겨 올 생각을 한 거야?"

"남자친구가 챙겨 줬어." 남자친구라고 말할 때 지우의 낯빛이 어두워진 것을 감지할 수 있었다.

"남자친구 정성이 대단하다. 그런데 남자친구와 괜찮은 거야?"

"떨어져 있기도 하고 시차 차이도 무시 못 하니까. 연락 한 번 못 한 날도 많아." 지우는 풀 죽은 목소리로 답했다.

"오직 그것 때문이야?" 예전에 민정이 방에서 잠깐 들은 남자친구의 이야기가 떠올라 조심스럽게 물어보았다.

"그 이유 때문만은 아니지. 남자들과 어울리는 걸 싫어해. 그러니 나도 자연스럽게 연락을 덜하게 돼. 사람들을 많이 만나 봐야 영어로 말할 기회가 많은 건데 남자친구 때문에 방구석에서만 처박혀 있을 수 없잖아." 지우는 가슴을 치며 깊은 한숨을 내쉬었다. 상당히 답답해 보였다.

"남자를 배척하는 데에 무슨 이유라도 있어?"

"모르겠어. 다른 건 다 좋은데 남자 문제만 엮이면 머리가 아파. 이제는 질리기까지 해."

"별다른 이유가 없는 거라면 그저 잠재되어 있는 모든 가능성을 애초에 차단하고 싶은 걸까?" 나는 지우가 있는 침대 쪽으로 다가가 걸터앉았다.

"잠재적 가능성이라니?"

"네가 다른 사람을 만날 가능성." 나는 어깨를 으쓱했다.

"오랜 시간을 함께했지만 여전히 나를 믿지 못하는 것 같아서 정말이지 괴로워." 목소리는 점점 분노로 바뀌어 갔다. 그녀는 입술 한쪽을 깨물었다.

"그럼 그와 헤어질 마음은 있어?" 딱히 답을 바라고 한 말은 아니었지만 지우의 표정을 보니 괜한 질문임이 분명했다.

"그와 헤어지는 게 맞다고 봐?" 오히려 지우가 반문했다. 그녀의 말에 왠지 모르게 남자친구와 헤어질 마음을 조금은 염두에 두는 것 같았다.

"정 때문에 헤어지지 못하는 거야?" 행여 섣부른 짐작일 수도 있지만 그녀의 상황을 조금이나마 이해해 보고 싶어 그녀에게 되물었다.

"정? 정이라면 정일수도 있겠지? 그것보다 그 사람한테서 나를 지우면 아무것도 남지 않아. 내가 전부인 사람이라 이런 이유로 그를 쉽게 놓을 자격이 있는지 모르겠어. 그리고 그 사람을 놓치면 내 인생에 이런 사람을 다시는 못 만날 것 같거든."

그녀의 삶을 직접 겪은 것이 아니기에 그녀의 상황을 짐작만 할 뿐이다. 나는 죽었다 깨어나도 그녀의 감정을 내 수준에 맞춰 예측만 할 뿐이니 그녀를 이해한다는 등의 섣부른 위로를 건넬 수가 없었다.

연애를 오래 하다 보면 오직 사랑하냐 사랑하지 않으냐 만으로 관계 유지의 척도가 되지는 않을 것이다. 그래도 그녀에게 이 말은 꼭 전해 주고 싶었다. 너무 사랑한 나머지 상대의 행동들을 통제하고 싶겠지만 그 방법은 절대적으로 잘못되었다는 사실을 말이다. 목적이 정당하다 하여 옳지 못한 수단을 용납할 수는 없다. 목적은 수단을 정당화하지 못한다. 하지만 차마 이 말을 입 밖으로 꺼내지 못했다. 나로 인해 그녀의 혼란을 가중시키고 싶지 않았다. 당분간 지우는 어떤 선택도 하지 않을 것 같았다.

고추장과 서랍장에 있던 즉석밥, 가루 스프들을 챙겨 들고 주차장으로 향했다. 투야의 뜨뜻미지근한 답변이 마음에 걸렸다. 팀플은 끝나도 한참 전에 끝났을 것이라는 지우의 말에도 자꾸만 신경이 쓰였다. 팀플이 길어져 답장이 늦어질 테고 그렇다면 무흐진처럼 장은 못 볼 수도 있을 테니까.

커먼스 빌딩 뒤편으로 꺾어 들어갔다. 흰 선으로 구획한 공간이 끝없이 펼쳐진 야외 주차장에는 빌궁뿐만 아니라 투야도 함께 서 있는 것이 보였다. 반가운 마음에 멀리서부터 그를 향해 냅다 소리쳤다.

"투야! 너 안 되는 줄 알았어!" 빠른 걸음으로 그에게 다가가며 말을 이었다.

"어떻게 된 거야?"

"너야말로! 이렇게 갑작스럽게 약속을 잡아 버리다니." 그가 두 팔을 벌리는 바람에 나도 모르게 그의 품으로 뛰어들 뻔했다.

"설마 선약이 있었던 건 아니지?" 혹시나 걱정되는 마음에 그에게 물었다.

"설마가 사람 잡지. 팀원들과 끝나고 저녁을 함께하기로 했거든." 그는 어깨를 으쓱했다.

"그런데 어떻게 여기 와 있어?"

"한식 먹을 기회를 놓쳐서는 안 되지." 약속을 취소하고 온 것이 마음에 걸려 연신 미안해하자 신경 쓰지 말라고 거듭 말하는 투야였다.

"나도 있어." 옆에 서 있던 빌궁이 손을 흔들며 눈에 부릅 힘을 주었다. 나는 민망하여 대꾸도 하지 않고 어정쩡한 자세로 뒷좌석에 올라 탔다.

"지우야, 요리 잘해?" 바로 옆에 올라탄 지우에게 물었다.

"인스턴트 가득한 내 서랍장 봤지?" 나는 더 이상 대꾸할 말을 찾지 못했다. 한식을 먹기 위해 약속까지 취소한 투야를 위해서라도 실력 발휘를 하고 싶었다. 그런데 실력 발휘라는 것이 애초에 실력이라는 것이 있어야 가능한 일이었다. 불현듯 초창기에 돼지 주물럭을 해 먹은 기억이 떠올랐다. 내가 가져온 고추장으로 잘만 버무리면 왠지 그럴싸한 음식이 될 것도 같았다.

"국 하나는 있으면 좋을 것 같은데." 나는 혼잣말을 중얼거렸다.

"인스턴트 미역국이랑 된장찌개는 다 1인분씩이야." 쇼핑 가방에 챙겨 온 것들을 지우가 가리켰다.

"고추장이랑 된장 있으니까 주물럭이랑 된장찌개 하자." 나는 대단한 메뉴를 찾은 것마냥 신난 목소리로 말했다.

"된장찌개 할 줄 알아? 된장만 가지고 안 될 텐데." 지우가 걱정스러운 표정을 지었다.

"우리에게 가루스프가 있잖아. 거기에다가 된장 더 풀고 야채 썰어 넣으면 되지 않을까?"

"역시." 지우가 엄지를 앞으로 쭉 내밀었다.

"이가 없으면 잇몸으로." 잇몸이 보일 정도로 환하게 웃어 보였다.

어떻게 요리를 할지 지우와 의견을 주고받으니 어느새 마트 앞에 도착해 있었다. 학교와 꽤 가까운 거리였지만 셔틀버스로 들르던 마트가 아닌 처음 보는 마트였다.

"이 마트는 처음 와 봐." 지우가 차에서 내리면서 말했다.

"여기는 현지에서 나는 식재료들 위주로 팔아. 그래서 엄청 신선해. 대신 생필품 같은 건 거의 없어." 빌궁이 쇼핑 카트 쪽으로 걸어가며 답했다. 한국의 농협 같은 곳이었다. 현지에서 바로 공수한 것들이라 가격도 저렴했다. 용기에 담겨 있는 과일과 채소는 파릇파릇 싱싱 그 자체였다. 우리 넷은 신나게 담기 시작했다. 아니, 솔직히 말하면 지우와 나만 신나게 옮겨 담았다. 투야와 빌궁은 옆에 서서 그저 거들 뿐이었다. 정육 코너에서 돼지고기를 담은 뒤 바로 옆에 있는 유제품 코너에서 나는 발길을 떼지 못하고 멈추어 섰다.

"너무 많이 샀나? 치즈스틱도 먹고 싶은데 양심상 이건 빼야겠지?" 내가 작은 치즈스틱을 들고 한참이나 고민하는 것이 어이가 없었는지 투야는 특유의 반달 눈을 지어 보였다.

"카트를 봐 봐. 이미 일주일 치 먹을 양을 샀어. 아무도 저녁 한 끼를 위한 양이라고 생각하지 않을 걸? 그것 하나 더 넣지 않는다고 일주일 치 양이 3일 치 양으로 줄어들지 않아. 그러니까 얼른 넣어."

"이게 일주일 치 양이라고?" 내가 깜짝 놀라 물었다.

"요리할 줄 모르는 내가 봐도 한 끼 양은 아니라는 걸 딱 봐도 알겠는데?" 그는 카트에 기대어 서며 눈을 찡긋했다.

"여기는 다 대용량으로 팔아서 그렇지." 내가 변명 아닌 변명을 했다. 양조차 가늠하지 못하는 형편없는 실력이라는 것을 들킨 것 같아 괜히 민망해서 다른 쪽을 쳐다보았다.

"어차피 남으면 빌궁과 무흐진이 알아서 먹을 거야. 이제 다 골랐으면 가자."

투야가 한꺼번에 계산하고 정산해 주기로 했다. 큰 비닐봉지에 가득 담아도 5봉지가 만들어졌다. 마트에 한 번 들어가면 나오기가 힘들었다. 한국에서도 새로 나온 과자는 꼭 맛을 봐야 직성이 풀리던 나였다. 더군다나 미국 과자는 구미를 심히 당길 만큼 패키지가 상당히 화려했다. 오늘처럼 제어하는 사람 한 명 없는 경우는 상황이 더 심각했다. 특히 뭐든 넣으라는 투야 덕분에 더욱 더 신나게 골라 담았다. 쇼핑카트로 옮겨도 되었지만 투야와 빌궁은 굳이 두 봉지씩 양팔에 들어 올렸다. 덕분에 양팔의 근육이 불끈 솟아올랐다.

"투야, 이럴 때 근육 쓰는구나. 이러려고 체육관에 가는 거였어." 나는 장난기 가득한 목소리로 말했다. 투야의 일그러진 표정을 보니 치즈스틱 때 당했던 체증이 싹 내려가는 기분이었다. 상당히 만족스러웠지만 그의 시선이 너무나도 따가웠다. 나는 괜히 헛기침을 한번 하고서는 앞서가던 빌궁과 지우를 잰걸음으로 따라갔다. 민망하게도 나머지 한 봉지가 담겨 있는 카트는 덜컹거리며 아스팔트를 지날 때마다 탈탈거리는 소리를 요란스럽게 냈다. 아까 내릴 때는 몰랐지만 카트를 한참이나 끌고 들어갈 만큼 널찍한 주차장이라 탈탈거리는 소리를 한참이나 더 들어야 했다. 어스름이 깔려 오자 가로등과 직사각형의 거대한 네온사인에 휘황찬란한 불이 들어오기 시작했다. 시원한 저녁 바람 공기가 기분 좋게 감싸 안아 주었다.

Ÿ Ÿ Ÿ

빌궁과 무흐진의 집은 깔끔했다. 손님이 올 것을 대비하여 집에 있는 모든 짐들을 어느 방에 한데 모았으리라. 넓은 거실에 널찍한 테이블 하나 놓여 있는 것이 다였기 때문이었다. 태오 오빠네처럼 이곳도 몽골리아 친구들을 상당히 수용할 수 있을 것 같았다. 아지트 역할을 충실히 해낼 성싶었다. 불쑥 투야 말이 떠올랐다. '자기만의 공간이 필요한 법이지.' 나 또한 그의 의견과 동일했다. 정말이지 사람들에 항상 둘러싸여 있다면 꽤나 끔찍할 것이다. 물론 혼자 있는 시간을 무진장 싫어하는 사람도 있겠지만 나는 혼자 있는 시간이 필요한 사람이었다.

식재료를 식탁 위에 올려놓았다. 거실에 비해 부엌은 상대적으로 좁았다. 여태껏 물 한 번 틀지 않은 것 같은 싱크대에다가 그 위에 달린 하얀색 수납장에서도 빛이 났다. 아마 부엌은 전혀 사용되지 않는 공간인 듯했다. 그래서 부엌일은 한 번도 해 본 적 없겠구나 생각했는데 웬걸, 펼쳐 놓은 식재료들을 손질하고 다듬으며 일사불란하게 움직이는 몽골리아 친구들이었다. 심지어 일을 알아서 찾아내 척척 해내는 바람에 요리가 빠르게 완성되어 갔다. 된장찌개에 들어간 감자가 좀더 익기만을 기다리면 다 되었다. 요리가 얼추 끝나갈 때쯤 무흐진이 들어왔다. 누구를 만나고 왔는지 양볼이 발그레져 한눈에 봐도 상당히 상기되어 있었다. 셋이서 나누는 대화를 얼핏 들어 보니 무흐진은 학교에 좋아하는 여학생이 있는 듯했다. 아마 그 여자 때문에 오늘 함께 장을 보러 가지 못한 것이라 짐작되었다.

우리는 드디어 라운드 테이블에 모여 앉았다. 본인 생일 기념으로 챙겨 왔다던 몽골 전통주를 투야가 꺼내 들었다. 이렇게 만난 것도 인연이라고 기념하는 의미였다. 한 사람씩 돌아가며 소감을 말했는데 생소한 문화였다. 가만히 생각해보면 한국 사람들이 낯간지러운 소리를 제일 못 하는 것 같았다. 나 또한 이 상황이 민망했지만 어쨌든 평범한 날은 특별한 날이 되어 있었다. 우리 모두는 잔을 머리 위로 올렸다. 다섯 명 모두 얼굴에 미소가 활짝 피어 있었다. '짠'을 한 뒤 나와 지우는 전통주를 한 모금 홀짝였다. 우리의 반응이 궁금했는지 투야, 빌궁, 무흐진은 조용히 우리의 반응을 숨죽이며 기다렸다.

"이거 그냥 소주인데?" 나의 첫 반응이었다.

"맞아. 그냥 도수 높은 소주야." 지우도 나와 같은 반응이었다.

"소주?" 무흐진이 물었다.

"한국 드라마에서 항상 나와. 드라마 볼 때마다 맛이 궁금했는데 비슷하다고?" 역시 한국에 대해 잘 아는 빌궁이었다. 나보다 한국 드라마를 더 자주 볼 것 같았다.

"한국 소주와 몽골 전통술이 어떻게 맛이 같을 수 있지?" 투야는 의아한 표정을 지어 보였다.

"소주는 증류주의 일종이야. 희석을 하기는 하지만 너희 전통주도 증류주 방식인 것 같은데?" 나의 말에 투야는 구글에 검색해보더니 희미한 미소가 입가에 번져 나갔다.

"몽골제국 영향으로 증류주가 고려에 전파되었데. 그래서 만드는 방식이 비슷한가 봐. 맛이 비슷하다고 하니 말이야."

"정말? 그럼 소주의 뿌리가 몽골리아였어? 소주는 우리 고유의 것인 줄 알았는데." 지우가 잔을 내려놓으며 놀란 표정을 지었다.

"그러고 보니 너희들 우리나라를 침공한 후예들이네?" 내가 일부러 싸늘한 표정을 지어 보였다.

"당연히 우리도 칭키즈 칸의 피가 흐르고 있지." 빌궁이 눈치 없이 우쭐거렸다.

"몽골리아는 어느 나라보다 한국을 좋아하지. 유일하게 한국만 솔롱고스, 무지개라고 일컬어." 투야는 기분 나빠 하지 말라는 무언의 눈빛을 내게 보냈다. 언제부터인가 눈빛만으로도 어느 정도는 서로의 마음을 읽을 수 있는 사이가 되어 있었다. 그도 나의 부연 설명이 필요 없듯, 나 또한 그랬으니까.

식사가 끝나갈 때쯤 나는 화채를 만들러 부엌으로 들어갔다. 각종 과일을 한데 섞어 사이다를 부어 주었다. 특히 내가 좋아하는 블루베리한 통을 다 때려 넣었는데 한국에서는 이 가격에 상상도 못 할 양이었다. 나는 가장 비싼 화채를 만들고 있었다. 순간 화채도 한국식 디저트가 아니라 혹시 소주처럼 다른 나라로부터 유래된 것은 아닐까 하는 생각으로 이어졌다. 화채 생각은 잠시 접어두고 자리에서 벌떡 일어났다. 고민에 고민을 거듭했던 치즈스틱이 떠올랐기 때문이었다. 냉장고에서 치즈스틱을 꺼내자 냄비 뚜껑이 바닥에 널브러져 있는 것이 보였다. 뚜껑을 닫으려고 보니 찌개는 이미 텅텅 비어 있었다. 고기를 좋아하는 몽골인이라 주물럭이 인기가 많을 줄 알았지만 오히려 된장찌개를 다 비워 내니 얼떨떨했다. 역시 모든 음식에는 대기업의 마법 가루가 빠져서는 안 되었다.

"치즈스틱 먹으려고?" 투야가 어느새 내 뒤에 서 있었다.

"만들어 줘?" 나는 전자레인지 앞에서 치즈스틱을 뜯으며 물었다.

"좋지!" 투야는 양 팔을 식탁 의자 위에 쭉 펴서 올려놓고 있었다. 무언가 할 말이 있는지 우물거렸다.

"나한테 할 말 있는 거지?" 나는 그를 바라보며 물었다.

"고마워."

"어려운 것도 아니야. 전자레인지에 잠깐 데우면 끝인걸?" 너무 간단한 일로 고맙다는 인사에 얼떨떨한 미소만 지어졌다. 치켜 올라간 눈썹은 한껏 진지했으며 장난기 가득한 반달 눈은 어디에도 없었다.

"사람들에게 예의 있게 행동하는 건 일종의 사회생활이라 생각했어. 그런데 너의 이야기를 듣고 생각이 많아졌어. 나는 남들에게 단 한 번도 진심으로 대한 적이 없더라. 반성하고 있는 나를 발견하게 된 거야. 처음이었어."

그의 갑작스러운 진지한 태도에 나는 어안이 벙벙하면서도 감사했다. 내게 항상 다정한 그였지만 한 번씩 무표정한 얼굴을 볼 때면 얼음같이 차가웠다. 투야 앞에만 서면 이상하게도 자꾸 오기가 발동되었다. 충분히 따뜻하고 진실된 사람이라고 알려 주고 싶었다. 그리고 그 어떤 차가움도 말끔히 털어 내 주고 싶다.

화채를 먹으며 우리는 포커 게임을 했다. 카지노 칩까지 있는 걸 보면 제대로 즐기는 모양이었다. 나는 룰을 잘 몰라 세 판을 연달아 지니 흥미가 나지 않았다. 고스톱이라면 자신 있었다. 한국이었다면 편의점으로 당장 달려가 화투를 사 왔을 것이다. 지우도 따분한지 기지개를 늘어지게 켰다. 몽골리아 친구들의 아지트답게 다행히도 이 집에는 보드 게임 세트가 다양하게 있었다. 포커 카드를 상자에 집어넣으며 다른 게임을 하기 위해 판을 정리하기 시작했다. 어떤 게임이 좋을지 고민에 빠진 셋에게 지우가 물었다.

"봄 방학 계획 있어?" 봄 방학에 동행할 누군가를 찾아보기로 한 것이 불현듯 떠올랐다.

"우리는 학교에서 시간 보내겠지? 이번 봄 방학이라도 다를 건 없을 것 같은데?" 무흐진이 답했다.

"지우와 나는 마이애미 가 볼까 하는데 함께 갈 사람 없어?" 내가 눈을 반짝이며 물었다. 아무도 대꾸하지 않아 민망한 나머지 나도 모르게 헛웃음이 터져 나왔다.

"마이애미 좋지! 미국의 도시를 느끼고 와! 여기 시골이랑은 분위기가 완전 다를 거야." 투야가 대꾸해 주었다. 그의 말 한마디 덕분에 민망한 상황을 빨리 벗어날 수 있었다.

결론은 이들은 학교에서 보낼 생각이라고 했다. 우리같이 짧게 머물다 가는 교환학생의 경우 이런 방학에도 여행 갈 생각에 들떠 있지만 학부생에게 봄 방학이란 한 학기 중간에 쉼을 위한 것일 뿐, 그 이상 그 이하도 아니었다. 나는 마이애미 일행은 다른 곳에서 찾아보기로 마음먹었다.

하품을 하는 빈도가 점점 잦아졌다. 슬슬 마무리하려고 자리에 일어나서 보니 시계는 막 5시로 넘어가고 있었다. 창밖에는 새벽 여명이 밝아 오더니 어느덧 어둑새벽은 사라져 갔다. 순간 내 눈을 의심했다. 말

불꽃과 재 속의 작은 불씨 - 상

그대로 밤새 논 것이다. 꼴딱 날밤을 지새우면서까지 놀았던 적이 얼마 만인지 모르겠다. 밤새 무슨 이야기를 그렇게 길게 늘어놓았는지, 게임을 몇 판째 진행했는지 모를 만큼 시간이 순식간에 사라져 있었다. 동이 트고 있다는 사실이 믿기 힘들 만큼 그들과 함께 시간을 보내는 것은 즐거웠다.

사용한 접시들을 싱크대로 나르며 먹은 것들을 치우기 시작했다. 쓰레기는 한 데 모아 담으면 되었다. 미국은 종량제 봉투라는 것이 없었다. 음식물 쓰레기, 일반 쓰레기, 재활용 쓰레기도 한꺼번에 다 같이 버렸다. 분리수거가 생활화되어 있는 대한민국에서 나고 자란 나는 이 광경이 언제 봐도 적응되지 않았다. 우리나라만 분리수거를 열심히 하면 무엇 한담? 우리보다 인구가 몇 곱절로 더 많은 미국에서 아무런 노력도 기울이지 않으니 괜히 억울한 생각도 들었다. 습관이 무서운지 매번 쓰레기를 분류해 놓다가 금세 동작을 멈추고는 했다. 어차피 한 데 모아 버려질 일이다. 고작 쓰레기 하나 버리는 데도 죄책감이 느껴질 게 뭐람?

투야, 지우 우리 셋은 기숙사까지 걸어가기로 했다. 걸어서 15분이면 갈 수 있는 거리였다. 현관문을 열자마자 물기가 한껏 배어 있는 축축한 공기가 폐 깊숙한 곳까지 밀고 들어왔다. 빌라 바로 앞에 강이나 호수 따위가 없음에도 거리에는 묘하게 물안개로 자욱했다. 어디에서 피어나온 안개일까? 아주 이른 시간이라 도로에 차 한 대 지나가지 않아 음산하기까지 했지만 폐 깊숙이 들어온 차가운 새벽 공기는 이상하리만치 상쾌했다.

"이리로 가면 바로 네 기숙사야. 먼저 들어가." 투야의 기숙사인 RWD가 NPQ보다 더 외곽에 있었기에 당연히 빌라에서는 RWD가 더 가까울 수밖에 없었다.

"아니야. 데려다주고 갈게."

"이미 해 떠서 위험하지도 않아. 너도 피곤할 테고." 나는 손짓으로 가라는 시늉을 했다.

"10분 늦게 들어간다고 피곤의 정도에 큰 영향을 끼치지 않아." 아주 투야스러운 답변이었다.

"네 기숙사가 지금 바로 앞인데?" 지우는 피곤한지 하품을 늘어지게 하며 거들었다.

"아주 밝은 낮이라도 사람이 없는 거리는 항상 위험이 도사리고 있지." 투야는 단호했다. 결국 지우와 나를 기숙사 앞까지 데려다주고 그는 왔던 길을 되돌아갔다. 투야는 이상하리만치 우리를 보호해야 한다는 생각이 강한 것 같았다. 그의 키는 190cm에 육박했고 지우와 나의 키는 160cm 중반 어느 즈음이니 우리가 본인에 비해 나약하다는 생각을 하는 것일까? 그래서 보호 본능을 불러일으켰던 것일까? 나는 누군가로부터 보호받고 있다는 안정감을 느끼는 동시에 남자에 기대는 수동적이고 의존적인 여성으로 비쳤다는 사실에 불쾌감이 교차되었다. 불쾌한 것도 잠시 알람을 여러 개 맞춘 뒤 침대 속을 파고들었다. 알렉스 집에 방문하기로 한 날이 오늘이었기에 잠시라도 눈을 붙여야 했다. 보통 일정이 있는 경우 그 전날에는 몸을 사리는 편이었지만 이렇게 날밤을 꼴딱 새울 줄 전혀 예상치 못했던 것이다. 시계를 보니 7시

불꽃과 재 속의 작은 불씨 - 상

가 다 되어 갔다. 12시까지 학생회관 앞에 만나기로 했으니 5시간도 채 남지 않았다.

지우와 나는 학생회관에 있는 2층 스타벅스에 들러 샷을 추가한 진한 아메리카노를 단숨에 들이켰다. 카페인 수혈을 마친 우리는 약속 장소로 곧바로 향했다.

Ÿ Ÿ Ÿ

알렉스의 집은 미국의 전형적인 3층짜리 저택이었다. 한국에는 잘 없는 삼각형 지붕이 제일 먼저 눈길을 끌었고, 넓적한 마당에는 제초기로 깎은 지 얼마 되지 않았는지 짧은 잔디가 잘 정돈되어 있었다. 옆집에는 덩치 큰 골든 리트리버를 키우고 있었는데 우리가 들어오는 것을 보더니 요란하게 짖으며 꼬리를 흔들어 댔다. 우리가 꽤나 반가운 모양이었다.

묵직한 청록색 현관문을 열며 폭신한 러그에 신발을 닦은 뒤 안으로 들어갔다. 전체적으로 우드톤이 강했으며 따뜻한 기운이 감돌았다. 모든 가구가 진한 호두나무색이라 고풍스러운 느낌이 물씬 났다. 거실 정중앙에 자리 잡고 있는 벽난로가 집의 운치를 더해 주었는데 벽난로를 실물로 본 것은 이번이 처음이었다. 나는 이 집에서 벽난로가 제일 마음에 들었다. 이곳에 산다면 없던 낭만도 솟구칠 수 있을 것 같았다. 추운 어느 밤, 벽난로에서 장작이 타들어 가는 소리를 들으며 그 아래에서 그림을 그린다는 상상만 해도 황홀할 지경이었다.

알렉스와 줄리아에게는 딸이 하나 있었다. 이름이 '릴리'였으며 반짝이는 금발 머리가 어여쁜 얼굴을 더욱 부각시켜 주었다. 알렉스와 줄리아에게 성인의 자식이 있을 법했지만 릴리는 기껏해야 8~9살로 보였다. 이들 부부에게 늦게 찾아온 소중한 딸일 것이다. 방증이라도 하듯 선반 곳곳에는 릴리 모습이 담긴 사진 액자가 가득했다.

응접실 안으로 들어가니 우리만 초대받은 것이 아니었다. 함께 예배 드렸던 낯익은 얼굴들이 보였다. 알렉스와 줄리아는 우리가 어서 친해지길 바라는 마음으로 모두를 초대했다고 했다. 알렉스는 시종일관 생글생글한 얼굴로 인사를 건네는데 세상에 태어나 단 한 번도 화라는 걸 내 본 적이 없는 사람처럼 보였다. 릴리의 반짝이는 눈빛과 사랑스러운 미소를 보니 나의 생각이 틀림없이 맞을 것이라는 생각이 본능적으로 들었다.

우리 모두 식탁에 모여 앉았다. 부엌에서는 맛있는 냄새가 잔뜩이었으며 오랜 시간 공들여 내어준 음식이 가득했다. 바비큐와 같이 곁들여 먹을 베이크드 빈즈, 메쉬드 포테이토, 샐러드, 스터프드 에그에 마지막 후식으로는 달큰한 하얀 크림치즈가 잔뜩 올려진 레드벨벳 컵케이크까지 아일랜드 식탁 위에 쭉 진열되어 있었다. 나는 스터프드 에그에 계속 눈길이 갔다. 삶은 달걀로 만든 것인데 요리의 과정을 몇 개 더 추가하니 달걀도 근사한 요리가 되었다. 삶은 달걀 하면 떠오르는 것이 냉면이나 떡볶이 위에 띄어 주는 계란밖에 생각나지 않은 나였다. 호박에 줄 긋는다고 수박 되겠냐는 한국 속담도 있지만 뭐든 수고스러움이 추가되면 근사해지는 법이다.

바비큐와 함께 베이크드 빈즈를 한 입 떠먹는데 카페테리아에서 먹는 베이크드 빈즈와 맛이 이렇게나 달랐다. 확실히 더 걸쭉하고 감칠맛이 났다. 밖에서 사 먹는 음식보다 집에서 해 먹는 가정식이 확실히 영양적인 면에서도 뛰어날 것이다. 아무리 맛좋은 외부 음식을 먹어도 엄마가 해 주는 밥을 따라올 수 없는 것처럼.

이날 식사 자리에서 공교롭게도 승민 오빠가 내 앞에 앉게 되었다. 그가 예전 일에 대해 묻는다면 무엇이든 답할 각오가 되어 있었지만 그 각오가 무색하리만큼 식사 내내 그는 어떤 말도 꺼내지 않았다. 괜히 긁어 부스럼 만들 이유가 전혀 없으니 나 또한 식사에만 집중했다.

식사가 끝난 우리는 프리스비(Frisbee)라는 게임을 배워 보기 위해 잔디가 깔린 마당으로 나왔다. 플라스틱 원반을 던지면 반대편 사람이 떨어뜨리지 않고 잡아야 하는 게임으로 부메랑이 연상되었다. 위로 치솟아 오르기도 하고 옆으로 날아가기도 하는 원반을 잡느라 다들 혼비백산이었다. 우스꽝스러운 몸짓 때문에 구경하는 것만으로도 재밌었다. 딱 한적한 주말 오후가 이렇게 흘러가고 있었다. 하늘은 점점 붉게 물들어 갔다.

알렉스와 줄리아 부부가 베풀어 준 호의가 감사한 우리 일행은 물론 매주는 아닐지라도 교회에 열심히 나가 보기로 했다. 종교를 떠나 사람들과 어울리는 시간이 좋았다. 사람들과 어울리면서 내게도 작은 변화들이 생겼다. 더 많이 웃고 더 자주 흥얼거렸다. 어디로 날아갈지, 어디로 튈지 가늠조차 안 되던 프리스비 원반처럼 일단 날아오르는 것이다. 덜 걱정하고 덜 고민하며 사람들과 어울려 보는 것이다. 원반처럼 막무가내로 날아오르면 좀 어때? 다시는 돌아오지 않을 시간이었다. 그저 이 순간에 최선을 다하고 싶었다.

오늘 오전에 독한 커피를 들이킨 덕분에 찢어질 듯한 하품은 막을 수 있었지만 방에 돌아와 혼자 남겨지니 머리가 '띵' 하고 울리기 시작했다. 긴장이 풀리니 두통이 한꺼번에 몰려왔다. 밀려오는 잠을 커피로 억지로 막아냈으니 호르몬의 장애가 생긴 모양이었다. 내일을 위해 웅웅거리는 머리를 부여잡으며 서둘러 침대 속을 파고들었다.

Ÿ Ÿ Ÿ

다음 날, 눈을 떠 보니 오후 1시였다. 12시간 이상은 잔 것 같은데 개운하지 않았다. 아무래도 커피 때문인지 깊은 잠에 들지 못했다. 순간 현기증 때문에 얼굴이 절로 찡그러졌다. 아이러니하게도 커피로 정신을 다시 깨운다면 두통이 말끔히 사라질 것 같은 기분이 들었다. 어제 마셨던 맛없고 진하기만 한 커피가 아닌 굉장히 맛있고 향긋한 커피가 절실했다.

한국에서 내가 좋아하는 커피 드립백을 챙겨 왔는데 어디로 갔지? 서랍장을 활짝 열어젖혔다. 서랍장 안은 이미 물건들로 과포화 상태에 이르렀다. 미니멀리즘을 추구하지만 살다 보면 짐은 어느새 늘어나 있었다. 한참 뒤적거린 뒤에야 드립백이 보였다. 언제 날 한번 잡아 정리하기로 하고 서랍 문을 얼른 닫아 버렸다. 침대 밑에 있는 생수를 하나

불꽃과 재 속의 작은 불씨 - 상

뜯어 커피포트에 담아 스위치를 눌렀다. 물이 끓기 시작하더니 '딸각' 소리와 함께 스위치가 제자리로 돌아왔다. 드립백을 머그컵에 걸고 물을 졸졸 따르니 사방으로 번지는 커피의 향이 환상적이었다. 더군다나 이 공간 전체를 커피 향으로 채우니 행복했다. 이런 시간이 굉장히 그리웠다. 머그컵을 들어 후후 불며 한 모금 들이켰다. 향에서부터 예상 가능했던 맛이었다. 훌륭했다. 막상 향이 풍부해도 그 맛을 따라가지 못하는 커피도 많았다. 그럴 때면 배신당한 기분이 들었지만 이 원두는 정직해서 좋았다.

 털 실내화를 신은 발이 더워지기 시작했다. 봄이 오고 있었다. 확실히 요즘 들어 햇빛이 따사로웠다. 맨발로 돌아다니려다 얼음장 같은 바닥에서 올라오는 서늘한 한기 때문에 얼른 다시 실내화를 신었다. 보일러 시스템이 없는 이곳의 바닥은 유달리 더 차갑고 딱딱했다. 이런 바닥에 폰이라도 떨어뜨린다면 그 길로 사망일 것 같은 생각으로 이어지니 괜히 폰을 한 번 움켜쥐었다. 그리고 큰 창 앞으로 의자를 가져가 등받이에 한껏 기대어 앉았다. 내가 가장 좋아하는 자리였다. 창밖에는 탁 트인 평지가 펼쳐졌고 건물이 낮아 시야에 걸리는 것이 하나 없었다. 건물들이 따닥따닥 붙어 있어 항상 커튼을 치고 생활해야 했던 서울과 달랐다. 풍경이라는 것이 있는 이곳이 좋았다. 바깥 풍경을 느긋하게 즐기고 있다는 사실이 믿어지지 않았다. 비가 한차례 내린 뒤였는지 길은 젖어 있었다. 생각보다 이곳은 맑은 날도 비 오는 날도 많았다. 어느 순간부터 비가 올 때면 나도 미국인들처럼 우산을 쓰지 않았다. 사실 내가 사는 서울에서는 비를 맞기라도 하면 구정물이라도 뒤집어쓴 것처럼 옷에 시커먼 자국이 남았다. 하지만 이곳은 더러워질 걱정은 하지 않아도 되었다. 더욱이 내가 좋아하는 비를 흠뻑 맞고 있어도 아무도 나를 이상하게 쳐다보지 않는 이 자유로움이 좋았다. 나는 이곳의 깨끗한 자연이 좋아져 버렸다. 처음 이곳에 도착할 때만해도 고요하고 따분한 생활의 연속일까 봐 걱정이었지만 그런 걱정은 사라진 지 이미 오래였다. 깨끗한 공기, 쨍한 햇살, 솜털을 간지럽히는 산들바람. 이 모든 것을 누리고 있다는 사실만으로도 가슴이 벅찼다. 어쩌면 인간은 자연으로부터 왔다는 말이 맞을지도 모르겠다. 이 세상을 등질 때면 우리는 땅에 묻혀 흙이 되든, 화장을 하여 수증기가 되든 결국 자연의 일부 중 하나로 돌아가는 것이다. 그래서 본능적으로 자연에 머물고 싶어 하는지도 모르겠다. 인간은 자연으로부터 왔고, 또 자연으로 돌아갈 존재이니까. 방금 이름 모를 새가 지저귀는 소리가 들려왔다. 새소리만 들어도 마음의 평안을 얻을 수 있는 곳이었다.

블루투스 스피커를 연결해 한창 연습 중인 〈Passing by〉를 틀었다. 더 깊은 공상에 빠져들기 위해서였다. 그리고 언제든 찾기 쉬운 자리에 올려 두었던 스케치북을 꺼내 활짝 펼쳤다. 뭉뚝해진 연필을 칼로 깎아 냈다. 깎을 때마다 연필심에서 나는 나무 냄새가 참 좋았다. 이래서 내가 나무 냄새가 좋은가? 기억에 남기고 싶은 장소들을 틈틈이 그림으로 남기다 보니 스케치북도 거의 다 채워져 갔다. 자주 꺼낸 덕에 모서리 부분은 뭉뚝해져 있었고 때도 살짝 묻어 있었지만 펼치기 어려운 빳빳한 새 스케치북보다 내 손에 길들여진 말랑한 지금의 스케치북이 더 좋았다.

불꽃과 재 속의 작은 불씨 - 상

무기력을 조금이나마 극복해 보고자 연필을 잡게 되었다. 이 우연한 계기로 화가가 되면 어떨까 하는 상상도 해 보게 하였다. 그림을 그릴 때면 잡념이 비워지고 잠식되어 버릴 것 같은 무기력감도, 터질 것만 같던 분노도 잦아들었다. 이보다 더한 지옥도 있을까 생각하던 순간에도 이젤 앞에 앉을 때면 언제 그랬냐는 듯 평온해졌다.

내가 좋아하는 '라울 뒤피' 작가도 그랬을 것이다. 밝고 경쾌한 색채를 입힌 눈부신 그림만 그린 것과 달리 그의 인생을 보면 썩 유쾌하지만은 않았다. 어린 시절은 가난했고, 활동했던 시기에는 화려한 색채만 난무한다며 비난을 받았으며, 노년에는 다발성 관절염으로 고통 속에서 그림을 그려야 했지만 물러서지 않았다. 삶은 항상 그에게 미소 짓지 않았지만 그는 언제나 삶에 미소 지었다고 말했던 그였다. 어쩌면 나도 그처럼 내게 주어진 삶의 기쁨을 그림으로 남기다 보면 상처 많은 내 인생에도 미소 짓는 날이 오지 않을까? 나도 내 삶을 외면하지 않을 테니 말이다.

[3월]

　수업이 다 끝난 뒤에 찾아오는 늘어지는 오후였다. 따분한 오후가 될 것 같은 기분이 들었다. 오늘도 카페테리아 라운드 테이블 하나는 한국인 교환학생들의 차지였다. 언제부터인가 이 자리는 전매특허라도 낸 듯 다른 외국인들이 이용하지 않았다.

　"케인즈홀 게시판에 붙은 포스터 봤어?" 케인즈홀에 살고 있는 나영이는 생각만 해도 끔찍하다는 듯 몸서리를 쳤다. 나영이의 표정은 우리 모두에게 상당한 궁금증을 자아내고 있었다.

　"여기 밤은 정말 위험한 것 같아. 다들 밤에는 돌아다니지 마. 어떤 남학생이 여학생을 성폭력했대. 그래서 그 학생 퇴학 처분한다는 공지였어." 다들 경악스러운지 입을 다물지 못했다.

　"매 학기마다 이런 사건이 한 번씩 터지는 것 같네." 민정이는 아무렇지 않다는 듯 말하려 했으나 그녀 또한 불안한지 떨리는 목소리를 숨기지 못했다.

　　　　　　　　　　　　　　　불꽃과 재 속의 작은 불씨 - 상

"이런 사건이 흔한 거라고???" 지우는 너무 놀라 나자빠질 것 같은 얼굴이었다.

"밤에 걸어 다니는 게 정말 위험한 거구나. 그래서 가까운 거리라도 차를 타고 다니는 건가?" 나 또한 끔찍했지만 목소리 톤이 낮은 덕분에 차분하게 들렸던 모양이었다.

"지현이 왜 이렇게 차분해?" 하준 오빠는 의외라는 표정을 지었다.

"너무 무서워서 까무라칠 것 같아." 나는 보란 듯이 더 차분한 목소리로 답했다. 그리고 차분하지 못할 이유도 없었다. 사람마다 반응하는 온도에는 분명히 차이가 있었다. 그럼에도 대중과 다르면 눈에 띄었다. 그게 싫어서 괜한 호들갑을 떨기도 해 보았지만 미국에서만큼은 달라도 괜찮지 않나 하는 생각이 자꾸만 들었다.

"풉! 지현이 저러는 거 너무 웃기지 않아?" 윤재 오빠는 밥을 먹다 말고 깔깔 웃기 시작했다. 나의 표정 때문에 웃음이 터진 모양이었다. 오빠는 나를 보고 웃었지만 실로 오빠의 짧아진 머리 때문에 웃음이 터져야 할 쪽은 내 쪽이었다. 윤재 오빠는 며칠 전에 바리캉으로 직접 깎은 머리로 나타났었다. 쇼핑 센터에 미용실이 있기는 했지만 굉장히 비쌌다. 그렇다 해서 만족스러운 결과물을 얻을 수 있는 것도 전혀 아니었기에 유학생들은 바리캉으로 머리를 직접 깎거나 서로 다듬어 주었다. 그런데 이번에는 깊이를 잘못 맞추었는지 윤재 오빠는 까까머리가 되어 나타났다. 곧 절로 들어간다고 폭탄선언을 해도 아무도 말리지 못할 것이다. 이미 외관은 스님과 꽤나 닮아 있었으니 말이다.

수업이 다 끝난 몇몇은 탁구 내기를 하기 위해 체육관에 간다고 했다. 지우와 나는 주말의 피로가 덜 풀린 관계로 곧장 기숙사로 향했다.

"지현아, 밤에는 정말 조심해야겠어. 그래서 투야가 고집스럽게도 데려다준 것 같지 않아?" 지우는 투야가 며칠 전 새벽에 우리를 기숙사까지 데려다주었던 일을 상기시키며 말을 이었다.

"민정이 말 들어 보니 이번에만 특수하게 일어난 일은 아닌가 봐. 그 새벽에 극구 사양했었잖아. 투야 고집은 정말 못 말리겠다 생각했거든. 지금 생각해 보면 우리를 겪어 준 투야한테 미안하면서도 고맙네." 나는 강한 긍정의 뜻으로 고개를 세차게 끄덕였다.

코너를 꺾어 나오자 저 멀리서 투야가 마침 걸어오는 것이 보였다.

"호랑이도 제 말하면 온다더니." 지우가 투야를 보며 말했다.

"그러니까 양반은 못 되는군." 나는 지우를 바라보았다. 우리는 동시에 웃음이 터졌다. 웃음소리가 꽤나 컸는지 투야는 소리가 나는 쪽을 찾고 있었다.

"투야!" 내가 투야를 향해 냅다 소리를 질렀다. 나를 발견하고는 손을 흔드는 투야였다.

"어디 가?" 투야와 점점 가까워지자 나는 목소리를 낮추어 물었다.

"기숙사." 그가 어깨를 으쓱했다.

"오늘 일정 없어?" 내가 신난 목소리로 물었다.

"우리는 일정 없는데." 지우가 뒤이어 바로 답했다. 지우도 투야와 시간을 함께 보내는 것이 나쁘지 않은 눈치였다.

"나도 할 것 없었어. 내 방에 놀러 와도 돼. 갈래?" 투야는 흔쾌히 본인의 방에 우리를 초대했다.

"좋아!" 지우와 나는 신이 난 목소리로 답했다. 오빠들의 탁구 내기 제안은 피곤하다는 이유로 한사코 거절하며 무료함을 자처했던 우리였지만 투야를 마주치니 놀아 줄 친구가 생겨 즐거워하다니 사람 마음이란 것이 정말 알다가도 모를 일이었다.

투야 방은 3층이었다. 더 빌리지 하우스처럼 올라가는 계단이 외부로 나와 있었다. NPQ와는 살짝 다른 구조였다. 거실을 지나 그의 방으로 들어가니 남자 방답지 않게 깔끔했다. 마치 우리가 올 것을 예상이라도 하고 대비한 것처럼 이불까지 반듯하게 정리되어 있었다.

"남자 방인데 이렇게 깔끔하다니." 지우가 감탄한 목소리로 말하며 들어갔다.

"그러니까. 우리가 온다는 것을 알기라도 한 것처럼 말이야."

지우와 나는 앉을 곳을 찾아 두리번거렸다.

"침대에 앉아도 돼." 두리번거리는 우리를 보며 투야가 말했다. 본인은 책상 앞에 있는 의자를 빼서 침대 쪽으로 돌려 앉았다. 침대에 앉으려니 생각보다 침대가 높았다.

"침대가 왜 이렇게 높아? 이거 기어 올라가야 할 판인데?" 지우는 엉덩이를 뒤로 빼고서 뜀뛰기하듯 올라갔다. 투야는 갑자기 일어서더니 침대에 걸터앉았다. 그에게는 충분히 올라가고도 남을 높이였다. 그에게 굳이 증명할 것까지 없다고 말하니 머쓱했는지 '하하' 딱 한마디만 외치고 다시 의자로 돌아가 앉았다. 그에게 물어보니 침대 아래 버클

장치로 높이를 조절할 수 있다고 했다.

"다들 속은 괜찮았어?" 투야는 배를 움켜잡으며 우리에게 물었다.

"속은 왜?" 지우가 양반다리로 앉으며 대꾸했다.

"그날 밤새 술 마신 게 탈이 났는지 아직도 속이 아파." 투야는 콧잔등을 찡그리며 배를 움켜잡았다.

"너희 셋처럼 부어라 마셔라 하지 않아서 우리는 숙취가 없나 봐." 지우의 장난기 가득한 목소리가 흘러나왔다

"그럼 꿀물을 마셔야지." 내가 당연하다는 듯 말했다.

"꿀물? 그게 뭔데?" 숙취에는 꿀물만 한 것이 없다는 것을 모르는 눈치였다. 아차! 그는 한국인이 아니었다. 외국인이었다. 이상하게도 투야가 외국인인 사실을 자주 깜빡했다. 생김새도 그렇지만 특히 우리의 정서를 곧잘 이해했기에 그런 느낌을 더 강하게 받았다.

"한국에서만 꿀물 마시는 건가? 한국에서는 보통 숙취에 꿀물을 마셔. 그럼 좀 진정이 되거든."

"어떻게 만드는 건데?" 그는 굵은 팔을 팔걸이에 올려놓으며 편한 자세를 잡으며 물었다.

"그냥 물에 꿀을 넣으면 끝. 말 그대로 꿀 플러스 물 이퀄(Equal)은 꿀물."

"그럼 다음에 월마트 가서 꿀을 사 와야겠어." 그가 씨익 웃어 보였다.

"나 꿀스틱 있는데 나중에 가저다줄게. 오늘 당장 마셔 봐." 꿀을 상비해 놓는 사람이 몇이나 되겠냐마는 꿀을 만병통치약으로 알고 있는 엄마 덕분에 다른 건 몰라도 꿀은 항상 구비되어 있었다.

"꿀스틱 그런 것도 챙겨 왔어?" 지우도 놀란 눈치였다.

"엄마 덕분이지. 심지어 맛별로 있어. 마호가니, 아카시아, 밤…. 종류가 몇 개 더 있는데 기억이 나지 않네. 지우 너도 줄게." 나는 얼른 덧붙였다.

며칠 전 밤새 수다를 떤 것도 모자라 오늘도 시간 가는 줄 모르고 꼬리에 꼬리를 무는 이야기로 우리 셋은 깔깔거렸다. 지우의 연애 상담으로 이야기 꽃을 피웠는데 투야 또한 모든 것을 통제하려는 그녀의 남자친구가 이해가 되지 않는다는 입장이었다. 투야와 나는 한편이 되어 지우가 현명한 선택을 내릴 수 있도록 목소리에 힘을 주었다. 이런 이야기를 나누면서 투야의 연애관도 엿보게 되었는데 그는 꽤 개방적이고 자유로운 연애를 추구했다. 여자친구가 누가 될지 모르겠지만 꽤나 속을 썩일 것 같았다. 한국에서 나고 자란 지우와 나는 이번에는 같은 편이 되어 그의 연애관을 비난했다. 투야는 일부일처제는 구시대적 발상이라며 일부다처제든 다부일처제든 변화하는 시대에 맞춰 인식의 변화가 발 빠르게 필요하다고 했다. 지우와 나는 그 모든 것을 이해할 수 있는 여자를 꼭 만나길 바란다며 고개를 절레절레 저으니 그제야 본인은 일부일처제를 지향한다고 했다. 이미 해 놓은 말 때문에 전혀 신뢰가 가지 않았지만 말이다.

언제 시간이 흘렀는지 사위가 어두워져 불을 켰다. 이들과 이야기 꽃을 피우면 시간 가는 줄 몰랐다. 침대 옆 창문이 버젓이 있었음에도 해가 졌음을 알아차리지 못했다. 만나기 전부터 걱정으로 가득한 관계가 있는 반면, 설렘으로 차오르는 관계가 있다. 투야와 지우는 단연코 후

자였다. 그들은 내게 소중한 존재로 무르익어 가는 중이었다.

꿀스틱을 줄 예정이었으니 투야도 함께 따라나섰다.

"너도 여학생 성폭력 사건 알고 있었던 거지?" 지우가 불쑥 물었다. 우리가 극구 만류했을 때 짧게라도 설명해 주었더라면 바로 수긍했을 일이었다. 왜 언급조차 하지 않았는지 이해가 되지 않아 나는 그에게 나무라듯 물었다.

"그럼 다닐 때마다 행동에 제약이 생길 것 같았어. 이 거리를 오싹한 공포영화로 만들 수 없잖아." 머리를 한 대 얻어 맞은 기분이었다. 그는 내가 미처 생각하지 못한 부분까지 신경을 써 주고 있었던 것이다. 그는 내 생각보다 훨씬 더 사려 깊은 사람인지도 모르겠다.

3동을 지나 1동으로 꺾어 들어가니 순간 호주머니에 열쇠가 없다는 걸 직감적으로 알아차렸다. 열쇠가 들어 있을 오른쪽 주머니 쪽이 너무 허전했기 때문이었다. 침대에서 양반다리를 하고 앉아 있을 때 흘러나온 모양이었다.

"나 열쇠가 없어. 침대에 흘린 것 같아." 나는 거의 다 온 거리에서 알아차렸다는 사실이 민망해서 더 울상인 표정을 지었다.

"괜찮아, 괜찮아, 괜찮아." 순간 우리가 처음 만났을 때 그가 건넸던 'SURE'가 떠올랐다. 이번에도 괜찮다고 세 번이나 연달아 말해 주었다.

"나 열쇠고리 하나 사야겠다. 눈에 잘 띄게 말이야." 나는 멋쩍어서 어깨를 한 번 들썩였다.

"그럼 나는 꿀스틱은 내일 받을게. 어차피 우리는 내일도 만나게 될 거잖아. 곧 에이든이 과제를 봐 주기로 했거든." 지우는 손을 흔들어 보

불꽃과 재 속의 작은 불씨 - 상

였다.

현관문을 열고 다시 들어서니 조금 전까지만 해도 없었던 투야의 룸메 2명이 거실에 앉아 있었다. 나는 생각지도 못한 그들의 등장에 당황한 나머지 나도 모르게 뒷걸음질 쳐졌다. 그들도 나를 보더니 자리에서 벌떡 일어났다. 룸메들도 투야만큼이나 체구가 아주 컸다. 그들은 내가 신기한지 물끄러미 쳐다보았다. 그 시선이 불편해 어색한 인사를 재빠르게 나눈 뒤 그의 침대에서 열쇠만 후딱 챙겨 들고 서둘러 나왔다. 뒤따라 나온 투야가 한마디 했다.

"쟤네들이 너 안 잡아먹어. 그렇게 서두를 필요 없어." 그는 능글맞게 웃고 있었다.

"내가 쟤네들을 잡아먹을까 봐 서둘러 나온 거야. 잡아먹힐까 봐가 아니라." 그에게 약한 모습을 보이는 건 죽기 보다 싫었다. 내 답변이 끝나자마자 투야는 미친 듯이 웃기 시작했다.

"항상 너의 답은 예상 밖이야."

"너야말로." 그의 말투를 따라했다. 그와 농담 따먹기 식의 대화가 몇 번 오고 가니 어느새 1동 앞이었다. 로비에 투야를 잠시 남겨두고 두 계단씩 성큼성큼 올라갔다. 다행히도 며칠 전 서랍장을 뒤진 덕분에 꿀스틱을 바로 찾을 수 있었다. 커피 드립백 바로 옆에 꿀스틱이 놓여 있었다. 종류별로 한 아름 챙겨 들고서는 다시 두 계단식 내려갔다. 그에게 꿀스틱을 얼른 전해 주고 싶었다.

"서두르지 않아도 돼." 투야는 또 능글맞게 웃었다.

"밤이 깊어지기 전에 얼른 돌려 보내야지. 밤길이 위험한 거 너도 알잖아." 두 계단씩 뛰어오른 것이 민망해서 한 말이었다.

"나한테는 전혀 해당되지 않으니 걱정 마."

"그리고 나 공포영화도 잘 봐. 그러니까 그런 건 무섭지 않으니까 걱정하지 않아도 돼." 공포영화를 좋아한다는 내가 의외였는지 투야는 기괴한 표정을 지으며 유유히 사라졌다.

얼마 지나지 않아 휴대폰이 울렸다. 그에게서 온 카톡이었다.

'나 도착했어. 그리고 에세이 제출하는 날이 모레라고 했지? 내일 몇 시에 시간 비워 놓으면 돼?'

그가 첫 에세이를 봐 준 이후로 지금까지 단 한 번도 빠짐없이 과제를 첨삭해 주었다. 커먼스 빌딩 테라스에서 마주 보고 앉은 우리는 첨삭이 끝나면 한 주제에서 다른 주제로 이어 가며 이야기 꽃을 피었다. 대화에 집중하다 보면 주변 사람들의 대화 소리, 지나가는 발소리는 어느 순간 들리지 않았다. 그의 말소리만 들려올 뿐이었다. 한 번 앉으면 세탁실 안의 형광등 불이 다 꺼질 때까지 자리를 지켰다. 그와 대화를 하다 보면 미처 담지 못한 나의 영혼 몇 방울이 그에게 떨어진 것은 아닐까 하는 합리적 의심도 해 보았다. 그만큼 우리는 잘 통했다. 이상한 일이었다. 나는 안드로메다에서 온 외계인인데 말이다. 어쨌든 나는 그와 나란히 앉아서 시간이 어떻게 흐르는지 모를 만큼 젖어 있는 이 시간이 참 좋았다.

Ÿ Ÿ Ÿ

불꽃과 재 속의 작은 불씨 - 상

오늘은 수요일 저녁 예배가 있는 날이다. 알렉스 집에 방문했던 멤버 모두가 교회로 향했다. 예배, 찬양, 간증 여느 때와 다를 것 없는 구성으로 진행되었다. 그러나 오늘 다른 점이 있다면 수련회에 대한 공지가 추가로 있었다. 장소는 '핫 스프링스(Hot springs)'라는 지역에서 봄 방학 기간에 맞춰 월, 화, 수 2박 3일 동안 진행될 예정이라고 했다. 학교가 있는 존즈버러시에만 지내는 우리를 위해 첫날은 수련회 장소로 바로 넘어가지 않고 핫 스프링스의 주변 관광지에 들러 구경할 계획이라고 전했다. 알렉스는 많은 참석 바란다며 오늘 예배를 마무리했다. 수련회는 아칸소주 내에 있는 다른 교회에서도 참석하기 때문에 더 많은 사람들과 어울릴 수 있는 기회였다. 마이애미에 가려고 했지만 이 또한 좋은 기회라 고민이 되었다.

"다들 봄 방학 때 어떻게 보낼지 생각해 봤어?" 지우가 한국인 친구들에게 물었다. 예배가 끝난 우리는 평소와 달리 기숙사로 바로 돌아가지 않고 뒤쪽 복도에 섰다.

"우리 모두 수련회에 참여하면 좋을 것 같은데?" 명기 오빠가 팔짱을 끼며 미간에 힘을 잔뜩 주어 답했다.

"나도 가 볼까? 우리 다 같이 가 보자." 민정이는 이번 겨울 방학 때 여행을 다녀온지라 봄 방학에는 기숙사에 남으려고 했었다. 이런 기회를 절대 마다할 이유가 없었다.

"아칸소주 박람회(Fair)'가 봄 방학 기간에 겹쳐서 열리는 거 알아?" 윤재 오빠는 좀 더 자란 까까머리를 위로 한 번 쓸더니 들뜬 목소리로 말했다.

"그게 뭐야? 어디서 하는 거야?" 지우가 답을 재촉했다.

"리틀락, 아칸소주의 주도에서 하는 행사야." 한 나라에 수도가 있듯 미국은 주를 대표하는 주도가 있다. 그는 소매를 걷어 올리며 말을 이었다.

"재작년에 찍힌 사진 보니까 아주 큰 축제였어. 각종 공연, 퍼레이드, 불꽃놀이까지 놀이기구도 상당히 많더라. 기간은 이번주 금요일부터 다다음 주 월요일까지 열린대."

"주 박람회라고 미국 주마다 매년 하는 행사가 있어. 처음에는 가축을 팔기 위해 개최되었지만 지금은 축제가 되었지. 쇼, 오락, 경연 등 다양한 행사를 접목해서 규모가 어마어마하대. 원래는 가을에 개장하는데 작년 그 기간에 토네이도 때문에 취소되어서 이번 봄에 만회하는 거래." 윤재 오빠의 설명이 부족했다고 느꼈는지 명기 오빠는 윤재 오빠의 말이 끝나기 무섭게 뒤이어 추가로 설명해 주었다.

"어머, 작년에 취소돼서 얼마나 아쉬웠다고! 봄에는 개장하기 힘들다고 들어서 못 즐기고 한국으로 돌아가는 줄 알았는데 너무 잘됐다." 민정이는 박수까지 치며 아주 상기된 목소리로 말했다.

"두 개 다 가면 좋겠는데?" 뒤에서 듣고만 있던 승민 오빠가 큰 목소리에 힘을 주었다.

"수요일 수련회 끝나고 바로 페어로 이동하면 되겠다." 민정이가 박수까지 치며 맞장구쳤다. 지우와 나는 눈빛을 여러 번 교환했다. 마이 애미를 가기로 했기 때문에 어떤 반응도 할 수 없었다. 일단 지우와 먼저 이야기를 나누어 봐야 할 것 같았다.

"너희도 같이 가자." 민정이는 아무 말 없는 지우와 나를 바라보았다.

"지우와 나는 마이애미를 가 볼까 했지. 여기서 가깝다고 하길래." 나는 기어들어 가는 목소리로 어물거렸다.

"비행기랑 숙소 예약은 마친 거야?" 민정이가 물었다.

"아니. 아직이야." 지우가 답했다.

"일주일도 안 남은 이 상황에서 언제 예약하고 다 해? 수련회랑 박람회 같이 가자!" 민정이는 기겁한 얼굴로 우리를 보았다. 계획에 철저한 민정이가 보기에는 당연히 기겁할 일이었다. 사실 마이애미만 정했지 계획 하나 없었다. 과제와 시험을 쳐내느라 예약하고 알아보기를 차일피일 미루다 보니 어떤 것도 준비하지 못했다. 지우와 나는 어떻게 할지 내일 최종적으로 정하기로 하고 방으로 돌아왔다. 미국 영화에서 보면 널찍한 놀이동산은 야경이 참 화려했다. 그런 데는 꼭 밤에 즐겨 줘야 하는데 말이다. 이미 내 마음은 마이애미로부터 점점 멀어져 가고 있었다.

Ÿ Ÿ Ÿ

당장 내일 모레가 봄 방학이라 수업에 집중하기 힘들었다. 어쨌든 어떤 결정이든 내려야 했다. 결국 'Social Impact Management' 수업은 듣는 둥 마는 둥이었다. 필통 옆에 올려 둔 폰 액정 화면이 밝아졌다. 지우였다. 지우가 오전 수업이 일찍 끝나 도서관에서 기다리고 있겠다는 내용이었다. 나도 금방 가겠다고 바로 답장을 보냈다.

수업이 끝남과 동시에 힘 조절을 못 해 의자를 세차게 밀어 벌떡 일어나 버렸다. 생각보다 소리가 너무 커서 민망한 나머지 문 쪽으로 잰걸음으로 걸어갔다. 같은 수업을 듣는 하준 오빠와 민정이 얼굴을 얼핏 보니 못 말린다는 표정이었다. 나는 애써 신경 쓰지 않으려고 했지만 뒤통수가 후끈하여 애먼 머리카락을 양 어깨로 쓸어내려야 했다.

잘 정돈된 나뭇길을 지나 도서관으로 서둘러 들어갔다. 깊숙한 곳에 앉아 있는 지우가 보였다. 이름을 크게 부르는 일은 어느새 나의 주특기가 되어 버렸지만 도서관이라 삼가기로 했다. 어제도 봤지만 이렇게 또 반가울 일이겠냐마는 손이라도 양껏 흔들어 지금 이 순간의 감정을 표현하고 싶었다. 그녀는 나의 인기척이 느껴졌는지 고개를 들어 나를 보며 환하게 미소 지어 주었다. 나도 그녀 따라 웃었다.

"우리 어떻게 하면 좋을까?" 내가 가방을 내려놓고 자리에 앉으며 물었다.

"우리 마이애미는 이미 늦은 것 같아. 오빠들 따라 페어도 가고 수련회도 가는 건 어때?"

"와우. 네 생각이 내 생각이야!" 지우와 나는 동시에 웃음이 터졌다. 도서관인 걸 감안해 양심상 소리를 죽이며 웃느라 혼이 났다. 우리는 오늘 중으로 오빠들에게 수련회에 참석한다는 내용을 전달하기로 했다. 또 페어가 열리는 곳이 리틀락이니 핫 스프링스에서 어떻게 이동할 건지 의논도 해야 했다.

"카페테리아에 가 보자. 아마 다들 이미 모여 있을 것 같지 않아?"

"맞아. 거기는 만남의 장소니까."

우리는 라운드 테이블을 향해 걸어갔다. 예상대로 카페테리아에는 모두 모여 있었다.

"우리도 수련회 가기로 정했어." 지우가 신난 목소리로 윤재 오빠에게 말했다.

"오, 잘됐다. 다 같이 가면 더 재미있겠어!" 여전히 미간에 주름이 잡혀 있지만 들뜬 목소리로 명기 오빠가 대신 답했다.

"수련회 그건 뭐야?" 옆에 있던 민진이가 물었다.

"이번 봄 방학 때 2박 3일로 핫 스프링스에서 교회 수련회한대. 너도 갈래?" 민정이는 샐러드 안의 오이를 포크로 푹 눌러 찍으며 물었다.

"헉. 은지 언니, 나영이, 윤지와 시카고에 다녀오기로 했거든. 이미 기차까지 예매가 다 끝난 상황이라서. 미리 알았다면 좋았을 텐데." 민진이는 상당히 아쉬워했다.

"우리도 어제 수요일 예배 때 들은 거라 안 지 얼마 안 돼." 지우가 사이다에 빨대를 꽂아 넣었다.

"오빠, 그런데 페어는 어떻게 이동할 거야?" 구체적인 계획이 필요할 것 같아 내가 물었다.

"너희들 다 간다고 하니까 렌트를 해야 할 듯싶어." 윤재 오빠가 대답했다.

"오, 오빠 국제 면허증 있어?"

"아니. 하준이 형이 있어." 그의 생뚱맞은 답변에 눈썹이 절로 찡그려졌다.

"하준 오빠도 민진이처럼 계획이 있을 수 있잖아."

"수련회는 안 가도 페어는 갈 거야. 그리고 그 형도 계획은 없었어."
어떤 망설임도 없이 확신에 찬 목소리였다.

"수련회는 왜 안 가?" 다들 의아한지 모두가 윤재 오빠의 답변을 기다렸다.

"불교거든." 다들 어이가 없는지 여기저기서 바람 빠지는 소리가 흘러나왔다.

"보기보다 순진한 면이 있네, 그 오빠?" 민정이가 의외라는 듯 말했다.

"뭐 종교 따지고 가나? 사람들도 만나고 어울리려고 가는 거지." 지우가 거들었다.

"교회에 오라고 해도 절대 안 넘어와. 알고 보니까 모태 신앙이더라고." 무슨 큰 비밀이라도 알려 주듯 목소리를 살짝 죽이며 말했다. 기독교나 천주교에서만 사용되는 단어인 줄로만 알았는데 모태 신앙이란 단어를 불교에서 들어 보다니!

방으로 돌아와 편한 옷으로 갈아입고 침대로 달려갔다. 내일만 지나면 방학이다. 일주일간 수업이 없다 생각하니 벌써부터 설렜다. 그런데 왠지 모를 2프로 허전한 느낌을 지울 수 없었다. 불현듯 투야 속은 좀 나아졌는지 궁금했다. 카톡을 하기 위해 책상에 둔 휴대폰에 닿기 위해 손을 최대한 길게 뻗었다. 침대에 내려오면 몇 발짝도 안 되는 거리지만 조금만 더 손을 기울이면 폰을 잡을 수 있을 것 같았다. '엇 툭툭탕' 뭉뚝한 소리와 함께 폰을 떨어뜨리고 말았다. 냉골 같은 바닥 덕분에 결국 액정에 금이 갔다. 난 벌떡 일어나 폰을 주어 작동이 잘되는지 이리저리 살펴보았다. 철저히 디자인만 보고 산 케이스라 충격 흡수가 전혀 되지 않았다. 케이스 모서리도 깨져 있었다. 실리콘 케이스면 이렇게까지 깨지지는 않았을 텐데 속상한 마음에 망연자실했다. 때마침 카톡이 울렸다. 카톡이 울리는 걸 보면 폰에는 이상이 없는 듯 했지만 다음에 또 떨어뜨리면 작별을 고해야 할지도 모르겠다.

투야였다. 폰을 떨어뜨리는 바람에 한 발 늦었다. 어찌됐든 투야도 같은 시간에 내게 카톡을 보낼 생각을 했다니 내심 기분이 좋았다.

'마이애미 가면 일주일간 못 볼 텐데. 네가 좋아하는 공포영화나 볼래?'

'나 마이애미 안 가기로 했어. 교회 수련회로 핫 스프링스 갔다 오려고. 또 내일부터 아칸소주 박람회 기간이잖아. 리틀락과 핫 스프링스는 멀지 않으니까 간 김에 거기도 들를까 해. 너도 가자!'

'교회 수련회는 뭐야? 그리고 주 박람회는 가을에 하는 건데? 일단 만나서 이야기하자. 내 방으로 올래?'

'알았어. 영화는 내가 골라도 되지? 지우한테도 연락해 볼게.'

'지우?'

그가 왜 반문하는지 모를 일이다.

'응.'

'알았어. 바보야.'

"바보'라는 말은 또 어디서 배워 온 거야.'

투야는 요즘 들어 한두 마디씩 한국말을 던졌다.

아직 오후 3시밖에 안 된 시간이라 지우도 방에서 무료하게 시간을 보내고 있을 것이라 생각했지만 남자친구와 영상 통화 중이라 지금 당장은 힘들 것 같다고 답장이 왔다. 통화가 끝나는 대로 연락을 주기로 했다. 계단을 가뿐하게 올라 현관문 앞에 서니 문이 반쯤 열려 있었다. 안이 너무 조용해 현관문 앞에서 투야를 부르니 곧이어 그가 방에서 나왔다.

"지우는?"

"영상 통화 중이라서 끝나고 연락 준대. 그나저나 속은 괜찮아?"

"네가 준 꿀 덕분에. 많이 나아졌어. 정말 효과가 좋더라." 나는 내가 가지고 있는 나머지 꿀도 호주머니에서 주섬주섬 꺼내 놓았다. 내려놓은 꿀을 보더니 투야가 물었다.

"이렇게 다 주면 너는?"

"난 너처럼 술을 그렇게 퍼마시지 않아서 괜찮아." 못 말린다는 표정으로 그가 나를 보았다. 나는 입을 살짝 내밀어 보였다. 나는 한 번 와 봤다고 자연스럽게 투야 침대에 올라가 앉았다. 침대에 앉자마자 그에게 봄 방학 계획을 공유하며 함께하자고 했다. 하준 오빠처럼 수련회는 갈 생각이 없다 했지만 페어는 매번 가는 행사라 다른 몽골리아 친구들과 상의해 보겠다고 했다. 이왕이면 수련회 마지막 날인 수요일에 오라고 나는 신신당부했다. 그가 그날에 와 주었으면 했다. 그럼 2프로 부족했던 그 허한 마음이 왠지 채워질 것만 같았다.

나는 영화를 뒤적거리기 시작했다.

"〈좀비랜드〉 보자. 이거 웃기다고 했어."

"이런 건 공포영화라고 할 수 없을 것 같은데. 공포영화 좋아하는 거 맞아?" 그의 한쪽 눈썹을 살짝 올리며 반신반의한 얼굴로 물었다.

"또 의심한다! 아무렴 어때?" 침대 맞은편에 있는 책상 위에 노트북을 올려놓고 영화를 틀었다. 투야는 의자에 앉아서, 나는 그의 침대에 반쯤 드러누워서 보기 시작했다. 순간 투야의 방을 내 방처럼 이용하나 싶어 자세를 고쳐 앉았다.

"편하게 봐도 돼. 내 방이 너의 방이고 너의 방은 너의 방이잖아." 나의 모습을 보더니 장난기 가득한 얼굴을 지어 보였다. 투야는 내 얼굴만 봐도 무슨 생각하는지 아는 것일까? 유독 그 앞에서만 나의 감정이 더 투명하게 비치는 것인지 의문이 들었다. 21세기에 절대 어울리지 않는 단어이지만 관심법을 쓰는 것은 아닐까 하는 의심마저 들었다.

"너도 침대에서 편하게 봐. 보는 내가 다 불편하다." 그는 엉거주춤 일어서더니 침대 다른 끝 쪽에 걸터앉았다. 내 몸뚱이가 그리 큰 편도 아닌데 이렇게나 많은 공간을 확보해 주며 말이다.

영화는 끝이 났다. 갑자기 좀비가 튀어나오는 설정이 많아 중간중간에 흠칫하긴 했지만 코믹 요소들이 곳곳에 녹아 있어 이불을 끌어안고 눈을 가릴 정도는 아니었다. 다만 현실세계에 저런 좀비가 있다면 어떨까? 두려움에 떨다가 좀비에 물려 버리겠지? 그럼 나도 저런 좀비 중 하나가 되어 있겠지?

"만약에 현실세계에도 저런 좀비가 있으면 어떨까?" 투야가 물었다. 그도 나와 같은 상상을 하고 있었던 것 같았다.

"생각만 해도 소름 돋지. 넌 영화 주인공들처럼 살아남을 수 있을 것 같아?"

"나는 어떻게든 살아남아. 다 무찔러 버릴 거니까." 역시 그의 자신감 넘치는 답변이었다.

"어련하시겠어."

"너는?"

"저들 좀비 중 하나한테 물리지 않을까?" 내가 어쩔 수 없다는 듯 말했다.

"아니야. 넌 내가 있잖아. 지켜 줄 거야." 그의 눈빛이 꽤나 진지했다. 지켜 준다는 그의 말에 순간 심장이 쿵 하고 내려앉는 기분이었다. 나를 지켜 준다는 말이 왜 이렇게도 감동적으로 들리는 걸까? 나는 들키지 않으려고 괜히 그가 기겁할 말을 골라 했다.

"난 좀비가 돼서 너를 잡아먹으러 갈 건데?" 열 개의 손가락을 활짝 펴 구불거렸다. 내 마음을 들키지 않아 다행이었으나 그의 표정이 너무나도 기괴하게 변하여 나는 재빨리 열 손가락을 접으며 화제를 돌렸다.

"마지막쯤에 나온 놀이동산 있잖아. 난 미국 하면 저런 놀이동산의 환상이 있었다? 큰 공터에 놀이기구들이 쫙 깔려 있고 각종 퍼레이드나 행사가 끝없이 이어지는 거야. 특히 밤에는 화려한 조명과 불꽃놀이로 축제 분위기는 한껏 고조되는 거지. 거기에 들뜬 사람들까지. 관람차를 타고서 그 모든 것들을 구경하는 상상만 해도 낭만적이지 않아? 그런데 이 영화는 나만의 환상 속 놀이동산을 무참히 짓밟았어. 좀비로 가득하다니 생각만 해도 끔찍해." 나는 무릎을 당겨 팔로 감싸 안으며 놀이동산을 머릿속으로 그려 냈다.

"미국 놀이동산만의 감성이 있기는 하지. 그런 분위기를 곧 느낄 수

불꽃과 재 속의 작은 불씨 - 상

있을 거야."

"어떻게?"

"아칸소주 박람회에 곧 갈 거잖아. 네가 말한 분위기 그대로야."

"정말?" 아마 내 눈에서 하트가 백만 개는 나왔을 것이다.

그때 폰이 울렸다. 지우의 카톡이었다. 남자친구와 통화가 길어져 영화는 다음에 보자는 내용이었다. 보기로 한 영화도 끝이 났고 밖도 이미 어둑하여 나도 돌아갈 참이었다.

"지우는 아직까지 남자친구랑 통화하는 거야?" 내가 카톡하는 걸 보더니 투야가 물었다. 역시 눈치 하나는 빨랐다. 액정 화면에는 죄다 한국어뿐인데도 알아맞히다니! 이러니 그가 외국인이라는 사실을 자주 깜빡할 수밖에.

"한국과 미국에서 장거리라니! 대단해. 난 그게 가능할지 상상이 안 가." 그가 어깨를 으쓱했다.

"그 사람을 사랑하면 못 할 것도 없지. 다른 사람으로 대체 불가하면 어쩌겠어? 연애할 상황이 되어서 연애하기보다는 그 사람이기 때문에 연애를 하는 경우라면 말이 달라지지 않을까?" 군대 2년을 꼬박 기다리는 대학 동기들을 보면 그런 생각이 들었다.

"아직 절절한 사랑을 안 해 봐서 모르겠네? 그나저나 폰은 왜 그래?" 투야는 내 폰을 가리키며 물었다.

"아까 방에서 떨어뜨렸는데 바닥이 돌바닥인지 박살이 났어. 거기다 이 케이스는 충격 흡수가 전혀 안 돼." 나는 울상을 지었다.

"그걸 이제야 안 거야? 딱 봐도 충격 흡수가 전혀 되지 않는 케이스잖

아. 나와 같은 걸로 바꿔." 투야의 케이스는 실리콘 재질로 어떤 무늬도 없는 시커먼 케이스였다.

"너무 투박하잖아. 예쁜 걸로 바꿀 거야."

"그럼 바꾸나 마나지."

"몰에 가 볼 거야. 예쁘면서도 충격에 강한 게 있을 수도 있으니까."

"보나 마나일 거야." 투야는 단정 짓는 습관이 있었다. 나는 작은 것이든 큰 것이든 그의 단정을 보란 듯이 깨 주고 싶은 마음이 이상하게도 자꾸만 일었다.

투야는 오늘도 나를 기숙사까지 데려다주었다. 밤늦은 시간은 아니었지만 그의 호의를 거부하지 않았다. 좀비 영화 때문에 오싹해지는 기분을 떨칠 수 없었다. 물론 그 사실을 굳이 티 내거나 입 밖으로 꺼내지 않았다. 1동 로비 앞에서 그가 까먹지 않도록 꼭 수요일로 박람회에 오라고 한 번 더 언급했다. 그는 알겠다며 고개를 끄덕인 뒤 손을 흔들며 왔던 길로 다시 사라져 갔다.

Ÿ Ÿ Ÿ

구름 한 점 없는 화창한 날씨였다. 깨끗한 하늘과 달리 내 방은 꺼내 놓은 옷가지로 어수선했다. 아직 봄이지만 무더운 여름이 벌써 찾아온 것만 같았다. 나는 옷장에서 반팔로 갈아 입은 뒤 짐을 풀어 얇은 옷으로 다시 채웠다. 두툼한 옷이 필요 없을 듯했다. 가방이 가벼워지니 만족스러웠다. 오늘은 드디어 핫 스프링스로 떠나는 날이었다. 사실 '존즈버러(Jonesboro)'를 떠난다는 것 자체만으로도 설레었다. 존즈버러는 굉장히 작은 동네라 다운타운에 나가더라도 학교 학생들을 한 번 이상은 마주쳤다. 어디를 가도 학교 울타리에서 벗어나지 못했다. 학교 보호 아래 있다는 안도감과 동시에 필사적으로 이 모든 것으로부터 벗어나고 싶은 마음도 강하게 일었다. 아무튼 어디를 가나 행동에 제약이 많은 것은 사실이었다. 그래서 수련회일지라도 이곳을 떠난다는 것 자체가 설렘으로 다가왔다.

나는 옷가지들로 빵빵해진 백팩을 눌러 잡으며 지퍼를 닫은 뒤 마지막으로 휴대폰을 챙겨 들었다. 며칠 전 지우와 몰에 들러 휴대폰 케이스를 찾아보았지만 마땅한 것이 없었다. 케이스를 갈아 끼우지 않은 채로 또 떨어뜨리면 이 길로 사망일 테지만 애초에 마음에 들지 않은 걸로 갈아 끼우고 싶지 않았다. 지우는 아무거나 사서 임시방편으로 이용하다가 정말 원하는 것을 찾게 되면 바꾸라고 말했지만 임시방편에 익숙해지다 보면 더 이상 알아보는 수고스러움을 들이지 않을 것 같았다. 보조장치로 안주하고 싶지 않았다. 결국 빈손으로 돌아와야 했지만 이 편이 나았다.

케인즈 홀 앞에 우리를 태워 갈 8인승 카니발 한 대와 일반 승용차 두 대가 보였다. 미국에서는 한국 자동차를 손쉽게 볼 수 있었다. 속상한 점은 이 브랜드가 한국 브랜드인지조차 모르는 미국인이 많다는 사실이었다. 알렉스와 줄리아는 인원을 체크를 하다가 막 도착한 우리 일행을 보더니 인사를 건넸다. 마지막으로 탑승한 지우와 내가 양쪽 문을 '쾅' 하고 세게 닫은 걸 확인한 줄리아는 핸들을 움직이기 시작했다. 차가 움직이니 백미러에 달려 있는 방향제에서 좋은 향기가 났다.

마침 카톡 메시지가 화면에 떴다.

'조심히 잘 갔다 와.'

투야였다. 나는 반가운 마음에 그의 오늘 일정 이모저모를 물어보았다. 그는 시내에 살고 있는 친구 집에 방문할 것이라 하였다. 1학년 경제 전공 수업 때 친해진 친구가 있는데 그 친구의 부모님을 알게 된 이후 그를 자주 초대해 주어 함께 시간을 보낸다고 했다.

'부모님 같은 분들이야. 이런 연휴 때는 나를 꼭 불러 주시지. 감사한 분들이야.'

'그러기 쉽지 않은데. 정말 감사한 분들이다.'

'나를 너무 좋아해서 탈이지. 인기가 식을 줄 몰라.'

나는 이번에도 피식 웃음이 흘러나왔다. 아주 투야스러운 답변이었다. 차가 도로 경계석을 내려올 때 덜컹거리며 흔들리자 반사적으로 위에 달려 있는 손잡이를 잡으며 한 손으로 톡을 보냈다.

'어련하시겠어.'

그와 톡을 주고받다 보니 어느덧 줄리아가 주차를 하고 있었다. 시간이 그렇게 빨리 흘렀나 싶어 바깥을 보니 주유소였다. 우리가 두리번거리자 주유소 옆 서브웨이 앞에 차를 바짝 대며 줄리아는 요기도 할 겸 쉬었다 가자고 백미러를 바라보며 설명했다.

우리는 막 나온 칠면조 샌드위치의 포장지를 뜯으며 알렉스가 읊는 오늘의 일정에 대해 귀를 기울였다. 첫 일정은 핫 스프링스 국립공원 (Hot springs national park)에 들러 등산을 마친 뒤 근처 거리에서 자유 시간을 잠깐 가진 후, 수련회 장소로 이동할 것이라고 했다. 순간 등산이라고 하니 여기저기 웅성거리는 소리가 들려왔다. 등산을 싫어하는 사람들이 꽤나 많았다. 나는 산 내음과 맑은 공기를 양껏 들이마실 수 있는 산이 좋지만 싫어하는 사람들 앞에서 다름을 표현하는 일은 쉽지 않았다. 물론 내게 직접적으로 물어본다면 산을 좋아하지 않는다고 거짓말은 하지 않겠지만 말이다.

"하이킹이 아니라 가벼운 산책, 도보라 생각하면 좋을 듯합니다. 원치 않으면 오르지 않아도 좋습니다. 이왕이면 다 함께 참여한다면 좋겠지만요." 알렉스는 온화한 미소를 지으며 웅성거리는 쪽을 향해 말했다. 그의 인자한 미소는 항상 효과가 좋았다. 웅성거리는 소리는 금세 수그러들었다. 우리는 자유 시간을 최대한 많이 확보하기 위해 각자 자리에서 샌드위치를 빠르게 해결하고 다시 차에 탑승했다. 줄리아는 꺾은 핸들을 재빠르게 풀어 도로 위로 진입했다.

국립공원 앞에서 기념사진을 찍었는데 미국 친구들은 시키지 않아도 하나같이 기괴한 표정 하나씩을 남겼다. 그들은 망가지는 걸 두려워하지 않았다. 감정이 극도로 제한되어 있는 우리들의 표정과 확실히 달랐다.

부드럽게 울려 퍼지는 새소리를 들으며 갈비뼈를 크게 부풀려 숨을 크게 들이 마셨다. 너무 깊은 숨이었는지 머리가 약간 어질했지만 곧 이내 정신이 맑아졌다. 따스한 햇살을 받으며 우리 일행은 좁은 등산길을 따라 걸었다. 야생화에서 풍기는 꽃 내음이 향긋했다. 동네 뒷

산 정도의 아주 가벼운 산책이라 경관을 딱히 기대하지 않았지만 발아래 펼쳐진 산 아래 도시의 풍경이 말 그대로 장관이었다. 수고를 덜 들이고도 정상의 쾌감을 맛본 기분이었다. 인생도 이렇게 쉽게 풀렸으면 얼마나 좋을까 하는 생각과 동시에 쉽게 얻을수록 쉽게 잃는 법이라며 생각을 단속했다. 강한 햇살에 눈이 절로 찡그려졌지만 개의치 않았다. 눈을 감고 땀을 식히는 기분 좋은 미풍에 아주 잠깐 몸을 맡겼다. 행복했지만 속으로 주문을 외웠다. 30분만 투자하면 만끽할 수 있는 정상의 짜릿한 유혹은 몸에 해로울 수 있으니 멀리 하자고 되뇌었다.

내려갈 때는 다른 길로 에둘러 왔다. 짧은 일정이지만 우리에게 보여주고 싶은 것이 많은 알렉스였다. 산뜻한 산책이었지만 자유 시간은 줄어들 수밖에 없었다. 우리는 각자 흩어져 도시의 거리를 어서 즐기기로 했다. 거리마다 가게들이 일렬횡대로 줄을 맞춘 듯 오밀조밀하게 모여 있었으며 기념품이나 소품샵이 많아 구경하는 재미가 쏠쏠했다. 이 거리 앞에 설치된 벤치 마저도 고풍스러웠는데 대저택에나 있을 법한 고급스러운 가로등까지 더해져 영화 세트장을 방불케 했다. 가로등 양옆에 달린 핑크색 꽃바구니는 낭만적 분위기를 한껏 끌어올려 주었으며 그 옆에는 초여름에 피는 하얀 목련이 흐드러지게 피어 있어 거리가 감미롭기까지 했다. 여자들의 마음을 움직이기에 충분했다. 너도나도 그 배경으로 사진을 찍고 있었기에 지우와 나도 서로의 모습을 사진으로 남겨 주었다.

"우리 저기 들어가 보자. 가게가 너무 예쁜데?" 지우가 가로등 맞은편 버터색 외관을 가진 건물을 가리켰다.

불꽃과 재 속의 작은 불씨 - 상

"그렇네! 너무 아기자기하다." 격자무늬 창 안으로 들여다보니 곳곳의 노란 조명이 가게 분위기를 아늑하게 살려 주었다. 가게 문이 열릴 때마다 울리는 종소리는 정겹게 들려왔다. 민정이와 지원 언니도 막 들어오는데 표정을 보니 그녀들도 우리처럼 분위기에 이끌려 들어온 모양이었다.

"〈노팅힐〉 OST라니! 영화 속 한 장면에 들어온 기분이야." 민정이는 탄성을 자아내며 감탄한 목소리로 말했다. 상점에는 로맨틱한 음악이 흘러나왔다. 함께 들어왔지만 우리는 자신의 방식대로 가게 안을 즐기기 시작했다. 지원 언니와 지우는 큼직큼직하게 대충 훑어보았고 민정이는 하나하나 찬찬히 살피고 있었다.

매장은 아기자기하고 예쁜 공간이었다. 국립공원 근처에 있는 매장답게 정상에서 바라본 아름다운 풍경이 담긴 엽서와 마그넷이 많았다. 마땅히 살 만한 것은 없었지만 이곳에 온 것도 추억이니 마그넷이라도 하나 골라 가야 하나 싶어 서성이다가 한쪽 코너에서 발길을 멈추고야 말았다. 무지개 키링(열쇠고리)이 한쪽 벽면에 진열되어 있었다. 무지개를 보니 예전 투야가 했던 말이 떠올랐다.

'한국은 솔롱고스, 무지개의 나라.'

나는 봄 방학 동안 학교에서 따분하게 보낼 몽골리아 친구들에게 작은 선물을 하기로 마음먹었다. 나 또한 키링이 필요 했으나 학교 근처 쇼핑몰에는 원하는 것이 없어 한동안 어떤 것도 달고 다니지 않았다. 이곳에서 마음에 드는 예쁜 키링을 찾게 되어 무진장 반가웠다. 진열된 키링은 재질별로 색상별로 꽤나 다양했는데, 재질은 마크라메 실과 고무, 플라스틱으로 3가지로 나뉘어 있었고, 색은 원색과 파스텔 계열로 두 가지로 나뉘어 있었다. 마크라메 재질에 파스텔 색상은 내가 사용할 생각으로 골라잡았다. 그리고 나와 같은 것으로 하나 더 집어들었다. 플라스틱 재질에 원색 키링과 고무 재질에 원색 키링을 하나씩 더 집어 들었다. 두 개는 같은 것이고 나머지 두 개는 각각 다른 것이었다. 나는 은연중에 나와 같은 것은 투야에게, 나머지 두 개는 빌궁과 무흐진에게 각각 선물해야겠다는 생각을 했다. 그저 투야에게 같은 열쇠고리를 선물하고 싶었을 뿐이었다.

나는 키링 4개를 차근차근 포장하는 직원을 인내심 있게 기다려야 했다. 손으로 하나하나 직접 만든다며 포장을 하는 동안에도 그녀의 설명은 멈추지 않았다. 그래서 포장 하나도 대충할 수 없는지 정성을 들였다. 그녀는 자신의 일에 대한 자부심이 커 보였다. 갑자기 부러운 감정이 일렁거렸다. 한국으로 돌아가 직업을 선택할 때 자부심을 느낄 수 있는 일이 아니라 안정적인 직장을 골라서 적성과 거리가 먼 일을 하고 있을 내가 떠올랐기 때문이었다. 참 아이러니했다. 적성보다는 남들이 인정하고 썩 괜찮은 직장을 쉽게 구하기 위해 유학을 온 것인데 그 생각이 어쩌면 잘못되었을 수도 있다는 생각을 하고 있으니 왠지 모르게 마음이 썩 편하지만은 않았다.

"지현아, 우리 밖에서 기다릴게." 민정이가 카운터 앞에 있는 나를 향해 말했다. 심혈을 다해 포장해 주는 직원이 고마우면서도 구경이 끝난 친구들이 나 때문에 문 밖에서 기다리고 있다는 생각에 마음이 급했지만 주인의 정성 가득 담긴 포장이 끝날 때까지 진득하게 기다렸다.

"뭘 그렇게 산 거야?" 내가 나가자마자 기다렸다는 듯 민정이가 물었다.

"그냥 열쇠고리." 별거 아니라는 듯 답했다. 몽골리아 친구들에게 선물할 사실을 지우에게 따로 귀띔할 생각이었지만 여기서 공공연하게 알릴 마음은 없었다.

우리는 그 뒤로 가게 두세 군데를 더 들른 뒤 국립공원 주차장으로 돌아갔다. 아직 모이기로 한 시간까지 꽤 남았음에도 이미 다들 모여 있었다. 남자들은 아까 샌드위치가 부실했는지 수제 햄버거집에서 햄버거만 먹고 바로 돌아왔다고 했다. 맥도날드와 차원이 다른 햄버거라며 감탄을 금치 못하는 그들을 보니 속으로 웃음이 터져 나왔다. 예쁜 거리가 얼마나 많은데 먹는 데에만 시간을 다 쏟은 그들이 나로서는 이해되지 않았지만 그쪽도 쇼핑하는 데에 시간을 다 쏟은 우리가 이해되지 않은 것은 매한가지일 것이라는 생각에 웃음이 흘러나왔다.

차에 올라탄 지 얼마 지나지 않아 우거진 숲이 나타났다. 아마 수련회 장소가 산속에 있는 듯했다. 문득 최근에 본 〈좀비랜드〉 영향이 컸는지 이 산속에서 갑자기 좀비가 튀어나오면 어떻게 대처할지 상상에 잠겨 보았다. 나는 무엇을 보고 듣든 잔상이 오래 남는 편이었다. 이번에도 그런 상상을 하고 있으니 투야가 한 말이 불쑥 머릿속을 스쳐 지나갔다.

'아니야. 넌 내가 있잖아. 지켜 줄 거야.'

투야 덕분에 좀비가 나타나도 인간으로 생을 마감할 수 있을 것이다. 그를 떠올리니 내 입가에 엷은 미소가 번졌다.

마침 노을이 지고 있었고 하늘을 빨갛게 물들였다. 이곳은 여름이 빨리 찾아온 듯했다. 온 세상이 이미 녹음으로 뒤덮여 있었다. 반쯤 열린 창문 사이로 짙은 여름 냄새가 흘러 들어왔다. 내가 좋아하는 라일락 꽃향기도 함께 풍겼다. 울창한 연두색 나뭇잎 사이로 들어오는 붉은빛이 차 안 깊숙한 곳까지 내리 꽂았다. 빨간 열기는 차에 타고 있는 우리들의 뺨을 발그레 물들였다. 해는 매일 뜨고 진다. 그럼에도 노을이 만들어 내는 광경은 매번 경이로웠다. 매일 똑같고 지루한 일상의 연속이라 생각했는데 노을을 볼 때마다 느낀다. 하늘은 내게 단 하루도 똑같은 노을을 보여 준 적이 없다는 사실을.

땅거미가 질락말락할 때쯤 우리는 수련회 장소에 도착했다. 다른 교회에서 온 팀들은 오늘 일정을 모두 끝냈는지 마침 저녁을 먹으러 가고 있는 중이었다. 우리가 묵을 곳은 컨테이너 건물을 개조해서 만든 공간이었다. 외관은 부실해 보였지만 안으로 들어가니 꽤나 깔끔했다. 우리는 짐을 풀기 위해 복도 맨 끝에 있는 방으로 들어갔다. 호스텔처럼 2층 침대가 빼곡히 들어차 있는 도미토리 방이었다. 한정된 공간에 많은 인원을 수용하고자 한 배치였을 것이다. 우리는 빈 침대를 찾아 앞에 섰다. 지원 언니와 민정이가 1층을 선호해 자연스럽게 나와 지우가 2층 침대를 이용하기로 했다. 빈 침대도 여전히 많았지만 우리 넷이서 2층 침대 두 개만 이용하는 것이 좋을 듯하여 나머지는 남겨 두기로 했다. 저녁 예배 전까지 휴식 시간이 꽤 남아 있어서 다들 짐을 풀기에 여념이 없었지만 나는 가방의 지퍼를 풀지도 않은 채 고스란히 캐비닛에

불꽃과 재 속의 작은 불씨 - 상

없어 두고 2층 침대로 기어올라가 휴대폰을 확인했다. 하루 종일 투야와 톡으로 서로의 일정을 끊기지 않고 공유했다. 그가 친구 집에서 먹은 식사 사진을 내게 보내 주어 나 또한 아까 가로등 앞에서 찍은 사진을 보내 주었다. 모델 포즈를 과하게 잡은 우스꽝스러운 사진이었다.

당연히 놀릴 것이라고 생각했지만 아름답다는 투야의 예상치 못한 답변에 쑥스러운 나머지 강한 부정을 외쳤다.

'너도 네가 아름다운 거 알잖아. 그러니 부끄러워할 필요 없어!'

투야다운 답변에 그 자리에서 순간 웃음이 터져 나왔다. 누가 칭찬만 하면 개미가 내 온몸을 기어 다니듯 가만히 있지 못하는 나였다. 칭찬은 분명 기분을 좋게 만들어주지만 들을 때마다 불편하고 어색했다. 항상 겸손함을 강조한 한국식 교육을 받고 자란 유교걸이라 좀처럼 태연하게 받아들이지 못했다. 그 틀을 깨고 싶어 매사에 당당함을 잃지 않으려고 노력하지만 애석하게도 어설픔은 뒤따라 다녔다.

저녁 예배가 끝난 뒤 새로운 사람들과 모여 앉아 통성명을 하는 등의 시간으로 마무리 지었다. 물론 공식적인 모임은 아니었지만 예배가 끝나면 자연스럽게 소모임들이 따라붙곤 했다. 성경 말씀을 듣고 기도하고 찬양하는 과정이 이틀 내내 무한 반복되었다. 우리는 새벽기도는 자체적으로 건너 뛰었음에도 기도 시간이 하루 일과 중 가장 많은 부분을 차지했다. 중간중간에 게임이 추가되긴 했지만 이 틀에서 벗어나지 않았다. 수련회에 모인 사람들은 하나같이 신앙심이 깊었는데 정말이지 대단했다. 그것 말고는 그들에게 크게 인상깊은 점은 없었다. 그들과 관심사가 달랐고 이 기간이 지나면 각자의 지역으로 흩어질 인연이기에 친해지는 것에도 한계가 있었다. 그럼에도 이곳에서 나름의 재미를 찾자면 투야와 일상을 공유하며 카톡을 나누는 시간이었다. 그와 떨어져 지내니 알게 모르게 그의 빈자리가 꽤나 컸다. 아직 이 감정이 무엇인지는 정확하게는 모르겠으나 생각보다 상당 부분 그에게 많이 의지하고 있음을 느꼈다. 나를 많이 챙겨 주는 친한 친구한테서 느낄 수 있는 단순한 감정이겠거니 대수로이 생각하지 않았다. 그저 수련회를 얼른 끝내고 투야를 볼 날이 빨리 오기만을 바랄 뿐이었다.

Ÿ Ÿ Ÿ

오전예배를 드린 뒤 점심을 먹음으로써 모든 일정이 끝이 났다. 드디어 기다리고 기다리던 수련회 마지막날이다.

"저희와 페어에 가서서 함께 놀다 가요." 승민 오빠가 알렉스와 줄리아에게 어울리지 않은 애교를 부렸다.

"우리도 그러고 싶지만 2박 3일 동안 엄마, 아빠만 기다리고 있을 딸아이에게 오늘 일찍 가겠다고 약속을 해 버렸지 뭐야." 알렉스는 인자한 미소를 지으며 답했다. 금발 머리의 어린 딸 '릴리'가 기다리고 있을 모습이 그려졌다. 알렉스는 눈꼬리를 내려뜨리며 안타까운 표정을 지어 보였다.

"우리 몫까지 재미있게 놀아 다오! 아칸소주에서 하는 정말 큰 축제란다. 잊지 못할 추억이 될 거야." 줄리아는 차에 올라타며 따스한 눈빛으로 우리를 바라보았다. 그녀는 우리가 즐길 오늘이 인생에서 가장 아름다운 추억이 될 것이라고 믿는 눈빛이었다. 그녀의 눈빛에서 청춘의 부러움이 잠깐 스쳐 지나가고 있었다.

다른 교회 팀들도 하나 둘 빠져나가고 몇 팀 남지 않았을 때쯤 태오·하준·기훈 오빠, 모건이 두 차에 나누어 도착했다.

"수련회는 재밌었어?" 태오 오빠는 트렁크를 열며 우리에게 인사를 건넸다. 곧바로 하준 오빠가 차에서 내렸다.

"신앙심은 강해졌어?" 역시나 하준 오빠의 비꼬는 말투였다.

"2박 3일 예배 좀 드린다고 만들어질 신앙심이었으면 온 세상 사람들다 기독교겠다."

나는 가방을 트렁크에 실으며 그의 질문을 받아쳤다.

"역시 우리 지현이 절대 지지 않아." 하준 오빠는 감탄하는 척했다.

"얼른 가자! 여기서도 한 시간 더 가야 돼! 내일 오후부터 비 온 데서 오늘 엄청 몰릴 것 같아. 아마 차도 굉장히 밀릴 거니까 각오해." 태오 오빠가 트렁크를 세차게 닫으며 말했다.

"더 신나겠다! 얼마 만에 사람 구경인지." 모건이 어깨를 들썩거렸다. 벌써 축제 현장에 온 것 같은 추임새였다.

"사람 많으면 뭐든 기다려야 해서 난 별로야." 지원 언니는 고개를 흔들었다.

지원 언니의 마지막 말에 공감하는 사람과 공감하지 못하는 사람, 두 부류로 나뉘었다. 도시의 현란한 네온 불빛과 활기 넘치는 에너지가 그리웠던 부류와 번잡하고 복잡한 것은 딱 질색하는 부류로 갈렸다.

나는 두 부류에 속한다고도 속하지 않는다고도 할 수 없었다. 드디어 환상 속 공간에 간다는 설레는 마음과 동시에 사람이 너무 많아 행여나 길을 잃어버려 일행을 놓칠까 하는 걱정도 공존했다. 이상하리만치 나는 사람이 많은 곳에 가면 길을 곧잘 잃었다. 더군다나 방향치에 길치를 장착한 덕분에 상황을 더 악화시키곤 했었다. 어린시절 나를 자주 잃어버리던 엄마는 그 자리에 그대로 서 있으면 본인이 찾으러 가겠다고 신신당부했었다. 둘 다 움직이는 상황은 더 나쁜 결과를 초래한다는 사실을 엄마는 경험을 통해 터득한 것이다. 이제는 길을 잃어도 휴대폰으로 바로 연락할 수 있는 나이가 되었음에도 엄마는 집착에 가까울 정도로 내 손을 잡고 다녔다. 엄마가 손을 잡으려 할 때면 이제는 다 컸다고, 더 이상 잃어버릴 일 없으니 이 손 그만 놓아도 된다고 말을 하려다 말았다. 손을 잡음으로써 비로소 완성되는 엄마의 안도감을 애써 깨고 싶지 않았다. 나 또한 손을 잡을 때면 엄마의 온기 가득한 보호 아래 와 있다는 따뜻한 느낌이 좋았다. 내게 손을 잡는다는 의미는 그런 의미였다. 그 사람의 보호를 허한다는 것.

페어에 갈 인원이 총 11명이라 5인승 승용차 두 대에 나누어 타야 했다. 몸의 부피 차이로 여자 넷이 뒷좌석에 구겨 타기로 해서 살짝 더 넓은 렌트차에 올라탔다. 미국에서 운전 경험이 없는 하준 오빠보다는 한 학기 더 머물면서 운전 경험이 꽤 있었던 기훈 오빠가 SUV의 운전대를 잡았다.

역시나 차가 상당히 밀렸다. 기훈 오빠는 엑셀에서 브레이크로 발을 옮겨 밟으며 민정이에게 물었다.

"이번 학기 끝나고 바로 한국으로 들어가? 아니면 여행 하다가 갈 거야?"

"겨울 방학 때 여행 다녔으니까 한국으로 바로 들어가야지. 오빠는?" 그녀는 자리가 불편한지 살짝 몸을 비틀어 반대쪽으로 돌려 앉았다.

"나는 아직 고민이야. 한 두어 달 더 여행하다 돌아갈까 싶기도 하고? 학기는 끝나도 비자는 두 달 더 유효하니까. 너희들은 1년 하고 돌아가는 거야? 아니면 한 학기만?" 기훈 오빠는 뒷좌석에 구겨 앉아 있는 우리들에게도 물어 보았다.

"이 학교가 나를 내친다면 한 학기만 머물겠지? 만약 더 있어야 할 이유가 생긴다면 1년 있을 수도 있고?" 아직 결정된 것이 없기에 나는 애매하게 답했다.

"누나 그게 무슨 말이에요? 학교가 왜 내쳐요?" 조수석에 타고 있던 모건은 이해가 안 된다는 표정으로 물었다.

"말 그대로야. 사람 일이라는 게 모르는 법이니까. 단지 이른 단정을 피하고 싶어서. 지금 어떤 결정도 내린 것이 없어서 한 말이야." 좁은 공간이라 으쓱하려던 어깨를 살포시 내려놓았다.

"그럼 한 학기만 신청하고 온 거야?" 기훈 오빠가 다시 물었다.

"아니 1년." 내가 무미건조하게 답했다.

"그럼 1년 있겠네." 기훈 오빠는 확신에 찬 목소리로 말했다.

"맞아. 지현이는 나랑 1년 있을 거야." 지우가 옆에서 신난 목소리로 대답했다.

"지우는 1년 있을 거고. 그럼 지원이는?"

"난 한 학기만 신청했어." 살집이 있는 지원 언니가 한 자리를 다 차지하고 있어 세 자리에 네 사람이 아니라 두 자리에 세 사람이 앉아 있는 모습이었다. 덕분에 지원 언니는 전혀 불편해 보이지 않았지만 우리 셋은 몸의 방향을 자꾸 틀어야 했다.

승용차와 캠핑카가 주차장에 가득했는데 길에서부터 사람이 얼마나 많을지 암시하는 듯했다. 1시쯤 출발했지만 벌써 3시가 넘어 있었다. 한 시간 거리를 두 시간이나 걸려 도착한 것이다. 우리는 주차를 하고 매표소 앞으로 걸어갔다. 넓은 행사장 바닥이 보이지 않을 만큼 사람들로 바글거렸다. 정말이지 콩나물 시루처럼 빽빽했다.

"사람이 너무 많으니까 서로 놓치면 전화하는 걸로 하자." 입구에 막 들어온 우리들을 보며 태오 오빠가 말했다. 정말 이 많은 인파에서 일행을 놓치지 않은 것이 이상할 것 같았다.

"11명 다 같이 다니는 게 무리야. 보고 싶은 것이나 하고 싶은 것이 다 다를 테니까 차라리 시간을 정해 놓고 그 시간까지 입구에서 모이는 걸로 하자." 민정이는 이번에도 똑 부러지게 말을 했다.

"11시에 폐장한다고 하니까 끝나는 시간까지 어때?" 윤재 오빠는 흘러나온 음악에 리듬을 타는지 몸을 흐느적거렸다.

"맞아. 11시까지 놀아도 저 놀이기구 다 못 탈 거 같은데?" 하준 오빠가 신난 목소리로 거들었다. 롤러코스터, 대관람차, 바이킹, 자이로드롭 등 당장 눈에 보이는 것만 해도 종류가 어마어마했다.

"놀이기구뿐이겠어? 저녁 6시부터는 퍼레이드랑 공연도 시작해." 민정이도 상기된 목소리였다.

"다들 폐장 시간까지 놀기 원하니까 11시까지로 하자." 태오 오빠의 말을 끝으로 우리는 인파 속으로 흩어졌다.

오빠들은 바이킹을 타러 사라진 지 오래였다. 모든 놀이기구를 다 타 볼 심산인지 일사불란했는데 줄이 워낙 길어 빠듯하게 움직여야 할 것이다. 기훈 오빠와 모건은 지금 막 시작한 로데오 경기를 잠깐 관람하다가 좋은 자리를 사수하기 위해 야외 공연장으로 일찍 넘어갈 것이라고 했다. 오늘 저녁 공연 라인업이 초호화라나 뭐라나. 모건은 그 어느 때보다 붕붕 떠 다녔다.

투야는 빌궁, 무흐진 외에도 다른 몽골리아 친구 3명과 차 두대로 나누어 오고 있다고 했다. 학교에서 여기까지 보통은 2시간이 걸렸다. 2시에 출발했다고 했으니 4시에는 도착할 거리이지만 차가 밀리니 한 시간은 더 추가로 잡아야 할 성 싶었다. 늦어도 좋았다. 오늘로 일정을 잡아 준 것만으로도 마냥 고마웠다. 그를 오랜만에 볼 생각에 들뜬 것인지 축제 분위기 때문에 들뜬 것인지 모를 일이지만 마음이 한껏 부풀어 있었다. 쿵쾅거리는 음악은 나를 더욱더 고조시켜 주었다.

"사격장 가자!" 민정이가 상기된 목소리로 소리질렀다. 인형을 맞추면 그 인형을 주는 게임이었지만 인형에 흥미 없는 나로서는 맞추는 것이 의미 없는 일이었다. 안으로 더 들어가니 사람들의 화려한 패션이 눈길을 확 끌었다. 중요한 부위만 가리고 몸 전체에 페인팅을 한 채로 돌아다니는 사람도 있었고 LED를 온몸에 붙여 존재감을 확실하게 드러내는 사람들도 있었다. 오히려 스팽클로 장식된 옷을 입고 돌아다니는 사람이 얌전해 보일 지경이었다. 그들의 패션이 화려한 데 반해 우리는 너무나 평범했다. 짧은 청바지에 소매가 조금 긴 흰색 티셔츠만 입고 있던 나는 이 분위기에 한껏 더 젖어 들기 위해 옷을 바꾸어 입고 싶다는 생각이 강하게 들었다.

"우리만 의상이 너무 평범한 것 같지 않아?" 내가 지우에게 입술을 쭉 내밀었다.

"옷 사려고?" 지우가 주변을 두리번거리며 물었다.

"그러고 싶은데 옷 가게는 없는 것 같아. 이 티를 크롭티로 만들어서 배꼽이라도 드러내야 할 것 같아. 어디 가위가 없을까? 리폼이라도 해야겠어." 내 얘기를 듣고 있던 민정이가 놀란 눈치였다.

"지현이는 역시 셀럽이야. 달라 달라."

"일단 한번 돌아보자. 뭐가 있을지도 모르니까. 네가 그렇게 말하니 나도 리폼하고 싶어지는데?" 지우는 번쩍이는 눈으로 나를 바라보았다. 지우도 나의 계획에 동참할 생각에 더 신이 났다.

"저기 핫도그 판다. 우리 핫도그 먹을래?" 지원 언니가 핫도그 가게를 가리켰다. 출출할 시간이었다. 민정이가 미국 핫도그는 한국 것과 다르다며 무조건 먹어야 한다는 말에 무작정 가게로 달려갔다. 멀리서부터 그릴 위에서 구워지고 있는 맛있는 소시지 냄새가 식욕을 자극했다. 핫도그 사장님은 나보다 스무 살 정도 많아 보였지만 스타일이 웬만한 젊은이보다 더 힙했다. 그는 세상 억울한 얼굴로 긴 빵을 반으로 갈라 소시지를 쏙 넣어 주었다. 핫도그를 받아 들고 꼭지가 달린 거대한 노란 소스통 앞으로 이동했다. 본인의 취향에 맞게 마음껏 뿌릴 수 있도록 하였다. 나는 민정이를 따라 케첩, 머스타드, 할라피뇨 소스를 죄다 뿌려 넣었다. 핫도그조차 자극적인 것이 당겼다. 고개를 옆으로 돌려 한입 베어 무는데 빵 봉지 옆에 가위가 보였다. 나는 핫도그를 먹다 말고 그에게 다가가 물었다.

"가위 좀 잠깐 빌려도 될까요?"

"어디에 쓰게?" 그는 굉장히 따분한 얼굴로 물어보았다. 세상 힙한 의상과 전혀 어울리지 않는 표정이었다.

"옷을 리폼하고 싶어요." 내 대답에 그는 이마에 둘러 맨 두건을 위로 획 올리더니 나를 위아래로 훑어보았다.

"나에게 맡겨 볼래?" 그는 갑자기 대단한 재미를 찾은 듯 의미심장한 미소를 흘렸다.

"당신한테요?"

"믿어 봐! 완전 힙하게 만들어 줄게." 그렇게 오케이 사인이 떨어지기도 전에 내가 들고 있던 핫도그를 팩 가져가 가판대에 올려 두고는 나의 티셔츠 밑단을 댕강 잘라 버렸다. 윗배가 살짝 보이는 길이었다.

"왼팔 들어 봐." 그는 내게 주문도 넣었다. 아니 내가 팔을 올리기도 전에 그가 이미 내 팔을 잡아 올려 버렸다. 왼쪽 겨드랑이 부분에 구멍을 크게 만들었다. 그는 거침없이 잘라 나갔다. 팔을 들지 않아도 안에 속옷이 휑하니 보이는 것 같았다. 곧이어 목 부분에 삼각형 모양을 냈는데 이번 가위질은 앞의 것에 비해 좀 더 공을 들였다. 덕분에 목선이 시원하게 드러났다. 마지막으로 앞뒤 중간중간에 작은 구멍을 자잘하게 내 주었다. 퇴폐미 낙낙한 스타일이 완성되었다. 나를 본 지우와 민정이도 그의 손길에 맡기기로 했지만 지원 언니는 가려야 할 살이 많다며 한사코 거절했다. 그는 자신의 모든 임무를 끝냈다는 듯 가판대에 두었던 나의 핫도그를 내게 다시 돌려주었다. 나는 어색하게 웃으며 고맙다는 말을 전하며 받아 들었다.

"너는 핫도그를 좀 많이 먹어야 할 것 같은데? 그렇게 비실비실하게 다니면 오늘 축제가 끝나기도 전에 쓰러질 거야." 그러더니 새로운 핫도그를 하나 더 만들어 건네는 것이었다. 값을 지불하려고 크로스로 맨 작은 가방에서 돈을 꺼내려는 데 그가 말했다.

"이건 내 선물이야." 그가 씨익 웃어 보였다.

"옷도 리폼해 주었으니 핫도그 값은 지불하는 게 맞죠." 나는 벙벙한 얼굴로 그를 올려다보았다.

"아가씨가 잘 먹고 튼튼하길 바라는 마음으로 주는 선물이야. 내가 만들어 준 옷이 너한테 잘 어울리니 기분이 좋거든. 그리고 몸 선도 예쁜데 왜 그렇게 꽁꽁 싸매고 다닐까? 이해가 안 되네." 그는 고개를 절레절레 흔들었다.

고맙다는 말만 몇 번을 반복하고 나왔는지 모르겠다. 우리 넷은 대관람차 쪽으로 걸어가 그 앞에 있는 벤치 앞에 나란히 쪼르륵 앉아 핫도그를 마저 먹었다. 나는 리폼이 생각보다 과하게 된 것 같아 갑자기 민망한 기분도 들었다.

"나 좀 과한 것 같아. 리폼을 원하긴 했지만 이렇게 과하게 될 줄이야. 나중에 오빠들이 보면 놀리는 거 아니야?" 그들이 한마디씩 거들 생각을 하니 벌써부터 머리가 지끈했다.

"지현아 너~~~~무 예쁘니까 걱정 마. 우리도 네 덕분에 리폼도 하고 정말 힙해졌어. 우리 앞에서 헐벗고 다니는 이 아이들에 비하면 우리는 아무것도 아니야." 민정이는 그들을 턱으로 가리켰다. 한국말을 알아듣지 못하는 외국이라 그들 앞에서 대놓고 어떤 말을 해도 문제가 되지 않았다.

"그리고 오빠들은 우리가 너무 잘 즐기니까 부러워서 괜히 그러는 거야. 신경 쓰지 마." 그녀의 컨디션은 아마 오늘 최고치를 찍는 듯했다.

"맞아. 사람들이 콘서트나 축제, 클럽을 왜 다니는지 이제야 좀 알 것 같네." 지우가 자세를 고쳐 앉으며 옆에서 거들었다.

그래! 더 이상 걱정하지 않기로 했다. 괜한 걱정으로 오늘의 기분을 망치는 일은 그만두기로 마음먹었다. 아까 하나 더 받은 핫도그를 한 입 베어 물고 지우에게 건넸다. 한입씩 나누어 먹으면 좋을 듯했다. 아까 먹을 때는 몰랐는데 소시지 안에서 흘러나오는 육즙이 예사롭지 않았다. 그저 가판대에서 파는 핫도그일 뿐이라 생각했는데 아니었다. 마침 화려한 원을 그리며 대관람차는 하늘로 솟아오르기 시작했다.

"밤에 저 대관람차를 타면 환상적일 것 같지 않아?" 내가 관람차를 바라보며 물었다. 낮보다는 화려한 조명이 들어오는 밤에 타면 황홀 속에 빠져들고도 남을 것이다.

"지금도 줄이 많은데 아마 밤이 되면 줄이 더 많아지지 않을까?" 지우도 한입 베어 문 뒤 민정이에게 건넸다. 나를 제외한 이 셋은 대관람차에 어떠한 관심도 없어 보였다.

악기를 세팅하는 소리가 공연장에서 새어 나왔다.

"오늘 라인업이 미국에서 엄청 유명한 애들이래. 우리도 다 먹었음 저 쪽으로 가 보자." 민정이는 한껏 상기된 목소리로 말했다. 손목시계를 보니 5시가 넘은 시간이었다. 점점 공연장으로 사람들이 몰려가기 시작했다. 몽골리아 친구들도 지금쯤 도착해야 했지만 주차장 앞에서 차가 밀린다고 했다. 투야는 차를 버리고 뛰어가는 것이 차라리 더 빠를 것 같다고 했다. 나는 뛰지 않고 걸어와도 지금보다는 더 빠를 것 같다고 농담을 했다. 나는 공연장 쪽에 있겠다고 톡을 남기고 대관람차를 지나 공연장으로 들어왔다. 사람들이 너무 많아 물결 치듯 휩쓸려 이동하는 기분이었다. 무대는 형형색색의 조명으로 밝혀지고 있었다. 여기저기 보이는 대형 스피커와 소리를 더욱더 증폭시키는 앰프 때문에 커피를 연거푸 세 잔을 들이킨 듯 심장이 쿵쾅거렸다. 바닥에서 울리는 공연장의 진동이 내 발바닥을 간지럽혔다. 공연장 앞에는 다양한 응원도구들을 팔았는데 그중에 야광봉이 눈에 띄었다. 나는 레이어드 하고 싶은 마음에 야광 팔찌를 양팔에 세네 개씩 채워 넣었다. 친구들과 함께 착용하니 어떤 그룹의 한 멤버가 된 기분이었다. 마침 쨍한 해는 본인의 업무를 마감하려는 듯했다. 달에게 그 자리를 내어 주기 아쉬우니 절대 조용히 사라지지 않겠다는 일념 하나로 다양한 색들을 하늘에 흩뿌려 댔다. 내가 착용한 팔찌 색처럼 파란 하늘 바탕에 보라색과 핑크색으로 화려하게 물들이니 정말이지 너무나도 아름다웠다. 이 하늘과 공연장을 배경으로 기념 사진을 찍고 싶었다. 그런데 팔을 아무리 높게, 멀리 뻗어 보아도 공연장 배경은커녕 네 명의 얼굴도 다 나

184   불꽃과 재 속의 작은 불씨 - 상

오기 힘들었다. 우리의 기괴한 자세가 웃겼는지 지나가는 어느 일행이 사진을 찍어 주겠다는 것이다.

Ÿ Ÿ Ÿ

대여섯 무리였다. 하나같이 미소년의 얼굴을 하고 있었다. 이들도 각종 화려한 아이템을 온몸에 치감았다. 그들을 보는 재미가 쏠쏠했다. 저렇게 돌아다닐 수 있는 저들의 자신감을 보며 감탄하고 있었을 때였다. 그 무리 중 제일 촐싹대는 아이가 우리의 답을 듣기도 전에 나의 휴대폰을 가로채 사진을 찍는 자세를 잡았다. 우리는 얼떨결에 포즈를 취했다. 웃긴 포즈를 취한 것도 아닌데도 나머지 일행은 사진 찍는 우리를 보더니 저희들끼리 희희낙락거렸다. 어쨌든 사진을 다 찍은 우리는 고맙다는 말을 전하고 휴대폰을 받으려는데 촐싹대던 아이가 사진을 찍어 줬으니 갑자기 뽀뽀를 해 달라는 것이 아닌가! 사진을 찍을 때 몇 마디를 주고받던 민정이를 향해 있었다. '오 마이 갓!' 난 속으로 외쳤다. 민정이는 당황한 얼굴이긴 했지만 이런 축제 분위기를 망치지 않으려는 듯 흔쾌히 그의 뺨에 뽀뽀를 해 주었다.

"아니. 입술에 해야지! 이건 인정 못 해." 난 속으로 또 외쳤다. '뭐 저런 또라이가 다 있지?' 하지만 민정이는 이번에도 흔쾌히 그의 요구대로 해 주었다.

"이제 휴대폰 줘." 나의 표정이 좋지 않음을 느낀 지우가 나 대신 말해 주었다. 투야가 지금쯤 도착했을 수도 있으니 휴대폰을 돌려 받아

톡을 확인해야했다.

"너희 네 명 다 뽀뽀해야 이 휴대폰을 돌려받을 수 있어." 촐싹이의 말이 끝나기도 전에 뒤에 있던 무리가 환호를 질러댔다. 나는 일이 제대로 꼬여 가고 있음을 직감했다. 힘으로 저들을 제압할 확률은 제로에 가까웠다. 심지어 나의 휴대폰임에도 그의 요구를 들어주어야 한다는 이 사실이 납득이 가지 않았다. 나는 처음 본 사람한테 그것도 입술을 내어주는 일이 너무나도 불쾌했다.

"그냥 해 주고 보내. 뭐 어때? 오늘 같은 축제 날을 즐겨야지." 민정이는 대수롭지 않게 생각하는 듯했다. 나도 그런 마인드이면 좋겠으나 힘에 굴복당하는 느낌이 정말 싫었다. 나는 지원 언니와 지우도 내키지 않을 테니 이 촐싹이와 결판 낼 준비를 했다. 리폼으로 더 이상 길지도 않은 소매를 괜히 한 번 더 쓸어 올렸다. 그런데 지원 언니의 말에 멈칫하고 말았다.

"그래. 그냥 얼른 해 주고 보내 버리자."

지원 언니와 지우의 뽀뽀도 끝이 나고 이제 내 차례가 되었다. 나는 선뜻 몸이 움직여지지 않았다.

"그거 내 폰이야. 그냥 돌려줘. 굳이 내 것까지 받을 필요 없잖아?" 나는 분노를 애써 누르고 쓴 웃음을 지어 보였다. 어쨌든 나로 인해 분위기를 험악하게 만들고 싶지 않았다.

"네 뽀뽀를 먼저 받았다면 나머지 3명한테는 요구하지도 않았을 거야." 대체 무슨 개소리를 지껄이는 거지? 일부러 약을 올리려고 발악하는 듯했다. 내가 먼저 했더라도 네 명 모두에게 다 받아 내고도 남았을

불꽃과 재 속의 작은 불씨 - 상

놈이었다. 이 촐싹이가 내 뽀뽀까지 받을 수 있을지, 없을지가 그들 무리에게 점차 떠오르는 화젯거리가 되어 가고 있었다. 하나같이 흥미진진한 눈으로 나를 쳐다보았다. 다른 사람에게는 쉬운 일이 내게는 굽히지 못할 일이 되어 분위기를 망치고 있다는 생각에 괴로웠다. 그래! 한 번 해 주고 말면 그만이다. 한참을 망설이다가 그에게 다가가려고 숨을 크게 한 번 들이쉬었다. 한 발짝 떼어 까치발을 들려는 찰나 어떤 거대한 물체가 갑자기 내 팔을 잡아 끌더니 뒤로 확 낚아챘다. 힘 조절을 못해 넘어지는 줄 알았는데 그 순간 반사적으로 내 손을 잡아 본인 쪽으로 끌어당기는 것이다. 덕분에 내 몸뚱아리가 처참하게 넘어지는 꼴은 면할 수 있었다. 지금 내가 누구 손에 잡혀 있으며 이 상황이 어떻게 돌아가고 있는지 파악하는 데 시간이 좀 걸렸다.

"Hi." 그들 무리에게 인사를 건네는 사람은 다름 아닌 투야였다. 애써 웃고 있는 듯했다. 그러더니 내 폰을 촐싹이에게서 낚아챘다.

"이 휴대폰, 내 친구 것 같은데? 주인한테 돌려주는 게 맞겠지?" 분명 입은 웃고 있지만 목소리에는 날이 서 있었다. 내가 아는 투야의 모습이 아니었다. 상당히 차가워 보였다. 촐싹이도 머리가 하나 더 있는 투야를 보더니 움찔하는 기색이었다. 뒤에서 본 투야의 체구는 단연코 위협적이었다.

"이런 좋은 날에 얼굴 붉힐 일 있어?" 그제서야 촐싹이 뒤에 있던 무리들이 이 상황을 정리하려는 듯했다. 왜 이제서야 말려주는지 그들이 원망스러웠다. 투야에게 고마우면서도 이런 꼴을 보인 것이 화가 났다. 나의 눈시울이 화끈거리기 시작했다.

그 무리가 사라지자 투야는 기다렸다는 듯 나를 본인 앞으로 세워 놓고 자초지종 묻기 시작했다.

"네가 본 그대로야." 나는 눈물이 새어 나오지 않게 눈을 깜빡였다.

"사진을 찍어 준다 해서 찍었는데 뽀뽀를 해 주지 않으면 휴대폰을 돌려주지 않겠데." 그의 굳은 표정 때문에 좀 더 설명을 덧붙여야 했다.

"네가 원치 않으면 안 하는 거야." 목소리가 무거웠다. 그의 심기도 편치 않은 듯했다.

나는 어떤 대꾸도 하지 못했다.

"왜 연락이 안 돼? 공연장 어느 쪽이냐고 계속 톡 보냈었는데." 투야는 내 표정이 안됐는지 목소리를 누그러뜨렸다.

"알다시피 내 폰이 자꾸 다른 사람 손에 들려 있어 가지고." 나는 투야가 들고 있는 내 폰을 가리켰다. 아차 싶었는지 그제서야 그는 내 폰을 돌려주었다. 모두가 투야와 잡고 있는 내 손만 주시하는 것 같아서 나는 다섯 손가락을 활짝 펼쳤다. 눈치 빠른 투야는 내 손을 놓아주었다.

"사진이 어떻게 나왔는지 한번 봐 보자." 민정이는 화제를 돌려 분위기를 전환해 주었다. 나는 내 폰을 민정이에게 전해 주면서 투야에게 물었다.

"다른 친구들은? 왜 너만 여기에 있어?" 다른 몽골리아 친구들은 보이지 않아서 그에게 물었다.

"걸어오는 게 더 빠르겠다며? 나 먼저 내렸지. 애들도 지금쯤이면 도착했을 거야."

"어쨌든 고마워. 이 말을 먼저 전했어야 했는데. 그리고 그 말은 당연

불꽃과 재 속의 작은 불씨 - 상

히 농담이지. 정말 걸어오라는 뜻은 아니었어." 나는 소심해져서 나지막하게 중얼거렸다.

"농담인 거 알아. 나도 빨리 나타나서 놀래켜 주고 싶었을 뿐이야. 그런데 옷은 왜 그래?" 그는 이제서야 내 옷이 눈에 들어온 듯했다.

"왜 힙하지 않아? 저기 핫도그 파는 사장님이 리폼해 줬어." 나는 그의 기분을 풀어 보려고 애써 더 환하게 웃어 보였다.

"어련하시겠어."

"그거 내 말투거든."

"너도 내 말투 따라하잖아." 그는 걱정스러운 눈으로 말을 이었다.

"그나저나 밤에는 추울 텐데."

"애들이 예쁘다고 했어. 그러니 추위쯤은 감수해야지." 그의 표정을 보니 나의 아무렇지 않은 척 연기에도 투야의 걱정은 거두어질 기미가 보이지 않았다. 사실 해가 지기 시작하니 피부에 와닿는 기운이 확실히 서늘했다.

"미쳤어. 죄다 본인 셀피만 찍어 놨어. 우리 사진은 한 개도 없어." 민정이는 눈을 부릅뜨더니 파르르 떨며 화를 잔뜩 냈다.

"아까 걔네 친구들이 뒤에서 웃는 이유가 다 있었어. 되게 기분 나쁜 웃음이라고 생각했거든." 지우가 팔짱을 바꾸어 끼며 거들었다.

"그 말로만 듣던 농락이 이런 건가?" 아시아인에 대한 농락이 한두 번 있는 일도 아니니 무심한 투로 대꾸했다.

"에잇 모르겠다. 우리 공연이나 즐기자. 이제 곧 시작할 듯해. 아까 모건이랑 기훈 오빠 자리 맡으러 일찍 갔잖아. 앞쪽으로 가 보자." 민정이는 내 폰을 돌려주며 말했다. 투야는 빌궁과 무흐진이 있는 곳으로 가 봐야 한다고 했고, 지우도 에이든을 보러 간다고 했다. 에이든의 집이 리틀락 근처에 있어 들른다고 했었다. 그렇다면 나는 민정이와 지원 언니를 따라 모건과 기훈 오빠를 사방팔방으로 찾아다녀야 하나 싶었다.

"나랑 같이 가자." 투야가 나를 보며 말했다.

"아, 알았어."

민정이와 지원 언니는 공연장 앞으로 나아갔고 지우는 주차장 쪽으로 향했다. 공연장을 벗어나니 투야와 단둘이 남게 되었다.

"아까는 괜찮아? 눈물이 날 정도면 원치 않은 거잖아."

눈물을 삼키느라 애를 썼음에도 어떻게 안 것인지, 티가 많이 났는지, 다른 친구들도 알아본 것은 아닌지 온갖 걱정이 일었다.

나는 어떤 대답도 하지 못했다. 약자 입장이라 촐싹이의 요구를 있는 그대로 들어줄 수밖에 없었다는 나약한 소리는 하고 싶지 않았다.

"나 꽤 정확한 타이밍에 잘 들어갔지?" 내가 대답이 없으니 투야는 내 기분을 살피며 애써 밝게 말했다.

"아주 완벽한 타이밍이었지." 나도 활짝 웃으며 답해 주고 싶었지만 공연장과 반대 방향으로 밀고 들어오는 인파 때문에 제대로 걸을 수 없는 지경이었다. 연거푸 어깻죽지를 강타당하다 보니 어깨가 남아 나지 않았다. 앞에서 또 다른 무리가 무서운 기세로 내 쪽으로 다가오는 것이 보여 몸을 잔뜩 움츠리자 그가 내 어깻죽지를 잡아 본인 앞으로 세

　　　　　　　　　　　　　불꽃과 재 속의 작은 불씨 - 상

우고 있었다.

"사람들한테 부딪혀서 계속 휘청거리지 말고 내 앞에 서. 막아 줄게."
어느 누구도 감히 나를 건드리지 못하게 할 심산인지 그의 눈에는 힘이
잔뜩 들어가 있어 비장해 보이기까지 했다.

이번에도 나의 심장은 '쿵' 하고 내려앉았다. 그는 나의 안위를 왜 이
렇게까지 신경 써 주는 것일까? 저번에 그가 말한 것처럼 그저 친한 친
구라서? 왜 자꾸 나의 심장은 그에게서 반응하는 것일까? 이게 대체 무
슨 감정일까?

"너의 로망 앞이다." 그 생각에 잠겨 있는데 투야의 목소리가 갑자기
귓속으로 빨려 들려왔다. 어디 앞인 줄도 모를 만큼 그 생각에 빠져 버
리다니!

우리는 관람차 앞을 지나고 있었다. 어두워지니 거대한 관람차에 달
린 네온 불빛은 더욱 화려하게 빛이 났다. 아까 낮에 봤을 때보다 확실
히 더 환상적이었다. 투야는 〈좀비랜드〉 영화를 보고 나누었던 대화를
기억하고 있었다.

"아직도 줄이 길구나." 나도 모르게 얕은 한숨이 새어 나왔다.

"다들 신나는 놀이기구만 타려고 하지. 저 많은 줄을 뚫으면서까지
관람차를 타려는 사람은 아무도 없어. 그나저나 빌궁과 무흐진은 어디
에 있어?" 혼잣소리로 푸념하는 소리를 거두고 그에게 물었다.

"핫도그 드시고 계신대. 배가 불러야 군대도 행진하는 법이니까."

"핫도그? 투야! 바닐라 셰이크도 먹고 싶지 않아?" 핫도그 가게 옆에
셰이크 가게가 있던 것이 불현듯 떠올랐다.

"웬 셰이크?" 그는 의아한 얼굴이었다.

"나는 아까 핫도그 먹었거든. 너희들 핫도그 먹을 때 나는 셰이크나 먹고 있으려고."

투명 플라스틱 컵에 비쳐진 진노란색을 보니 바닐라 아이스크림이 상당히 들어간 녹진한 맛이 예상되었다. 셰이크 컵 3개를 계산하면서 한 개는 투야 손에 쥐어 주었다. 생각보다 셰이크가 상당히 차가웠다. 컵을 잡아 든 손의 감각이 얼얼해지기 시작했다. 낮에는 완연한 여름이었지만 해가 지기 시작하니 제법 쌀쌀했다.

"아까는 정말 고마웠어." 내가 상기된 목소리로 말했다.

"그런데 셰이크가 왜 3개야?" 투야는 의아한 표정으로 물었다.

나는 대꾸하지 않고 그저 웃기만 했다. 나는 서둘러 핫도그 가게로 걸어갔다. 빌궁과 무흐진이 가게 앞 설치된 간이 테이블에 앉아서 핫도그를 먹는 모습이 보였다. 새로운 얼굴들과도 짧은 인사를 마치고 가판대 앞에 섰다.

"아가씨 또 와 주었네?" 그는 나를 원래부터 알고 있었던 사람인 것 마냥 반갑게 인사해 주었다. 나는 셰이크를 불쑥 내밀었다. 나의 작은 성의였다. 그는 예상치 못한 나의 등장과 선물에 적잖은 감동을 받은 얼굴이었다. 본인이 호의를 베풀어 다시 되돌려 받은 적이 장사 이래 단 한 번도 없었다며 울먹거리는 목소리로 말했다. 마음이 참 여린 사람 같았다. 그는 핫도그 네 개를 후딱 만들어 내게 내밀었다.

"이건 너의 마음에 대한 내 선물이야. 네 옆에 있는 친구가 핫도그 3 개는 거뜬히 먹어 치울 테니 말이야." 그는 투야를 쓱 한 번 훑어보더니 눈가의 눈물을 찍어냈다. 나는 너무 놀랐다. 고작 셰이크 하나였을 뿐인데 너무나도 고마워했다. 나의 작은 성의에도 한껏 감동받은 그의 눈꼬리 때문에 가슴이 뭉클했다. 상대에게 베푸는 작은 친절이 결국 나 자신에게 더 좋은 메아리가 되어 돌아오기도 한다. 덕분에 온몸에 기분 좋은 온기가 퍼져 나갔다.

"오늘을 참 따뜻한 날로 만들어 주셔서 감사합니다." 나는 정중하게 인사했다.

"아가씨 덕분에 내가 더 고마워."

투야와 핫도그 네 개를 들고 몽골리아 친구들이 있는 테이블로 향했다.

"그래서 셰이크 3개를 산 거였구나." 투야는 이제야 이해된다는 표정이었다.

"저 사장님이 리폼해 줬거든. 그리고 핫도그도 아까 그냥 하나 주신 게 마음이 쓰여서 감사 표시를 하고 싶었어."

"네가 매력적이니까 핫도그도 그냥 준 거야. 꼬셔 보려고." 투야는 장난기 가득한 얼굴로 말했다.

"마음 따뜻한 이 기분을 망치지 말아 줄래?" 나는 웃음을 거두고 정색했다.

"네가 몰라서 그러는데 남자들은 다 똑같아. 조심해야 돼."

"너도 조심해야겠구나? 너도 남자잖아." 테이블에 도착해 남은 자리에 앉으면서 그에게 약 올리듯 말했다. 투야가 내 말에 대꾸하려 했지만 옆에 있던 빌궁이 그에게 말을 걸어 하려던 말을 삼켰다.

식사가 끝난 몽골리아 친구들은 하고 싶은 것들이 다 달라 뿔뿔이 흩어져야 할 분위기였다. 몇몇은 놀이기구를 타러 가겠다고 했고, 또 몇몇은 공연을 보러 가겠다고 했다. 무흐진은 옆에 앉은 여자아이가 하고 싶다는 것을 앵무새처럼 따라 말하며 그녀와 함께 공연장으로 가겠다고 했다. 그 모습이 참 순박해 보였는데 그녀를 좋아하는 것이 분명했다. 그녀는 스모키 화장이 굉장히 진했으며 키도 컸고 가슴도 컸다. 본인도 자신이 섹시한지를 잘 알고 있는 듯했다. 한 눈에 딱 봐도 육감적인 몸매였다. 순간 나의 빈약한 가슴을 가리고 싶었으나 리폼으로 손바닥만 한 티셔츠 쪼가리로는 어림도 없었다. 빈약함을 만천하에 광고하는 기분이었다. 어떻게든 가려 보려 애를 써 봐도 잘되지 않았다. 어쩔 수 없이 팔짱이라도 끼려는데 투야의 시선이 느껴졌다.

"내 셔츠 줄까?" 투야가 물었다.

"왜?" 나는 너무 놀라 순간적으로 몸이 얼어서 움찔했다. 표정 관리가 전혀 되지 않았다. 얼굴이 확 달아올랐다. 또 나의 머릿속을 들킨 것일까? 빈약한 가슴을 가리려는 나의 시도를 그가 알아차린 것이라면 여기에 머리 박고 죽어 버리고 말 것이다.

"추워하는 것 같아서." 그의 답에 나는 안도의 한숨을 연거푸 뱉어냈다.

"투야와 지현이는 정했어? 할 거 없으면 우리랑 자이로드롭 타러 갈래?" 빌궁은 나란히 앉은 우리에게 물었다. 차라리 공연을 보거나 좀 더 기다렸다가 불꽃놀이를 구경하는 편이 나았다. 자이로드롭을 타면서 〈좀비랜드〉에서 나왔던 장면을 굳이 상기시키고 싶지 않았다. 나는 자이로드롭을 탄다는 상상만 해도 오싹해져 더 이상 셰이크를 먹지 못했다. 가까운 쓰레기통이 없는지 두리번거렸다. 특히 셰이크를 마실수록 뚫려 있는 왼쪽 옆구리가 더 시려 왔다. 그 사이로 서늘한 바람이 숭숭 들어오니 팔에는 닭살로 가득했다. 나는 그가 알아차리지 못하게 팔을 몰래 몰래 연신 문질러 댔다. 옷을 갈기갈기 찢어 놓은 것 때문에 잔소리를 퍼부을 것이 분명했기 때문이었다. 물론 그의 잔소리에 위축될 내가 아니지만 쓸데없는 소리를 굳이 들을 필요는 없었다.

"우리는 관람차 타러 갈 거야." 투야가 대답했다. 나는 눈이 휘둥그레져 재빠르게 그를 쳐다보았다. 그는 나를 보더니 콧잔등을 찡긋했다. 내가 하고 싶은 것을 해 주려고 하는 그의 마음이 고마웠다.

"관람차?" 빌궁은 의외의 답변이라는 듯 여태껏 본 적 없는 땡그래진 눈으로 물었다. 옆으로 길게 찢어진 가자미 눈도 동그래질 수 있다는 사실을 목격하는 현장이었다. 투야의 답변이 그렇게나 의외인 것일까?

"응. 다 정해졌으면 얼른 움직이자. 관람차 타려면 줄 엄청 기다려야 돼."

투야와 다시 단둘이 남게 된 나는 신난 목소리로 말했다.

"네가 관람차를 타고 싶은 줄 몰랐어."

"내가 아니라 네가 타고 싶어 했으니까."

"그렇게 짚어 주지 않아도 알아. 아무튼 고마워."

Ÿ Ÿ Ÿ

그는 두세 발짝 앞서 걸었는데 갑자기 어디선가 많은 인파가 몰려 들어왔다. 이곳 스태프들이 우리가 지나는 거리를 갑자기 가로지르며 길을 만들기 시작했다. 이곳에서 퍼레이드를 진행하려고 하는 듯했다. 그와의 거리는 두세 발짝에서 밀물처럼 밀려오는 인파로 인해 열 걸음, 스무 걸음 차이가 나더니 더 이상 그가 보이지 않았다. 그는 인파 속으로 사라져 버렸다. 그를 몇 번 불러 보았지만 사람들의 열기와 공연장의 소리로 내 목소리가 들릴 일이 만무했다. 내 몸을 제대로 가누지 못할 정도로 사람들이 밀고 들어왔다. 일단 이곳을 빠져 나와 투야에게 전화를 거는 것이 나을 것 같았다. 하지만 나는 계속 휩쓸리기만 했다. 길이 보이지 않았다. 혹시나 하는 마음에 다시 두리번거리다 멍청이처럼 휴대폰까지 떨어뜨리고 말았다. 휩쓸려 온 사람들은 아무렇지 않게 나의 휴대폰을 밟고 지나갔다. 나는 사람들에게 치여 가며 줍는다고 주었지만 이미 휴대폰이 작동되지 않았다. 눈앞이 캄캄했다. 나는 또 길을 잃어버린 것이다. 심지어 미친듯이 밀어내는 사람들이 좀비처럼 느껴지기 시작했다. 갑자기 한기가 들면서 바들바들 몸이 떨려왔다. 순간 눈물이 솟구쳐 눈시울이 뜨거워졌다. 불현듯 어릴 때 기억이 떠올랐다. 그 자리에 가만히 있으라는 엄마의 모습이 머릿속을 가득 채웠다. 그 시절 엄마가 나를 빨리 발견해 달라고 기도하는 것이 내가 할 수 있는 유일한 일이었다. 그런데 이곳에는 엄마가 없다. 아무도 나를 찾아주지 않으면 어쩌지? 순식간에 공포감에 휩싸여 온몸이 부서져 버릴 만큼 떨렸다.

그 순간 누군가 내 손을 잡고 그 인파 속을 거칠게 뚫고 나왔다. 엄마

불꽃과 재 속의 작은 불씨 - 상

손과 달리 상당히 차가웠다. 촐싹이로부터 구해 주었던 것처럼 이번에도 투야였다.

"갑자기 네가 사라졌어." 그는 숨을 헐떡이며 말했다.

"네 팔에 피." 그의 팔뚝에 긁힌 자국들이 보였다. 아마 사람들과 부딪치면서 생긴 상처인 것 같았다. 나는 막 방금 맺힌 그의 피를 손으로 닦아 주었다.

"울지 마." 그는 내 눈가에 맺힌 눈물을 닦아 주었다. 아까 나도 모르게 새어 나온 눈물이 눈가에 번진 모양이었다. 나는 그의 상처만이, 그는 나의 눈물만이 보였다. 본인의 상처보다 상대의 아픔이 더 먼저 보였다는 사실에 나는 무너져 버리고 말았다. 나의 심장이 내 자궁 깊숙한 곳까지 쿵 하고 내려앉았다. 아마 내가 그를 많이 좋아하고 있었나 보다.

"여기서는 손잡고 다니자. 또 놓치면 안 되잖아." 그는 한결 진정된 목소리로 말했다.

"손? 너는 내 남자친구가 아닌걸?"

"남자친구만 손잡을 수 있어?"

"그렇지."

"그럼 내 여자친구가 되어 줄래?" 나는 다시 눈시울이 붉어져 고개를 떨구었다. 무슨 말을 해야 할지 몰랐다. 방금 알아차린 마음을 주체할 수가 없어 그가 한 말에 어떤 반응을 해야 할지 머리가 돌아가지 않았다.

"그럼 오늘만 내 여자친구가 되어 줄래?" 투야는 이상한 말을 했다.

내가 대꾸가 없으니 거절의 의미로 받아들인 것일까?

"오늘만?" 떨군 고개를 다시 들어올려 그를 쳐다보았다. 그의 말이 이해가 되지 않아 그의 눈을 똑바로 쳐다보았다. 그의 눈동자는 아주 새까맸다. 상당히 불안해 보였고 왠지 모르겠지만 상당히 망설이는 것 같았다. 여태껏 여러 고백을 들어 봤지만 이렇게 불확실한 눈빛은 없었다. 잠시 동안 그도 나도 아무 말도 하지 않았다. 이 정적을 깬 것은 그였다.

"왜 이렇게 떨어?" 그는 사시나무처럼 떨고 있는 내게 본인의 셔츠를 내 어깨에 걸쳐 주었다. 셔츠를 내게 주면 그도 반팔이었다.

"너도 춥잖아." 그가 걸쳐 준 셔츠를 벗으려고 하자 셔츠가 벗겨지지 않도록 다시 여미며 내 어깨를 꾹 한 번 눌러 잡아 주었다.

"퍼레이드 때문인지 관람차 줄이 줄었다. 얼른 가자! 바로 탈 수 있겠어." 그는 내 손을 잡지 않으며 나와 보폭을 최대한 맞추며 걸으려 했다. 보폭에서 그의 마음이 느껴졌다. 그 마음에 나는 용기를 내어 그의 손을 다시 잡았다. 아까 그의 눈빛이 내가 바로 답하지 않아서, 거절의 의미로 받아들여서, 그래서 초조한 눈빛이 나온 것이기를 바랐다. 나의 갑작스러운 행동에 그가 흠칫 놀라는 기색이었다. 나는 아랑곳하지 않고 그를 향해 웃어 주었다.

우리는 얼마 기다리지 않고 바로 탑승할 수 있었다. 흔들리는 관람차에 올라탈 때 내가 넘어지지 않게 그는 잡은 손을 놓지 않았다. 직원이 문을 걸어 잠그자마자 하늘 위로 올라가기 시작했다. 정적과 함께 관람차는 자꾸만 위로 올라갔다. 수많은 인파와 화려한 퍼레이드, 이제

막 시작하는 불꽃놀이까지 환상 그 자체였다. 지금 막 피어오르는 불꽃이 예쁘지 않냐고 물어보려는데 그는 창밖을 보고 있지 않았다. 불꽃놀이를 보고 있는 나를 보고 있을 뿐이었다. 그의 표정이 참 복잡하고 힘들어 보였다. 그는 내게 한 고백을 후회라도 하는 것일까? 객관적으로 생각하려 했다. 나를 좋아하지 않고서 여태까지 그가 보인 배려가 가능한 일이었을까? 그의 말대로 굉장히 친한 친구이니까? 도무지 이해가 되지 않았다.

"아까 네가 한 고백을 후회하는 것처럼 보여." 솔직한 내 심정을 말했다.

"나도 나를 모르겠어. 그냥 정말 정말 친한 친구라 생각했거든. 신경이 아주 많이 쓰이는 친구 정도라 생각했어. 그런데 오늘 네가 위험에 처한 꼴을 보는데 화가 나서 미칠 것 같았어. 내가 조금만 늦었으면 어땠을까 하는 쓸데없는 상상이 계속 따라다니는 거야. 내가 너에 대한 마음이 이렇게 큰지 몰랐어." 그도 오늘에서야 본인의 마음을 마주한 것 같았다. 나와 똑같이 말이다. 촐싹이로부터 나를 구해 줄 때 그가 이렇게나 화가 나 있는 상태인 줄 몰랐다. 애써 웃어 준 그였기에 짐작조차 하지 못했다. 그래서 아까 그 상황 때문에 홧김에 고백을 한 것일까?

"고백을 홧김에 한 것이라면 물러도 좋아. 내 매력이 얼마나 많은데 이런 하찮은 보호 본능 따위로 너의 마음을 뒤흔들 생각은 추호도 없어." 그는 역시 나다운 답변이라는 얼굴로 나를 바라보았다.

"아가씨. 말을 끝까지 들어 봐. 고집쟁이에다가 막무가내인 너인데 시작해 보려고. 미래에 대한 걱정은 잠시 접어 두려고 해." 그는 핫도그 아저씨의 말투를 따라하며 웃었다.

"나를 만나는 데 미래까지 운운할 일이니?" 내 말이 끝나기 무섭게 내 옆으로 와 앉더니 내 입술을 눌러 버렸다. 심장이 미친듯이 뛰었다. 불꽃이 팡팡 터지는 소리에 맞춰 나의 심장이 정말이지 미친듯이 뛰어 올랐다. 다행히도 밖에서 팡팡거리는 소리 때문에 나대는 심장 소리를 그에게 들키지 않을 수 있으리라.

막 방금 피어 오른 지구본 모양의 불꽃이 인정사정없이 터지고 있었다. 밤하늘을 하염없이 수놓은 불꽃은 관람차 안을 화사하게 비추었다. 투야는 반짝거리는 눈으로 나를 바라보았다. 오늘을 절대 잊지 못할 것이다. 그는 내 인생에 불꽃처럼 다가와 굉장히 높고 황홀하게 터뜨려 주었다. 그가 지펴 준 내 마음의 불꽃은 영원히 꺼지지 않고 활활 타오를 것이다. 지금처럼 말이다.

관람차는 어느새 하강하기 시작했고 곧 내려와야 했다. 아쉽지만 그와 짧은 입맞춤으로 마무리해야 했다.

"아쉽다." 내려오면서 나도 모르게 튀어 나온 말이었다.

"관람차 한 번 더 탈까?" 어느새 장난기 가득한 투야였다. 나는 어이 없는 눈으로 그를 올려다보았다. 아까 관람차 안에서 세상 혼자 심각했던 그가 맞나 싶었다.

"마지막 공연이나 보러 가자. 애들도 다 거기 있을 것 같은데?" 10시가 다 되어 가는 시간이었다. 이제 폐장까지 1시간 밖에 남지 않은 시간이었다. 그와 자연스럽게 손을 잡았다. 처음에 잡을 때는 심장이 그렇게 오두방정을 떨어 대더니 입을 한 번 맞추고 나니 손잡는 것은 이제 아무 일도 아니었다.

Ÿ Ÿ Ÿ

마지막을 향해 치닫는 공연장의 열기는 걷잡을 수 없었다. 다들 너나할 것 없이 얼싸안고 광란의 밤을 즐기고 있었다. 사람들 사이를 비집고 안으로 들어가니 쿵쿵거리는 소리가 하도 커서 정말이지 이제는 심장이 터져 나오는 것 같았다. 이 넓은 공연장일지라도 키가 상당히 큰 몽골리아 친구들 무리는 한눈에 보였다. 우리도 무리와 섞여 그 대세에 따라 곧바로 방방 뛰기 시작했다. 점점 더 큰 무리가 만들어졌다. 다들 음악에 흠뻑 젖어 있었다. 마지막 밴드가 얼마나 유명한 그룹인지 아닌지 그런 것들은 잘 몰라도 사람들이 굉장히 열광하고 있으며 상당히 고조되어 있는 상태라는 것은 의심의 여지없이 알 수 있었다. 앞에 있는 사람들이 워낙 커서 무대가 잘 보이지 않았지만 그저 남들 따라 손을 흔들며 방방 뛰는데 투야가 갑자기 나를 번쩍 들어올려 자신의 어깨에 나를 걸치는 것이 아닌가? 대체 이 아이의 힘은 얼마나 센지 가늠조차 되지 않았다. 덕분에 그들 무리 중에 제일 높게 우뚝 솟을 수 있었다. 공연장의 열기가 얼마나 대단한지 한 눈에 볼 수 있었다. 나를 본 몽골리아 친구들뿐만 아니라 그 주변에 있는 모든 사람들이 나를 향해 환호를 지르기 시작했다. 사람들이 나만 바라보는 것 같아 민망했지만 뭐라도 해야 할 것 같았다. 가수들이 공연할 때 심정이 어떨지 살짝 이해가 될 것도 같았다. 이 한 몸 불사지르더라도 관객의 기대에 부응하리라. 고작 목마에 올라탔을 뿐인데 나를 향해 환호하는 사람들을 위해 뭐라도 하고 싶지만 이 위에서 할 수 있는 것이 딱히 없었다. 할 수 있는 것이라고는 팔에 착용하고 있는 야광봉을 재빨리 풀어 오색찬란하게 있는 힘껏 흔드는 것밖에 없었다. 나는 눈을 질끈 감고 사람들의 환호에 보답이라도 하듯 열심히 흔들어 댔다.

"계속 들고 있으면 어깨 내려앉아. 이만 내려 줘." 시간이 지날수록 밑에 있는 투야가 걱정이 되어 그에게 내려 달라고 말했다.

"어깨가 부서지는 한이 있어도 올려 드려야지." 그는 땀을 닦으며 웃었다. 나는 그의 손을 잡았다. 처음이자 마지막일 것 같았다. 내 인생 통틀어 누구를 이토록 좋아할 수 없을 것 같았다. 그것도 이렇게 순식간에 말이다.

공연이 끝났음에도 열기는 쉽사리 가시지 않았다. 11시까지 입구에서 모이기로 했지만 사람들이 많아 나오는 것 자체가 쉽지 않았다. 지우에게 연락을 하려고 폰을 들었다. 맞아! 아까 사람들한테 밟혀서 고장 났었지! 나는 폰을 손바닥에 툭툭 쳤다. 내 행동을 보더니 투야가 물었다.

"왜? 폰 고장 났어?"

"아까 너 놓쳤을 때 폰을 떨어뜨렸거든. 그 이후로 작동이 안 돼." 투야는 내 폰을 가져가더니 전원을 끄고 있었다. 그가 몇 번 만지작거리니 다시 작동이 되기 시작했다. 나는 놀라 그를 쳐다보았다.

"기계는 한 번씩 껐다 켜 주면 되더라고." 그는 어깨를 으쓱했다. 불현듯 그들 일행이 6명인데 차를 두 대로 나누어 왔다고 한 말이 떠올랐다.

"너희 차에 남는 자리 있지? 올 때 뒷좌석에 4명이 타고 왔거든." 몸이 점점 부서지는 기분이 들었기에 돌아갈 때는 편히 가고 싶었다.

"두 명은 더 태울 수 있지." 옆에서 듣고 있던 빌궁이 답했다.

지우에게 전화를 하니 그녀 또한 주차장 쪽으로 이동하고 있다고 했다. 지우도 여태까지 에이든과 있었던 모양이었다. 아직 봄 방학이 남았기에 에이든은 학교로 돌아가지 않을 것이다. 괜찮다면 몽골리아 친구들과 함께 타고 가는 건 어떤지 물어보았다.

"너무 좋지." 지우도 좁은 뒷좌석에서 2시간 이상 타고 가는 건 끔찍했을 것이다. 전화를 끊고 바로 민정이에게 전화를 걸었다. 몽골리아 친구들 차를 타고 가겠다고 말하니 민정이도 편하게 돌아갈 수 있다는 생각에 반가운 듯 바로 알겠다고 답했다. 나는 트렁크에 실려 있는 지우와 나의 짐을 부탁했다. 내일 오전에 받으러 가면 될 일이었다.

"지우도 함께 가는 거야?" 옆에 듣고 있던 투야가 물었다.

"너 한국말 할 줄 안다고 당장 말해." 나는 그 누구보다 단호한 표정을 지어 보였다.

"할 줄 몰라. 정말이야." 투야의 저 능글맞은 웃음을 참 오랜만에 보는 것 같았다. 저 웃음을 보니 비로소 모든 것이 제자리로 돌아온 듯한 안정감이 들었다.

Ÿ Ÿ Ÿ

입구에서 만난 지우와 주차장으로 함께 향했다. 우리를 위한 배려로 무흐진과 나머지 친구 3명은 다른 차에 올라탔다.

"운전해 본 적은 있지?" 지우의 입은 웃고 있지만 목소리에는 힘이 잔뜩 들어가 있었다. 빌궁과 투야는 교대로 운전하기로 했지만 장거리에다 밤길 운전이니 걱정이 되지 않을 수 없었다. 심지어 나이 또한 어리니 운전 경력이라는 것이 있을 리가 만무한 우리였기에 얼토당토않은 우려는 아니었다. 투야는 운전석 문을 열며 말했다.

"몽골리아에는 나도 차가 있어. 울란바토르(몽골리아의 수도)는 비포장도로가 훨씬 많아서 미국에서 운전하는 건 쉬운 죽 먹기지." 그의 자신감 넘치는 말을 마저 듣고 우리는 뒷좌석에 올라탔다.

"에치, 에치, 에치……. 에-치, 에-치." 재채기가 세 번. 아니, 다섯 번이 연달아 나왔다. 감기에 걸린 것 같았다.

"God bless you(신의 가호가 있기를)." 조수석에 타고 있던 빌궁이었다. 말의 뜻이 무색할 만큼 어떠한 감정도 담지 않은 말투였다.

"Thank you." 나도 그를 따라 무심하게 받아쳤다. 말투 때문인지 옆에 듣고 있던 지우만 키득거렸다. 서양권에서는 재채기를 하면 영혼이 빠져나갔다고 생각하여 신의 축복을 빌어 준다는 의미에서 주고받는 말이었다. 재채기를 하면 주변에서 심심찮게 듣는 말이었다.

"감기 걸린 거 아냐?" 투야는 히터를 세게 틀었다.

"히터 안 틀어도 돼. 운전할 때 졸리기만 할 거야." 나는 팔짱을 꽉 끼며 말했다.

"졸리면 주유소에 들를게." 그는 히터의 세기를 낮추지 않은 채 핸들에 손을 올려 두었다.

"휴게소가 아니라 주유소에?" 지우가 의아한 얼굴로 물었다.

"미국 휴게소는 위험해서 절대 가면 안 돼. 사람이 없어서 꼭 주유소에 들러야 돼. 보통은 편의점이나 식당 같은 것도 딸려 있어서 그게 더 편하고 안전해." 투야는 내가 보이게 백미러를 조정하며 답했다. 생각해 보니 며칠 전 핫 스프링스에 갈 때 굳이 주유를 하지 않는데도 줄리아는 휴게소가 아닌 주유소에서 내렸던 기억이 떠올랐다.

"거기서 간단하게 뭐 먹자." 빌궁이 조수석에서 벨트를 매며 말했다.

"이 시간에도 영업을 해?" 이번에도 지우가 물었다.

"아칸소주 박람회 기간 때는 보통 늦게까지 영업을 하더라고." 빌궁이 답했다.

"그럼 이제 출발할게." 투야는 기어를 P에서 D로 바꾸며 말했다.

난 녹초가 된 만신창이 몸을 차 시트 속으로 웅크려 넣었다. 잠을 청해 보려 했으나 콧물이 흐르기 시작했다. 뒤에 아무렇게나 뒹굴고 있는 휴지를 빼 코를 풀었다. 난 투야가 걸쳐 준 셔츠를 바르게 고쳐 입으며 내 몸에서 어떠한 열기도 새어 나가지 못하게 팔짱을 더 세게 꼈다. 아까 셰이크를 먹지 말았어야 했나? 목도 점점 따가웠다. 감기에 걸린 것이 분명했다. 한 시간 정도 달려온 듯했지만 한숨도 자지 못했다. 감기 전조 증상들이 나를 괴롭혀 고통스러울 뿐이었다. 방에 도착하자마자 한국에서 챙겨 온 감기약을 털어 놓고 전기장판을 최대치로 올려 뜨끈하게 몸을 지지고 싶다는 생각뿐이었다.

"따뜻한 거라도 먹고 가자." 투야는 주유소 옆 도넛 가게 앞에 차를 댔다. 오로지 나를 겨냥한 말이었으리라. 빌궁이나 지우가 따뜻한 걸

먹을 일이 없었다. 최대치로 올린 히터 때문에 갑갑했던 둘은 창문을 약간씩 열어 놓은 상태였다.

가게 문을 여니 종소리가 울렸다. 우리가 졸고 있던 직원의 잠을 깨운 듯했다. 부스스 일어나 주문을 받더니 커피를 컵에 한가득 따라내고 있었다. 잠이 덜 깼는지 흘러넘칠 지경이었다. 빌궁과 투야는 아이스 커피와 도넛을 주문했고 지우는 아이스초코를 나는 핫초코를 주문했다.

"지현아, 너 감기 제대로 걸린 듯한데?" 걱정스러운 눈으로 지우가 나를 보았다.

"다행히도 며칠 동안 수업이 없으니 푹 쉬면 괜찮아질 거야." 이제 막 자정 12시가 넘어갔으니 오늘은 목요일이다. 앞으로 4일 정도는 더 남은 것이다. 주문한 음료와 도넛을 받아 들고 자리로 향했는데 투야는 자연스럽게 내 옆에 앉았다.

"살 것 같다." 일회용 컵에 전해 오는 따뜻한 열기 때문에 컵에서 손을 떼기 힘들었다. 따뜻한 걸 마시니 확실히 나았으며 거기다 당 충전까지 되었다.

"이제 얼마나 남았지?" 지우가 기지개를 활짝 켜며 물었다.

"한 시간 반이면 도착할 듯해. 이제 내가 운전할게." 빌궁이 폰에서 구글맵을 확인하며 답했다.

"여기 받아." 투야는 차 키를 빌궁 쪽으로 농구공을 던지듯 손목 스냅을 이용해 가볍게 던졌다. 이에 질세라 빌궁은 열쇠를 과장되게 낚아채며 의기양양한 표정을 지었다. 이 대화를 끝으로 정적이 흘렀다. 다들 지쳐 말을 아끼고 있었다.

"다 먹었으면 이제 출발할까?" 투야였다. 나는 한 모금을 더 마시고 트레이에 컵을 올려놓았다. 투야가 트레이를 반납했고, 앞서 있던 빌궁은 우리가 편하게 나올 수 있게 문을 잡아 주었다.

"고마워." 나는 힘이 없어 의도치 않게 이번에도 감정 없는 목소리로 말했다.

"천만에." 빌궁도 나의 말투를 따라 했다.

"하하." 이번에도 지우가 웃었다. 지우는 웃음이 참 많은 친구였다. 어느새 투야는 내 옆에 서더니 내 손을 잡았다. 순간 놀랐다. 맞아. 우리 사귀는 사이지!

"지우! 내가 뒤에 타도 될까?" 앞서가던 지우를 향해 투야가 물었다.

"왜?" 지우는 왜인지 물어보며 뒤돌아 보았다. 그녀는 내가 투야와 맞잡은 손을 보며 답했다.

"아, 알았어." 맞잡은 손을 보고 조금 놀란 눈치인 것 같았지만 예상했던 놀란 토끼 눈은 아니었다. 오히려 짐작했다는 표정이었다.

이제 많은 사람들이 차차 알아 갈 생각에 다소 머리가 복잡해졌다. 그와 나의 관계가 친구에서 연인으로 바뀌는 이 상황에 대해 시간이 필요했다. 단지 적응할 시간이 필요할 뿐이다.

그는 내가 탈 수 있게 문을 열어 주었다. 차 안으로 들어가자마자 그는 내 옆에 찰싹 들러붙어 앉았다. 그리고 내가 조금이라도 잠을 청할 수 있게 어깨를 내주며 나의 열이 밖으로 새지 않게 감싸 안아 주었다. 그의 따뜻한 체온 덕분에 이번에는 조금이라도 잠을 청할 수 있을 것 같았다.

Ÿ Ÿ Ÿ

"다 왔어." 흔들어 깨우는 소리에 게슴츠레 눈을 뜨고 창밖을 보았다. 1동 앞이었다. 그의 몸에 깊이 파묻혀 있는 내 모습에 화들짝 놀라 자세를 바로 고쳐 앉았다. 잠들지 않을 줄 알았는데 나도 모르게 잠이 들었나 보다. 그에게 보호받고 있다는 사실이 아직은 낯설지만 그래도 그의 품이 참으로 포근했다. 인사를 하고 문을 닫으려는데 투야가 문을 잡더니 본인도 내리는 것이다.

"데려다주고 올게." 운전대를 잡고 있는 빌궁에게 말했다.

"완전 코앞이다. 혼자 들어갈 수 있어."

"아프잖아. 들어가는 것만 보고 갈게." 나는 괜찮다고 받아 치고 싶었지만 그와 실랑이를 벌일 몸 상태가 아니었기에 아무 말 하지 않았다. 작은 크로스 백에서 학생증을 꺼내 카드 입력기에 들이댔다. 잘 자라는 인사를 하려고 뒤돌아섰지만 그의 눈은 계단을 향해 있었다. 정말 방까지 들어가는 걸 볼 참인 듯했다. 아까 추위로 온몸을 사시나무 떨듯 떨어서인지 계단을 오르자 무릎이 지끈거렸다.

"너 먼저 올라 갈래?" 내가 자리를 비켜 주었다. 계단이 좁아 그가 올라갈 때 방해가 될 것 같아 한 말이었다.

"이럴 줄 알았어." 투야는 갑자기 나를 번쩍 들어올려 순식간에 내 방 앞에 내려놓았다. 약한 모습을 오늘 너무 많이 보인 것 같아 내려 달라는 말을 하고 싶었으나 차마 입 밖으로 나오지 않았다. 온몸이 천 근만근 무거운지라 잠자코 있기로 했다. 말없이 그에게 열쇠를 넘겨주었다. 그렇지 않아도 뻑뻑한 문이라 열쇠를 넣어 돌릴 힘이 내게 더 이상 남아 있지 않았음을 잘 알고 있었다. 투야는 웃으며 열쇠를 받아들였다.

"이제는 내 도움을 순순히 받아들이기로 한 거야?" 그는 기분 좋은 듯 밝게 웃고 있었다.

"빨리 들어가서 쉬고 싶을 뿐이야." 나는 벽에 몸을 기대서며 말했다. 투야는 핫 스프링스에 산 무지개 열쇠고리를 발견했는지 열쇠고리를 만지작거리며 엷은 미소를 띠었다.

'곧 너한테도 줄 거야.'라고 속으로 외쳤다. 다행히도 그의 표정을 보니 분명 마음에 들어 할 것 같았다.

Ÿ Ÿ Ÿ

결국 나는 몸져누웠다. 어제 약을 털어 넣고 잤음에도 여전히 으슬으슬 추웠다. 아마 며칠간 방에서 한 발짝도 나가지 못할 것 같았다. 휴대폰도 배터리가 다 되었는지 꺼져 있어 몇 시인지 가늠하기 어려웠다. 일단 충전기에 꽂아 놓고 샤워실로 향했다. 화장도 못 지운 상태에다 밤새 흘린 식은땀으로 뜨거운 물로 샤워하고 싶다는 생각이 간절했다. 룸메는 봄 방학 동안 기숙사에 없을 예정이라 혼자서 편하게 사용할 수 있었다. 옷을 벗자마자 닭살이 돋아 뜨거운 물을 세차게 틀었다. 노곤

한 기운이 온몸에 점점 퍼져 나가니 피로가 풀리는 기분이었다. 한참 동안 뜨거운 물을 받아 내니 개운한 기분도 들었지만 내일까지는 무조건 쉬어야 할 것 같았다. 샤워가운을 대충 껴입고 방으로 들어가 창문을 열었다. 뜨거운 열기 때문에 양 볼이 빨갛게 달아올랐다. 기분 전환을 위해 내가 좋아하는 버베나 향이 나는 캔들을 켜고는 세면대 앞에서 머리를 말렸다. 매번 머리를 말릴 때마다 느끼는 것이지만 잘 말려지지도 않는데 월마트에서 산 드라이기는 소리만 요란했다.

갑자기 거실과 연결된 중문이 벌컥 열렸다. 나는 순간 놀라 자지러질 뻔했다. 드라이기 소리 때문에 누가 들어오는지 인기척을 전혀 느끼지 못한 상태에서 방문이 열렸기 때문이었다. 심지어 룸메일리도 없지 않은가.

다행히도 투야였다. 가운을 헐겁게 걸친 이 상태를 다른 사람한테 보였다면 정말이지 끔찍했을 것이다. 방학 기간만큼은 현관문을 잠가 놓아야 할 성싶었다.

"투야. 연락도 없이 여기 어떻게 들어온 거야?" 나는 계속 돌아가는 드라이기를 끄고 가운을 고쳐 매며 물었다.

"자고 있을 것 같아서 이거만 방 문고리에 걸어 두고 가겠다고 카톡 보냈는데 못 봤구나."

"나 폰이 꺼져서 충전 중이야. 그건 뭐야?" 내가 흰 봉지를 가리키며 물었다.

"뭐라도 먹어야 하지 않아? 오트밀이야. 물만 타서 먹으면 되니까." 나는 배가 딱히 고프지는 않았다.

"배고프지 않아도 빨리 나으려면 먹어야지. 약도 먹어야 하고." 내 생각을 다 읽고 있는 듯한 그의 말 때문에 이쯤 되니 무섭기도 했다. 나는 방이 엉망인 것이 생각났다. 얼른 들어가 널브러진 옷들을 주섬주섬 주워 들며 투야에게 들어오라고 말했다.

"향이 좋다. 몸은 괜찮아?" 켜두고 간 캔들 덕분이었다.

"죽을 만큼은 아니지만 하루 종일 누워 있을까 해." 얼굴에 크림을 대충 바르는데 열어 놓은 창문으로 바람이 들어오니 한기가 느껴졌다. 젖은 가운을 갈아입기 위해 옷가지를 챙겨 들고 샤워실로 향하니 투야가 불러 세웠다.

"내가 나가 있을게. 여기서 편하게 갈아입어."

"고마워." 예전부터 느낀 것이지만 투야는 눈치가 빨랐다. 나는 옷을 갈아입고 투야를 불렀다.

"같이 있어 줘?" 걱정 가득한 눈으로 나를 내려다보고 있었다. 치켜 올라간 눈썹은 평상시와 다르게 강아지처럼 축 내려가 있으니 그 모습이 귀여워 미소가 절로 지어졌다.

"누워만 있을 거라 못 놀아 줘. 아직 다 회복된 건 아니거든."

"안 놀아 줘도 돼. 나도 너랑 누워 있을 건데?" 투야는 이렇게 말하더니 장난기 가득한 얼굴로 침대로 들어가 누웠다. 감기가 옮을까 걱정도 되었지만 그와 함께 있으니 내심 좋았다. 그는 전기장판으로 뜨끈해진 내 침대가 마음에 드는지 나른하고 평온한 얼굴이었다.

"오늘 유달리 더 추운 것 같지 않아? 아니면 나 아직 많이 아픈가?" 열이 다 떨어진 것 같지 않아 이마에 손을 가져다 대며 물었다.

"감기 걸린 애가 샤워를 하면 어떡하니? 그건 아이도 알겠다." 그런 잔소리에 위축될 내가 아니었다. 그는 이불을 얼굴 아래까지 끌어올리며 말을 이었다.

"지금 밖에 눈 와. 오늘 한파래."

"역시 추운 이유가 샤워 때문만은 아니었어." 내가 그를 바라보며 웃었다.

"어련하시겠어." 우리는 어느 순간 서로의 말투를 따라하고 있었다.

"어제만 해도 여름 같았는데 눈이라니?" 나는 그가 준 오트밀을 먹으려고 전기포트에 물을 올렸다.

"비가 온다고 했지만 갑자기 온도가 낮아져서 눈으로 바뀐 것 같아. 이곳 날씨는 좀 종잡을 수가 없어." 그는 눈썹을 살짝 찡그렸다. 얼굴을 보니 그는 이곳이 그리 썩 마음에 들지 않아 보였다.

나는 오트밀을 저었다. 빈속에 약을 먹을 수 없으니 대충이라도 위를 채워야 했다. 약봉지를 뜯어 약을 털어 넣으니 쓴맛이 혀 뒤쪽에서 느껴졌다. 쓴 기운이 참기 어려워 책상 위에 아무렇게나 뒹구는 사탕 껍질을 하나 까서 입에 넣었다. 상큼한 레몬 맛이 났다.

"얼른 이불 속으로 들어와. 여기는 따뜻해." 쭉 뻗은 팔에 긁힌 상처가 눈에 들어왔는데 자세히 보니 그 주변까지 붉어져 있었다. 어제 사람들 속을 헤쳐 나오면서 생긴 상처였다. 나는 서랍장을 열었다. 연고를 어디에 두었더라. 서랍 속을 몇 번 뒤적거리자 연고가 튀어 올라왔다. 침대로 그대로 뛰어 들어가 팔뚝에 난 상처에 연고를 바르자 그의 얼굴에는 당황하는 빛이 역력했다.

"이런 건 여자 애들이나 바르는 거지." 투야는 나를 지그시 바라보았다.

"연고 바르는 데 여자애고 남자애고 그런 게 어딨냐?"

"빌궁이나 무흐진이 이 장면을 봤다면 'Girlish'라고 며칠이나 놀려 먹었을 거야." 나는 이해가 되지 않아 그를 물끄러미 바라보았다. 그는 이내 말을 덧붙였다.

"몽골리아에서는 남자는 남자답게 행동하도록 교육받거든. 아파도 아프지 않은 척해야 돼. 다른 문화권보다 그게 좀 더 심한 편인 거 알아."

"왜? 여자든 남자든 감정 표현에 솔직하고 싶을 때도 있고, 때로는 어떤 감정도 드러내고 싶지 않을 때가 있는 거잖아. 여자는 드러내도 괜찮지만 남자는 숨겨야 된다는 발상은 애초에 잘못되었다고 생각해." 나는 다 바른 연고 뚜껑을 잠갔다.

"몽골리아는 그렇게 되어야 미덕이라고 생각하거든."

"우리는 그러지 말자! 아프면 아프다고 말하기! 서로에게만큼은 솔직해지자." 나의 말이 끝나자마자 그는 말없이 나를 감싸 안아 주었다. 그의 품은 포근했다. 감기를 옮기면 어쩌나 하는 걱정과 동시에 여태껏 느껴 본 적 없는 따스함 때문에 뜨거운 촛농처럼 흘러내릴 것만 같았다. 그가 원하는 어떤 것으로 변형되어도 왠지 괜찮을 것 같은 기분마저 들었다. 그가 함께 있어 주니 든든하고 고마웠다. 끌어안은 그의 품에서 섬유유연제 냄새가 오늘따라 더 진하게 났다. 그와 대화를 주저리주저리 이어 갔던 것 같은데 약 기운이 온몸에 퍼지는 것이 느껴졌다. 관자놀이에서 느껴지는 나의 맥박 소리도 점점 희미하게 들리기 시작하더니 그대로 깊은 잠에 빠져들었다.

깜깜한 한밤중에 갑자기 눈이 벌떡 떠졌다. 투야는 아직도 옆에 있었는데 손을 접었다 폈다 하는 것이 눈에 들어왔다. 내 목을 받치고 있는 팔 때문에 저런 모양이었다. 나는 화들짝 놀랐다. 몇 시간 동안 이러고 있었던 거야? 대체 왜 이리도 미련하게 있었던 거지? 나는 재빨리 그의 팔을 뺐다. 내가 팔을 빼며 뒤척이자 투야는 눈을 떼었다.

"팔 괜찮아?"

"얼른 다시 자." 그는 내게 이불을 덮어 주었다.

"왜 그러고 있어? 팔 빼면 되잖아." 나는 그의 미련한 행동에 화가 나면서도 미안했다.

"미안해서." 도리어 내게 미안하다고 말하는 그였다.

"뭐가?"

"어여 자."

내가 아픈 것이 본인 탓이라 생각하는 것일까? 무엇이 미안하다는 건지 도통 이해가 되지 않았다. 그에게 물어보고 싶었으나 아직 남아 있는 약 기운 때문인지 잠을 물리치기 힘들었다. 나는 다시 또 깊은 잠에 빠지고 말았다. 아마 요 며칠 수련회며 박람회며 많이 피곤했던 모양이었다.

다음 날 아침이 되어서야 이제 좀 살 것 같았다. 하루 종일 잠만 잔 덕분인지 몸살 기운은 한결 나아져 있었고 몸에 서려 있던 한기는 말끔히 사라져 있었다. 투야는 옆에 없었다. 어젯밤에 나누었던 대화가 꿈인지 현실인지 약간 헷갈리기 시작했다. 분간하기 어려웠지만 꿈일 수도 있겠다 싶었다. 아프지도 않은 사람이 아무것도 하지 않고 반나절 이상 누워 있을 리가 없을 테니까.

나는 한결 개운해진 몸으로 휴대폰을 확인했다. 지우가 일어나면 연락을 달라고 톡을 남겨 놓았다. 그와의 일은 오늘 중으로 자초지종 설명을 해야 할듯 싶었다. 투야는 오늘 아침 운동하는 사진을 보내 놓았는데 시간을 확인하니 보내 놓은 지 한참이나 지나 있었다. 이미 운동이 끝났을 시간이었다. 투야에게 답장을 보냈다. 이제 괜찮으니 걱정하지 말라는 내용이었다. 그에게서 바로 답장이 왔는데 내 예상과 달리 이제야 운동을 끝내고 빌궁과 기숙사로 돌아가는 중이라고 했다. 오늘은 더 많은 시간을 운동에 할애한 듯했다. 나는 그의 방에 잠깐 들르기로 했다.

민정이가 보낸 카톡도 마저 확인한 뒤 곧바로 그녀의 방에 들러 나의 가방과 지우의 가방을 챙겨 왔다. 지우 가방은 어깨에 메고 선물로 줄 열쇠고리는 손에 쥔 뒤 짧은 레인부츠를 신고 밖으로 나왔다. 어제 눈이 꽤나 내렸는지 길거리는 슈가 파우더를 소복이 뿌린 것처럼 덮여 있었다. 초록 잎이 무성한 나무에 하얀 눈이라니! 며칠 전만 해도 반팔을 입고 다녔는데 이 조합을 어떻게 이해해야 하는 것일까? 3월인 것이 무색했다. 최대한 미끄러지지 않게 발목에 힘을 주며 걸으니 레인부츠에서 뽀드드뽀드득 귀여운 소리가 울려 퍼졌다.

멀리서 빌궁이 투야의 기숙사 계단에서 내려오는 것이 보였다.

"빌궁! 왜 벌써 가?" 내가 그를 향해 큰 소리로 말했다. 새하얀 거리에 나의 목소리가 울려 퍼져 나갔다.

"너 온다니까." 빌궁은 입을 쭉 내밀며 일부러 원망 섞인 눈빛을 보내며 장난을 치려는 듯했다.

"나 투야 얼굴만 보고 바로 갈 참이었어. 지우 보기로 했거든." 내가 메고 있는 지우 가방을 앞으로 내보였다.

"그럼 우리 집에 잠깐 들렀다가 다시 여기로 와야겠다." 그가 계단에서 내려와 내가 올라갈 수 있게 자리를 비켜 주었다.

"아, 맞아. 잠시만." 손에 쥐고 있는 열쇠고리 뭉텅이 중 투야 것만 빼서 빌궁에게 두 개를 건네주었다.

"이건 뭐야?"

"선물이야. 다른 하나는 무흐진 거야. 네가 전해 줘. 핫 스프링스에 갔을 때 샀어. 지루하게 여기를 지키고 있을 너희들이 생각나는 거야. 그래서 그냥 지나칠 수가 있어야지. 무지개, 솔롱고스." 나는 환하게 웃어 주었다.

"와우, 정말 고마워. 너희들을 만나고 학교생활이 정말 무지개처럼 다채로워졌어." 빌궁의 눈에서 빛이 났다. 원망의 얼굴에서 순식간에 감동받은 얼굴로 변해 있었다.

"별거 아닌데 그렇게 생각해 주니 고마워." 작은 것에도 이렇게 좋아해 주는 그의 모습에 내가 더 고마웠다.

"아무튼 난 이만 가 본다." 계단 위로 멋있게 오르려고 했지만 눈 때문에 순간 휘청거렸다. 빌궁이 바로 잡아 주지 않았다면 하마터면 엉덩

방아를 찧을 뻔했다. 나는 민망한 나머지 멋쩍게 웃으며 괜찮다며 허공에다 손사래를 쳤다. 빌궁은 못 말린다는 표정을 지으며 사라졌다.

이제는 투야 방을 아무렇지 않게 들락거리겠지? 나는 현관문을 힘껏 열어 젖혔다. 거실에는 아무도 없었다. 곧장 투야 방으로 들어가며 말했다.

"빌궁에게 네 방으로 다시 오라고 말했어."

투야는 눈만 끔벅거렸다.

"오래 못 있어. 지우 방에 가 봐야 되거든. 네가 빌궁 내보냈잖아." 내가 장난기 가득한 목소리로 또랑또랑하게 말했다.

"완벽히 나은 것 같아서 아쉽네. 가냘픈 얼굴로 내게 딱 달라붙어서 의지하는 모습도 너무 좋았는데." 투야는 반달 눈으로 능글맞게 웃으며 말했다.

"그만 놀리지그래?" 다른 날 같았으면 나를 '가냘픈'으로 지칭했다는 사실에 발끈했을 일이지만 그에게 기대고 의지할 수 있다는 사실이 나쁘지 않았다.

나는 그에게 열쇠고리를 쥐어 주며 내 것도 함께 보여 주었다.

"뭐야?" 그가 놀라 물었다.

"핫 스프링스에서 너희들 생각이 나서 샀고, 빌궁과 무흐진 것도 샀지만 보다시피 네 것과 내 것만 같아." 나는 이 사실을 강조하며 말을 이었다.

"나 꽤 선견지명이 있나 봐. 첫 커플템인 셈이지. 신기하지 않아?" 내가 상기된 목소리로 물었다. 그는 자리에 일어나 서랍장에서 무언가를 찾아 꺼내 주었다. 휴대폰 케이스였다. 그런데 케이스가 실리콘 재질의 무지개 모양이었다.

"너도 무지개 모양으로 산 거야?" 우리는 서로 쳐다보기만 했다. 이 상황이 웃기면서도 신기했다.

"너 키링 보니까 무지개가 달려 있어서 이 케이스도 좋아하겠다 생각했어. 네 취향으로 잘 골랐구나 싶었거든. 사실 생일 선물로 사 놓은 건데 오늘 줘야겠다."

나는 그가 어제 이 무지개가 마음에 들어서 만지작거리는 줄로만 생각했었다.

"생일?" 순간 오늘이 며칠인지 확인하려고 휴대폰 액정화면을 눌렀다. 봄 방학이 끝나면 일주일 정도 남은 것이다.

"곧 생일이잖아." 투야가 말했다

"내가 생일이면 네 생일이기도 하잖아." 내가 활짝 웃어 보였다.

"그때 뭐 할지 생각해 보자." 투야가 따라 웃었다.

"거짓말이 난무하는 날~." 나는 괜히 쑥스러워 아무 말이나 던졌다.

"만우절~." 뭐든 잘 받아 주는 그였다.

Ÿ Ÿ Ÿ

지우의 방문을 두드리니 그녀는 나를 향해 환하게 웃어 주었다.

"고마워. 몸은 괜찮은 거지?" 그녀는 내가 내려놓는 가방을 잡아 주었다.

"보다시피 지금 너무 말짱해. 너의 식량 창고 좀 털어도 되니? 배가 너무 고파." 나는 배를 문지르며 서랍장 앞에 섰다.

"당연하지! 뭐 먹을래?" 지우는 서랍장으로 달려가 문을 활짝 열어 주었다.

"황태국밥! 저거 먹을래."

"해장할 일 있어?" 지우가 의아한 얼굴로 물었다.

"인생을 살아 내는 거 자체가 해장할 일 아니겠어?" 내가 웃으며 포장된 비닐을 뜯으니 지우가 전기포트에 물을 따라 주었다.

"예상은 했지만 그날 그럴 줄이야." 지우가 의미심장하게 웃었다. 지우는 책상 위에 널브러져 있는 감자칩 봉지를 뜯었다.

"그 전까지 그런 기운이 전혀 없었어." 그녀가 예상했다는 말에 내가 놀라 말했다.

"네가 직면하고 싶지 않았던 것은 아니고? 투야가 하는 행동 보면 다 티 났어. 아슬아슬한 적이 한두 번이 아니었지. 아마 빌궁, 무흐진도 다 알고 있었을 텐데?" 방금 그녀 입에 들어간 감자칩이 부서지는 소리가 요란하게 났다.

"진심이야?" 내가 다 끓은 물을 일회용 용기에 따라 부었다.

"너의 행동 하나하나에 신경이 곤두서 있는 것 같다고 해야 할까? 여하튼 그랬어." 그녀는 그 모습을 떠올리는 듯한 얼굴이었다.

"친구 이상으로 신경 쓰고 있다는 생각은 나도 했었어." 나 또한 인정하는 부분이었다.

"그런데도 몰랐다는 게 말이 돼?"

나는 멋쩍게 웃으며 그날 있었던 일을 지우에게 들려주었다. 아직 그를 믿어도 될지 모르겠지만 마음이 이끌리는 대로 가 보기로 정했다는 마음도 함께 알려 주었다.

"왜 못 믿어?" 지우는 손가락에 묻은 과자 가루를 휴지에 대충 닦으며 물었다.

"모르겠어. 한 번씩 눈빛이 좀 그럴 때가 있어."

"그냥 네가 아파서 예민했던 건 아닐까? 그리고 너희 이제 만난 지 며칠이냐? 이제 시작이야. 신뢰라는 게 함께하는 시간이 쌓일수록 만들어 가는 거지."

"어떤 생각도 하지 않고 마음 가는 대로 그를 좋아해도 될까? 그랬다가 투야가 나를 떠나면 어떡하지?" 내가 일부러 호들갑을 떨었다.

"벌써 떠날 걱정부터 하는 거야?" 지우는 미간을 찌푸렸다.

"사람 일은 모르는 거잖아." 아무리 좋을 때도 최악의 상황을 생각하는 나였다. 그런 일종의 나쁜 생각이 멈추지 않았다. 그래서 가장 행복해야 할 때에도 그 행복을 온전히 다 누리지 못했다. 그런 내가 나도 싫었다. 바꾸고 싶었지만 잘 되지 않았다. 여태껏 행복했던 순간이 손가락에 꼽을 정도였고 그 행복도 지속되는 경우가 잘 없었다.

"만약 이러나저러나 끝날 연애라면 차라리 덜 후회하는 쪽을 택하는 게 나아. 하고 싶은 것, 하고 싶은 말 다 하면서 연애해. 그래야 만약 끝나더라도 미련 남지 않지. 그리고 끝날 생각을 왜 해? 그건 너무 갔다. 망상이야." 지우는 손사래를 치며 내가 원하는 답을 해 주려는 듯했다. 그녀에게 고마웠다. 불안한 내 상상이 망상이라 말해 주어 고마웠다.

그녀의 조언에 힘을 실어 보기로 했다.

"이제 네 이야기 좀 해 봐! 에이든이랑 그날 하루 종일 있었던 거지?" 나는 한 그릇 뚝딱 비우고는 앞에 놓여 있던 비스킷 봉지를 뜯으며 물었다. 입맛이 도는 걸 보니 몸이 확실히 많이 회복된 듯했다.

"응." 지우의 당찬 눈빛이 금세 아련한 눈빛으로 바뀌었다. 내가 본 에이든은 지우를 좋아하는 것 같았다. 하지만 지우는 한국에 남자친구가 있었다.

"저번에 남자친구랑 길게 통화했었잖아. 네 마음은 어떤데?" 먹던 과자를 내려놓으며 그녀가 있는 침대 쪽으로 가 앉았다.

"남자친구와 사이가 나쁜 건 아니야. 통화하면서 서로 오해도 많이 풀었어."

"그럼 에이든에 대한 네 생각은 어때?"

"에이든에 대한 마음이 커지는 것 또한 사실이야. 그렇다고 지금 남자친구를 저버릴 수 있을 만큼인지는 모르겠어. 그래서 어떠한 결정도 못 내리고 있어." 그녀는 풀죽은 표정으로 고개를 푹 숙였다.

"충분히 생각하고 정해도 늦지 않아. 네 말처럼 그래야 후회도, 미련도 안 남지. 안 그래?" 나도 지우가 원하는 답을 해 주고 싶었다. 마음이 힘들 때 그저 전적으로 내 편이 되어주는 친구가 있는 게 얼마나 든든한지를 그녀 덕분에 알아가고 있는 중이었다.

"고마워." 지우의 눈가가 금세 촉촉해졌다. 생각보다 많이 힘들어 보였다.

"그냥 오늘만 생각하자. 우리 행복해지기 위해 매일매일 발악하기로 한 거 잊지 않았지? 아직도 유효해. 그리고 네가 어떤 선택을 하든 항상 응원하는 거 잊지 마."

지우가 어떤 선택을 하든 본인이 가장 행복할 수 있는 선택을 하길 바랐다. 결정을 내리기까지 시간이 꽤나 걸릴 것 같았지만 그녀의 선택을 재촉하고 싶지 않았다. 마음의 짐 때문인지 그 어느 때보다 힘들어 보였다. 그녀의 침대에서 꼼짝하지 않고 늘어져 있으니 밖은 이미 어두워져 있었다. 시계는 벌써 저녁 8시를 향해갔다. 투야에게 내 방으로 돌아간다고 톡을 남기니 기다렸다는 듯이 톡이 울렸다.

'그쪽으로 데리러 갈게.'

'괜찮아. 3동에서 1동은 코앞이야.'

그가 오기도 전에 내 방에 도착하고도 남을 시간이었다.

'밤 산책 어때? 눈도 오는데?'

아까 창밖을 얼핏 봤을 때는 눈이 내리지 않았다. 나는 다시 창가로 다가섰다. 블라인드를 옆으로 밀어 자세히 살펴보니 진눈깨비 같은 것이 흩날리는 것이 보였다.

'빌궁도 아직 네 방에 있어?'

울적한 지우를 보니 함께 눈이라도 맞으면 기분 전환도 되고 좋을 것 같았다.

'응. 아직 내 방에 있어.'

'그럼 같이 밤 산책하는 건 어때? 나도 지우 데리고 나갈게.'

'좋았어! 3동 도착해서 연락할게. 그때 나와. 미리 나와 있지 말고! 네가 아프면 이제 내 책임도 있으니까.'

'어련하시겠어.'

말은 이렇게 했지만 그의 한마디 한마디에 온몸이 녹아내릴 것만 같았다. 정말이지 형체가 없는 촛농이 되어 버려도 마냥 좋기만 할 것 같았다.

Ÿ Ÿ Ÿ

오전보다 눈이 제법 쌓여 있었다. 세상이 온통 하얬다. 얼음같이 차가운 공기가 폐 깊숙이 들어왔다. 우리 넷은 눈발이 흩날리는 새하얀 거리에 첫 번째로 발자국을 남겼다. 뒤돌아본 발자국 크기는 제각각이었다. 온몸으로 비를 맞으며 카타르시스를 느꼈던 때가 떠올랐다. 그때와 비슷한 감정이 피어오르기는 했지만 오늘은 그때와 달리 눈물이 나지 않았다. 내게 남겨진 얼룩이 싫어 상처 한번 받지 않은 사람처럼 굴었지만 방금 새하얀 눈에 찍힌 발자국이 아주 못난 모양은 아닌 것처럼 내게 남겨진 얼룩도 어쩌면 발자국 같은 것일지도 모른다는 생각이 들었다. 그때 뒤에서 빌궁이 눈 뭉치를 내 쪽으로 던지는 것이 아닌가.

"악." 그의 생각지도 못한 공격에 무방비로 당했다.

"지금 나를 자극한 거지?" 나는 히죽 웃어 보였다. 눈 뭉치를 만들기 위해 바닥에 쭈그려 앉아 맨손 따위는 아랑곳하지 않은 채 눈을 끌어모으기 시작했다. 얼음장처럼 차가웠지만 개의치 않았다. 기분은 오히려 상쾌했다. 눈 뭉치를 만드는 사이 빌궁은 또 한 번 내 쪽으로 눈 뭉치를 던졌다. 이대로는 안 되겠다 싶어 어설프게 만든 눈 뭉치를 그대로 그를 향해 던져 버렸다. 덜 뭉쳐진 눈 뭉치는 날아가다가 그에게 닿기도 전에 뭉개져 흩어져 버렸다. 다시 쭈그려 앉아 눈뭉치를 만들려고 하자 옆에서 단단하고 거대한 눈 뭉치를 슬쩍 건네주는 투야였다.

"고마워. 그런데 이걸로 빌궁을 맞히면 뼈 하나 부서지는 거 아냐?" 거대한 눈 뭉치에 빌궁이 다칠까 걱정은 되었지만 신이 난 내 목소리는 도저히 감추어지지 않았다. 그를 향해 심혈을 기울여 조준한 뒤 냅다 던지는데 빌궁이 갑자기 지우를 본인 앞으로 끌어와서 방패를 삼는 것이 아닌가!

"저 비겁한 자식." 나도 모르게 욕이 나왔다. 우리 모두 빵하고 웃음이 터져 버렸다. 결국 지우도 투야도 모두 눈싸움에 가담하게 되었다. 나중에는 눈 뭉치를 만들 시간도 아까워 눈을 흩뿌려 대기 시작했다. 눈싸움에 목숨을 걸었지만 득을 본 사람은 단 한 명도 없었다. 다들 만신창이가 되어가고 있었다. 서로의 몰골 때문에 털썩 주저앉아 누가 먼저라고 할 것도 없이 깔깔 웃어 댔다. 자신의 몰골은 어떤지도 모르고 서로를 가리키며 웃는 꼴이었다. 양 볼이 시뻘겋게 달아올라 시골 촌뜨기가 따로 없었다. 이 순간에도 투야는 빨개진 내 두 손을 꼭 잡아 주었다. 눈 뭉치를 만드느라 본인 손도 빨갰으면서 내 두 손을 감싸며 호호 불어 주었다. 그의 큰 손에 폭 담긴 나의 작은 손을 보고 있자니 가슴이 시렸다. 본인 입에서 새하얀 입김이 번져 나가는 이 순간에도 얼어 버린 내 손을 어떻게 덥혀 줄 수 있을까 고민하는 그가 내 남자친구라서 가슴 시릴 만큼 행복했다. 찬바람이 불어올 때면 이날의 겨울 냄새가 참 많이 그리울 것이다.

Ÿ Ÿ Ÿ

추억 가득한 봄 방학이 끝이 났다. 여운을 느낄 새도 없이 반복적인 일상은 빠르게 돌아와 있었다. 어김없이 오늘도 수업을 끝낸 뒤 카페 테리아로 향했다. 라운드 테이블에 가방과 휴대폰을 내려놓은 뒤 간단하게 먹기 좋은 살라미 샌드위치를 가지고 자리에 앉았다. 물론 칼로리는 절대 간단하지 않겠지만 말이다.

"시카고는 어땠어?" 나는 시카고를 다녀온 일행을 보며 물었다.

"눈 와서 기차가 운영을 중단했대." 윤재 오빠가 대신 답해 주었다. 오늘도 어김없이 그만 젓가락을 사용하고 있었다.

"너무 고생했겠다." 나는 샌드위치를 한입 베어 물었다.

"기차도 기차지만 그것보다 너무 추워서 혼났어. 영혼이 탈탈 털리는 줄 알았잖아." 민진이는 그 추위를 다시 느끼는 듯 온몸을 부르르 떨었다.

식사를 끝낸 뒤 다 함께 탁구를 치러 체육관에 가겠다고 하여 나도 동참하기로 했다. 탁구를 처음 쳐 보지만 배워 보기로 했다. 카운터에서 학생증을 맡기니 탁구채와 탁구공을 빌려 주었다. 학생증을 꺼낸 카드지갑을 다시 가방에 넣는데 하준 오빠가 무지개 키링을 보며 물었다. 카드지갑에는 열쇠와 키링이 함께 달려 있었다.

"아까 폰 케이스도 무지개던데 키링도 무지개냐?" 오빠는 재미있다는 듯 삐딱하게 웃어 보였다.

"내가 무지개와 사랑에 빠져 버렸지 뭐야. 예쁘지 않아?" 나는 탁구채를 받아 들며 한껏 상기된 목소리로 말했다.

"네 스타일은 아닌 것 같은데?" 두 눈을 가늘게 뜨며 의심스러운 얼굴로 물었다.

"내 스타일 맞아." 나는 호탕하게 웃으며 탁구대로 향했다. 사실 하준 오빠 말이 맞았다. 내 스타일은 아니었다. 내가 가지고 있는 아이템 중에서 이렇게 알록달록한 무늬는 없었다. 있다 해도 작은 포인트만 있을 뿐이었다. 무지개 무늬는 처음 시도해 보는 것이었다.

나는 경기에 필요한 몇 가지만 단기 특강으로 받은 뒤 바로 투입되었다. 오늘 처음 해 보는 탁구라 능률도, 흥미도 오르지 않았다. 오빠들의 무자비한 강스파이크는 나의 사기를 꺾기에 충분했다. 7명이라 인원도 맞지 않아 번갈아 가며 경기에 임했는데 순서도 뒤죽박죽이라 도무지 경기에 집중이 되지 않았다. 나는 탁구채를 민진이에게 전해 주고 잠시 뒤에서 쉬기로 했다. 휴대폰을 확인하니 투야에게 톡이 와 있었다. 그는 도서관으로 향하고 있다고 했다.

'탁구 재미없으면 도서관으로 와.'

나는 묻지도 따지지도 않고 가방을 주섬주섬 챙겼다.

"나 가 봐야겠어." 내가 일행들을 향해 큰 소리로 말했다.

"재미가 없나 봐? 배드민턴처럼 승부욕이 오르지 않나 보지?" 승민 오빠는 사각턱을 쭉 내밀며 비아냥거렸다.

"맞아. 그리고 어차피 인원도 맞지 않잖아? 그래서 사라져 주는 거야." 그런 비아냥거림에 빈정 상할 내가 아니기에 최대한 상냥하게 웃으며 답해 주었다. 나는 변명 아닌 변명을 남기고 그곳을 빠져나왔다.

도서관으로 곧장 향하려다가 방에 들르기로 했다. 생각보다 날씨가 추워 옷을 갈아입는 게 좋을 것 같았다. 감기에 다시 걸릴 수 없었다. 날씨가 많이 풀려 봄 방학에 내린 눈은 다 녹았지만 아직까지 셔츠 한 장으로 돌아다니기에는 무리가 있었다. 나는 셔츠를 침대 위에 그대로 올려두고 네이비색 브이넥 니트로 갈아입었다. 아동용이라 길이가 약간은 짧은 감이 있었지만 마음에 들었다. 미국 브랜드의 옷은 대체로 아동용이 잘 맞았다. 확실히 셔츠보다 니트가 따뜻했다. 나는 니트를 갈아입으면서 헝클어진 머리를 내려 빗은 뒤 방을 나왔다.

투야는 본인이 무엇을 하는지, 누굴 만나는지 무엇이든 공유해 주었다. 가능하다면 사진도 함께 보내 주었다. 그와 모든 걸 함께하고 있는 것은 아닐까 하는 착각마저 들었다. 이쯤 되니 그의 단점이 떠오르는 것이 없었다. 내가 어떤 상태인지 항상 살펴 주는 그였다. 처음에는 단순히 그의 온 감각이 내게 집중되어 있어 잘 알아맞히는 것이라 생각했다. 하지만 함께하면 할수록 그와 나는 운명으로 연결된 무언가가 정말 있는 것 같았다. 그렇지 않고서야 내게 일어난 이 모든 일들을 설명할 수 없을 테니 말이다.

휑한 내 목으로 찬바람이 불어와도 아까만큼 춥지 않았다. 한참 앞에 있는 어떤 남자도 방향을 보니 도서관으로 향하는 것 같았다. 아니나 다를까 그는 도서관 문을 열고 서 있었다. 그런데 안으로 들어가지 않고 나를 보며 문을 잡고 있는 것이 아닌가! 그와 나와의 거리가 꽤나 있음에도 잡은 문을 놓을 생각이 없어 보였다. 나는 순간 당황했다. 설마저 문을 잡고 있는 이유가 오로지 나 때문인 것일까? 혹시 내 뒤에 있을 그의 친구를 위한 배려인 걸까 하는 생각에 뒤를 돌아보았지만 아무도 없었다. 그럼에도 나 말고 다른 사람이 더 있나 여러 차례 두리번거렸지만 주변에는 아무도 없었다. 그가 계속 문을 잡고 있는 바람에 나는 얼떨결에 도서관까지 뛰기 시작했다.

"고마워. 고마워. 문을 이렇게나 오래 잡고 있다니." 나는 잠시 숨을 고른 뒤 말했다.

"너도 도서관으로 들어가는 것 같아서. Have a good one." 그는 별일 아니라는 듯 말하며 사라져 갔다. 이런 호의가 아직 익숙하지 않은 나지만 조금씩 이 문화에 적응해 갔다. 처음 온 날이 떠올랐다. 모르는 사람과 가벼운 인사조차 힘들어했던 나였지만 이만하면 잘 녹아든 듯했다.

투야가 있는 2층으로 곧바로 올라갔다. 1층보다는 사람이 적었다. 특히 2층은 시끄럽게 윙윙거리는 각종 복합기에서 나오는 소음으로부터 자유로울 수 있는 공간이었다. 더욱이 아래층과 달리 어두운 조명에서 뿜어내는 차분한 분위기가 좋았다. 2층을 알게 된 이후부터는 줄곧 2층에서만 머물렀다.

몇 번 두리번거리지 않아도 투야를 바로 찾을 수 있었다. 나는 말없이 그의 앞에 쓰윽 앉았다. 나를 보더니 씨익 웃어주는 그였다.

"너 원래 도서관에서 공부 안 하잖아?" 내가 웃음을 참지 못하겠다는 표정으로 그를 바라보았다.

"네가 도서관에 자주 오니까." 그는 아무렇지 않다는 듯 무덤덤한 말투였다.

"그래서 나 꼬신 거야?" 나는 가방 지퍼를 열며 과장되게 웃었다.

"효과가 있네." 투야도 웃으며 받아쳤다

"니트 잘 어울리는데?" 나는 칭찬이 여전히 어색했다. 그래도 이번에는 신난 나의 마음을 표현하고 싶어 괜히 두 팔을 위로 들어 올려 양쪽으로 흔들어 보였다. 도서관이라 큰소리를 낼 수 없으니 몸으로 표현한 것이었다. 그런 나를 보더니 진정하라는 제스처와 함께 짙은 반달 눈으로 웃어 주었다.

"그런데 목이 춥지 않아?" 나는 그의 말에 목을 확인하기 위해 가방에서 거울을 꺼내 들었다.

"난 모가지가 길어 슬픈 짐승이야."

투야는 눈만 끔벅거렸다.

"한국 시 중에 「사슴」이라는 시가 있는데 목이 긴 사슴을 그렇게 표현했거든."

노트북, 책, 필통을 가방에서 하나씩 꺼내 책상 위에 자리를 잡은 뒤 필통을 열어 펜 하나를 들었다. 기한이 얼마 남지 않은 과제가 어떤 것이 있는지 스케줄 다이어리에서 체크하려고 볼펜 꼭지를 찰칵 누르니 갑자기 투야가 나의 펜을 가져가는 것이었다.

"펜 없어?" 내가 필통에서 다른 볼펜을 찾고 있자 그가 본인의 펜을 건네주는 것이었다. 나는 이해가 되지 않아 그에게 멍한 시선을 보냈다.

"펜 있으면서 왜?"

"그냥 바꿔 쓰고 싶어서." 무덤덤한 말투였다.

"왜?"

"나도 몰라. 그냥 그러고 싶어." 본인도 모르겠다는 그의 말에 나 또한 더 이상 묻지 않았다. 그의 볼펜을 손에 쥔 뒤 마감이 임박한 영어 에세이를 써 내려가니 그 자리에서 바로 검토해 주는 그였다. 이번에도 자신감 있게 과제를 제출할 수 있을 것이다. 투야가 과제를 봐 준 뒤로는 수업에서 어떤 지적도 받지 않을 수 있었다. 순간 달랑 경제 전공서적 한 권 들고 앉아 있는 그를 보고 있자니 웃기면서도 사랑스러웠다. 애초에 도서관에 해야 할 것이 있어 온 것 같지 않았다. 나와 시간을 함께 보내려는 그의 마음이 고마웠다.

노트북이 있어서 꽤 묵직한 가방을 그가 가져가려고 했다. 함께 기숙사로 돌아가는 길이었다.

"이 정도는 나도 들 수 있어." 가로등 불빛 아래 환하게 비추고 있는 그를 바라보았다.

"내가 옆에 있을 때라도 많이 누려 봐." 그는 무심코 한 말이었겠지만 심장이 쿵 하고 내려앉았다. 이번 학기는 이제 한 달밖에 남지 않았다. 그는 여름 방학을 몽골리아에서 보낼 예정이었지만 나는 아직까지 구체적인 계획이 없었다. 다음 학기에도 돌아올 이유가 생겼으니 지우와 여름 방학 계획을 의논해 봐야겠다.

"언제 떠나…? 비행기표 말이야." 투야는 의아한 표정에서 '비행기표'라는 말에 무슨 말인지 알겠다는 표정으로 바뀌었다.

"5월 4일."

"와~. 다음 학기가 9월에 시작하니까 4개월 동안 못 보는 거야?" 애써 밝은 척 물었다.

"우리에게 영상통화가 있잖아." 그도 애써 웃고 있었다. 날짜가 흘러갈수록 헤어질 시간이 가까워지고 있다는 사실을 외면하기 힘들었다. 머리 위에 떠 있는 저 초승달이 오늘따라 나를 더 시리게 만들었다.

"남은 시간을 더 의미 있게 보내 보자." 그의 말이 맞았다. 오지 않은 미래를 걱정하기보다 지금 그와 나란히 걸어가는 이 순간을 만끽하는 것이 나았다. 이 순간마저도 소중했다. 가로수 사이로 들어오는 가로등 불빛이 은은하게 우리를 비추었다.

"생일에 뭐 할지 생각해 봤어?" 그가 사랑스러운 눈빛으로 나를 바라보며 화제를 돌렸다.

"맞아. 생각해 보기로 했지. 무얼 하면 좋을까?" 이제 정말 생일이 며칠 남지 않았다.

"하고 싶은 거 없어? 여자들은 생일 중요하게 생각하잖아." 투야는 멋쩍게 웃었다.

"둘이서 이야기나 나눌까?" 정말 고심 끝에 내린 답이었지만 그는 당황한 표정이었다.

"최소한 다운타운에 있는 스테이크 하우스라도 가서 스테이크 썰어야 하지 않나?" 꽤나 황당했는지 목덜미를 문질러 댔다.

"다운타운에 스테이크 하우스도 있구나. 그런데 나는 조용한 곳이 더 좋은 것 같아."

그런 곳도 좋지만 이번 생일은 투야에 대해 더 알아가는 시간이었으면 했다. 곧 그가 떠난다는 사실이 머릿속에 당분간 떠나지 않을 것이다. 근사한 곳에 가서 스테이크를 먹는다 한들 울적한 마음으로는 차마 어떤 것도 목구멍으로 편히 내려가지 않을 테니까. 그날은 그렇게 보내고 싶지 않았다.

그에게 어떤 선물이 좋을지 고민이 뒤따랐다. 몽골리아에서도 내가 기억될 수 있는 선물이었으면 했다. 지우에게 내일 수업이 끝나고 메이시 백화점에 함께 가 줄 수 있는지 물어봐야겠다. 그에게 어울리는 것을 꼭 찾기를 바라보았다.

Ÿ Ÿ Ÿ

"아직 딱히 무엇을 할지 정한 건 아닌데? 둘이서 조용히 보낼까 해."

"우리가 괜히 축하한답시고 떠들썩하게 생일 파티하면 방해겠구나?" 지우의 질문에 나는 대답을 얼버무리며 가만히 고개만 끄덕거렸다.

"그럼 토요일에 모이면 되지! 그날은 가능하지?" 올해 생일은 금요일이었다.

"가능하지." 내가 싱긋 웃었다. 백화점 앞에서 셔틀버스가 멈추었다.

"투야는 어떤 선물을 해 줄까?" 버스에서 내리면서 지우가 물었다.

나는 휴대폰 케이스를 들어 보여 주었다.

　　　　　　　　　　불꽃과 재 속의 작은 불씨 - 상

"이미 생일 선물 받았어."

"언제?"

"그날 무지개 키링 주면서 받았지. 생일 선물을 미리 사 놓았더라고. 무지개는 우연의 일치였어."

"어쨌든 그때 케이스 안 사길 잘한 거였네?" 지우의 말에 나는 말없이 고개를 끄덕였다.

매장을 한참이나 둘러봐도 마땅한 것이 없었다. 백화점을 이 잡듯이 뒤져 보아도 썩 마음에 드는 것을 찾지 못해 지우와 나는 카페에 들러 잠깐 쉬기로 했다.

"어떤 걸 원하는지 설명해 봐." 한 바퀴를 다 돌아도 마땅한 게 없어 망연자실하고 있는 내게 지우가 물었다.

"우리 이제 곧 떨어지잖아. 몽골리아에서도 내가 기억될 만한 물건이 있음 좋겠어." 나는 빨대로 블루베리 스무디를 들이켰다.

"맞아. 여름 방학에 투야는 몽골리아로 떠난다고 했었지." 지우는 물고 있던 빨대를 급히 떼며 탄성을 내질렀다.

"네가 쓰는 향수 매장에 가 보자. 같은 향으로 바디워시나 바디로션 같은 건 어때? 어차피 네가 쓰는 향도 중성적이라 남자가 써도 이상할 것 없으니까." 지우는 바나나 스무디에 다시 입을 가져갔다.

"나 왜 그 생각을 못 했지? 너무 좋은 생각인데?" 나는 상기된 목소리로 말했다. 향은 그 사람과 함께한 추억을 떠오르게 하는 힘이 있다.

"내가 쓰는 향을 남자가 써도 괜찮을까?" 나는 혹시나 하는 마음에 그녀에게 한 번 더 물었다.

"그 뭐랄까? 사찰에서 나는 중성적인 향이라 괜찮아." 지우의 말에 빵 하고 웃음이 터져 버렸다.

"난 절같이 차분한 곳이 좋더라. 그래서 인센스 향 같은 게 끌리나 봐."

매장에 들어가서 고민도 없이 바디워시와 로션 세트를 골라 포장을 부탁했다. 포장이 다 되기를 기다리며 새로운 향이 나왔는지 진열대를 쭉 둘러보는데 한쪽에 향수 팔찌가 눈에 띄었다. 투야가 착용하고 있는 검은색 손목시계와 레이어드 하면 예쁠 것 같았다. 나는 막 포장을 끝내려는 직원을 급히 불렀다.

"죄송한데, 이걸로 바꿔 주실 수 있을까요?"

선물이 해결되어 가뿐한 마음으로 셔틀버스에 올라탔다. 저녁을 백화점 안에 있는 푸드코트에서 해결하려 했지만 카페테리아에 가기 위해서였다. 단톡방을 보니 오늘 특식이 불고기와 김치였기 때문이었다. 외국 각지에서 오는 학생들을 위해 한 번씩 카레, 돈가스, 빠에야 등 나라별로 다양한 요리가 제공되었지만 특식은 항상 예고 없이 진행되었다.

"우리 저번에는 왜 못 먹었지?" 내가 버스에 올라타며 물었다.

"모르겠어. 중요한 건 애들이 맛있다고 말했다는 거야." 그녀는 들뜬 목소리로 말했다.

"어쨌든 오늘 선물 고르는 거 도와줘서 고마워. 다음에 맛있는 걸로 쏠게." 선물이 담긴 쇼핑백을 무릎 위에 살포시 올려 두었다.

"좋지." 지우는 씨익 웃어 주었다.

"맞아. 우리 여름 방학 계획도 잡아 보자." 나는 반짝이는 눈으로 지우를 바라보았다.

"당연하지." 지우는 한 번 더 씨익 웃어 주었다.

Ÿ Ÿ Ÿ

지우와 나는 부랴부랴 한국 친구들이 있는 라운드 테이블로 갔다. 가방을 내려놓으면서 음식을 보니 비주얼이 나쁘지 않았다.

"난 이미 두 접시째야. 진짜 맛있어." 승민 오빠 앞에 게걸스럽게 비워졌을 빈 접시가 눈에 들어왔다.

"오빠가 너무 많이 먹어서 우리 몫은 없는 거 아냐?" 지우는 나무라듯 말했다.

"아니야. 아직 많이 남아 있을 거야. 얼른 가서 받아 와." 정말 갑자기 툭 튀어나온 기훈 오빠였다.

"오빠를 카페테리아에서 마주치니까 좀 낯설다? 한식 나올 때만 오는 거였어?" 내가 반가운 얼굴로 물었다.

"지난 학기부터 여기서 먹었잖아?" 눈살을 찌푸리며 질릴 대로 질렸다는 표정이었다.

"그럼 어떻게 식사를 해결해?" 지우가 궁금한 얼굴로 물었다.

"태오 형 차로 아시아 마켓에 들를 때마다 쟁여 와서 기숙사에서 먹어." 기훈 오빠는 입가를 냅킨으로 닦았다.

"어떤 거 사 와?"

"오차즈케가 간편해서 좋아."

"오차즈케? 어떻게 먹는 거야?" 나는 가방을 내려놓으며 물었다.

"하나 줄까? 그거 밥도 있어야 하는데 너 즉석밥 있어? 나는 전기밥솥으로 해 먹어서. 즉석밥은 없거든."

"즉석밥은 이미 다 먹은 지 오래야. 그런데 전기밥솥도 있어? 고작 한 학기 차이일 뿐인데 우리와 누리는 생활이 이렇게나 차이 날 일이야?" 나는 부러운 눈으로 그를 쳐다보았다.

"그럼 카페테리아 시간 놓치거나 출출할 때 말해. 하나 만들어 줄게."

"너무 좋지!" 내가 씨익 웃어 보였다.

늦게 온 지우와 나는 불고기를 한 접시로 끝내야 했지만 만족했다. 한국 음식을 해소한 기분이었다. 나는 방으로 돌아와 책상 위에 투야에게 줄 선물을 조심히 올려 두었다. 그의 취향보다는 나의 취향이 잔뜩 들어간 선물이라 걱정도 되었지만 비슷한 것이 많은 우리니까 이 선물도 마음에 들 것이라 믿었다. 그리고 스케치북을 오랜만에 펼쳤다. 풍경화만 그리는 나지만 그를 위해 처음으로 인물이라는 것을 그려 나갔다. 학원에서 연습용이 아닌 실제 살아 숨 쉬는 사람을 그리는 것은 이번이 처음이었다. 그림을 선물하는 것 또한 내 인생 처음이었다. 연필과 스케치북이 마찰되어 내는 '쓰윽쓰윽' 하는 소리에 집중하다 보면 어느새 어떠한 소리도 들리지 않은 상태가 된다. 내가 제일 좋아하는 그의 반달 눈매를 강조한 얼굴이 완성되어 갔다. 나의 사심이 잔뜩 들어간 세상 가장 사랑스러운 얼굴이었다. 마지막 그의 눈동자만 완성하면 되었지만 그의 눈동자를 떠올리니 머릿속에 떠오르는 물음표가 쉽사리 사라지지 않았다. 어딘가 모르게 그의 눈동자는 불안하게 흔들렸고, 그의 얼굴에는 그늘이 드리운 것처럼 한 번씩 어두웠다. 햇빛이 구름에 잠깐 드리워진 것은 아닐까 하고 하늘을 올려다보았지만 구름 따위 하나 없는 맑은 날이었다.

지우 말대로 그저 망상일 테지만 자꾸만 신경이 쓰였다. 나는 폰을 들어 그와 찍은 사진첩을 열었다. '즐겨찾기'에 있는 내가 가장 좋아하는 사진이었다. 지금 보고 있는 이 눈빛이 내가 알고 있는 그의 모습이라며 불안한 마음을 잠재웠다. 이 눈빛과 똑같이 그림을 완성해 나가면 될 일이다. 그림에 다시 집중하며 쓸데없는 생각이 곧 차단되기를 기다렸다.

[4월]

'지현, 태어나 줘서 고마워.'

아침에 일어나니 투야의 톡이 와 있었다. 오늘은 드디어 그와 나의 생일이었다.

'나야말로. 내가 더 고마워.'

투야 덕분에 기분 좋은 아침을 맞이했다. 그의 인생에서 죽고 싶을 만큼 힘든 순간도 있었을 것이고 살아 내는 것 자체가 버거운 순간도 있었을 테지만 그 모든 것들을 이겨 내고 지금 내 인생에 등장해 준 것만으로도 참 감사한 일이었다. 그것들을 다 겪어 내고 지금 내 옆에 있는 것이니까.

수업을 끝내고 방으로 돌아와 침대에 나뒹굴었다. 오늘은 친구들의 축하도 끊이지 않았다. 기대하지 않았던 친구들까지 초를 꽂은 케이크를 들고 나타나 축하해 주었다. 그들이 준 선물과 편지를 침대에서 뜯어보고 앉아 있으니 앞으로 더 좋은 사람이 되어야겠다는 생각이 절로 들었다. 한 번씩 쓸모없는 인간이라는 생각에 갇혀 헛살았다고 한탄할 때쯤 1년에 한 번씩 맞이하는 생일은 삶의 의지를 다시 다지는 계기가 되어 주었다.

투야는 마트에 들러 저녁 먹거리를 이미 사 왔다고 톡을 보내왔다. 답장을 하려는데 마침 그에게 전화가 왔다.

"어떤 과일 먹고 싶은지 말만 해."

"이미 다녀왔다는 말 아니었어?" 내가 잘못 이해했나 싶어 그에게 되물었다.

"다녀왔지. 얼른 먹고 싶은 과일 말해 봐." 나는 무슨 소리인가 싶었다. 지금 내가 말하는 어떤 과일이라도 당장 공수할 수 있다는 저 자신감의 원천은 대체 어디서 나오는 것일까? 아니면 그가 사온 과일이 내가 말하는 과일과 겹치길 바라는 것일까? 나는 머리를 굴렸다. 같이 먹은 적도 없고, 본 적도 없고, 그와 내가 단 한 번도 언급한 적도 없는 과일로 말했다. 예전 화채에 넣었던 과일도 빼고, 카페테리아에서 자주 보이던 과일도 빼면 남는 것은 이것뿐이었다.

"딸기." 내가 좋아하고 즐겨 먹는 과일이 블루베리였으니 아마 그는 블루베리를 사 왔을 것이다.

그가 이 향을 오래 기억할 수 있도록 향수를 한 번 더 뿌린 뒤 그 자리에서 빙그르르 한 바퀴 돌았다. 아침부터 날이 어둡더니 물기 가득 담은 공기가 나를 감쌌다. 머리가 곱슬거리는 걸 보니 곧 비가 내릴 것만 같았다. 가는 도중에 비가 내릴까 봐 잰걸음으로 걸어가는데 그가 3층

외부 난간에 기대어 손을 흔들고 있는 모습이 눈에 들어왔다. 언제부터 나와 있었는지 모르겠지만 내가 오는 걸 기다리고 있었던 모양이었다. 나도 그를 향해 힘껏 손을 흔들며 계단을 거의 뛰다시피 올라갔다. 그에게 폴짝 뛰어가 그대로 안겼다. 투야의 뺨이 내 볼에 닿으니 그의 따스한 체온이 느껴졌다.

"생일 축하해. 투야." 나는 환하게 웃어 보였다.

"지현, 생일 축하해." 그가 나를 살짝 들어 올려서 한 바퀴 빙 돌았다.

"재밌다! 놀이기구 타는 것 같아." 난 가볍게 착지를 하고서 신난 목소리로 말했다.

"한 번 더 해 줘?" 그는 내 손을 잡았다.

"아니야. 들어가자." 그는 현관문을 열어 주었다. 나는 거실을 지나며 그에게 물었다.

"룸메들은?" 집이 쥐 죽은 듯 조용했다.

"둘 다 여자친구 생기고 나서는 얼굴 못 본 지 오래됐어. 거기서 아주 사는 것 같아. 한 번씩 뭐 가지러 오는 것 같기도 하고?" 그는 자주 있는 일이라는 듯 대수롭지 않게 말했다.

"미국 대학생들은 진짜 자유로운 것 같아."

"여기만 그래. 시골이니까." 그는 평상시에도 경쟁 없는 이런 시골이 마냥 좋지만은 않은 눈치였다.

"와우. 네가 다 준비한 거야?" 투야 방으로 들어가니 중간에 설치된 간이 테이블에는 내가 좋아하는 것들로만 가득 차려져 있었다. 와인과 함께 아주 근사했다. 그런데 순간 내 눈을 의심했다. 딸기가 버젓이 테

불꽃과 재 속의 작은 불씨 - 상

이블 위에 올려져 있는 것이 아닌가! 아까 전화를 끊고 딸기를 사 올 수 있는 물리적인 시간이 있을 리가 없었다.

"어떻게 된 거야?" 나는 뒤에 서 있는 투야를 심각한 얼굴로 올려다보았다.

"대박이지?" 그는 그저 웃기만 했다.

"이게 가능해?" 정말이지 말로 설명할 수가 없었다. 이것이 정말 가능한 일일까?

"나도 그냥 던져 본 거야. 장난이었는데 네가 정말로 딸기를 말하는 거야. 나도 정말 놀랐다니까." 그는 나의 외투를 받아 들었다.

"이게 말이 돼? 우리가 서로에게 딸기를 말한 적이 단 한번도 없지 않아?" 내 기억에는 분명이 없지만 혹시나 우리가 딸기를 언급했던 적이 있었나 싶어 물었다.

"단 한 번도 없지." 그가 와인 잔에 와인을 따라 주었다. 나는 침대에 걸터앉아 치즈스틱을 가리켰다.

"그래. 이런 건 놀랍지도 않지. 내가 좋아하는 걸 아니까. 예상할 수 있어." 마트에서 치즈 스틱을 신나게 골랐던 걸 기억하고 있을 투야였다. 치즈스틱을 뜯으며 이어 말했다.

"그런데 딸기는 상식적으로 이해가 되지 않아."

"이쯤 되니 우리가 정말 인연인 것일까? 너는 인연이라는 말을 믿어?"

순간 이 질문에 나는 다시 한번 더 놀라지 않을 수 없었다. 내가 사람들에게 종종해 오던 질문이었다. 인연에 대해 물으면 되돌아오는 답은 너무 철학적이라 어렵다는 말뿐이었다. 결국 한동안 내뱉지 못하고 속으로만 맴돌던 질문 중 하나였다. 신기하면서도 반가웠다. 나는 그가 한 질문을 오히려 반문했다.

"너는 인연을 믿어?"

"아니. 믿지 않았어. 네가 그 환영 파티에서 우리 테이블에 앉겠다고 말하지 않았으면 지금까지도 모르는 사이였겠지. 물론 얼굴은 서로 알았겠지만 말이야."

나는 그의 답변이 틀렸다는 걸 알려 주고 싶었다.

"나는 인연은 있다고 생각해. 그래서 만나야 할 사람은 어떻게든 만나게 되어 있는 거야. 내가 만약 이 학교에 오지 않았더라도 우리는 만났을 거야. 그래서 오늘 같은 시간을 보냈을 거고! 다만 이곳이 아닌 다른 곳에, 다른 시간이었겠지. 그런 게 인연인 거지."

"나는 너의 이런 자신감 넘치는 답변이 좋았어. 그리고 너를 만나고 난 후부터 그 말이 이해되기 시작했어. 너와 나 사이에는 거스를 수 없는 운명 같은 것이 있다는 생각이 들어. 다만 그것을 받아들이는 데 시간이 좀 걸렸지만 말이야." 그는 씩 웃으며 말을 이었다.

"사실 우리가 처음 만난 장소가 환영 파티가 아니라 농구장이었던 걸 알아?"

나는 방금 베어 문 딸기를 내려놓았다. 대꾸할 말을 찾지 못해 벙찐 얼굴로 그를 바라보았다.

"잠깐 스쳐 지나갔을 뿐인데 한동안 그 장면이 잊히지 않더라고. 아마 그때 너에게 설명할 수 없는 강한 끌림을 받은 것 같아. 하지만 너에게 다가갈 자신은 없었어."

그의 뜻밖의 고백에 나는 할 말을 찾지 못했다. 내가 그를 알기도 전에 그의 기억 속 장면에는 이미 내가 존재하고 있었다는 사실이 놀라울 따름이었다.

"그런데 다짜고짜 우리 자리에 와서는 앉아도 되겠냐고 물어보잖아. 나는 내 귀를 의심했어. 그렇게 인연이 될 줄 몰랐거든. 그리고 먼저 다가와 준 너의 용기 있는 모습에 또 충격을 받았지."

내가 그를 먼저 발견했다고만 생각했다. 이 운명을 그보다 내가 더 빨리 알아차렸다고 생각했다. 그의 솔직한 고백에 가슴이 벅찼다. 하지만 솟아오르는 감동의 눈물을 마냥 흘려보낼 수 없었다. 사실 눈물이 쏙 들어갔다. 농구장에서의 내 모습이 어땠을지 떠올랐기 때문이었다.

"농구장에서 보았던 나는 어땠어? 땀 범벅에 볼품없지 않았어?" 나는 멋쩍게 웃으며 그에게 물었다. 아마 학기 초 배드민턴을 열심히 치러 다녔을 때일 것이다. 승민 오빠와 자주 부딪쳐 언쟁이 크게 오고 갔을 모습을 그가 보았을지도 모를 일이었다. 거기에 있는 사람들은 그 모습이 얼마나 우스꽝스러웠는지 다 알고 있는 사실이었다.

"가녀린 몸에서 나오는 너의 열정에 할 말을 잃었어. 너의 승부욕에 두 손 두 발 다 들었지만 말이야. 경기가 잘 풀리지 않는지 잔뜩 화가 나 있는 너의 모습은 볼 때마다 웃음이 절로 터져 나왔지. 사실 너를 흘깃 볼 때마다 심장이 반응해서 애써 보지 않으려고 노력도 했지만 잘되지 않았어."

다시 한번 그의 예상치 못한 고백에 나는 더 이상 적절한 말을 찾지 못했다. 쑥스러워 괜한 질문을 늘어놓으려다가 생각을 고쳐 먹었다. 대신에 나는 얼른 작은 선물 상자와 돌돌 말린 하얀 도화지를 내밀었다.

"이거 생일 선물이야." 그는 돌돌 말려진 도화지를 먼저 풀어 보았다.

"와아아아." 그의 감탄한 얼굴을 보니 어제 밤새 그린 보람이 있었다.

"그림은 언제 배운 거야? 실력이 상당한데?" 그는 내가 그려 준 자신의 모습에서 눈을 떼지 못했다.

"고등학교 때 배운 거야. 마음에 들어 하니 다행이다." 나는 아까 내려놓았던 딸기를 마저 입으로 가져가며 답했다. 딸기의 상큼하고 달달한 과즙이 입안 가득 퍼졌다.

"마음에 들고 말고. 화가라고 해도 믿겠어."

"그 정도는 아니야."

"왜?"

"직업으로 삼을 정도는 아니라는 거지." 나는 왠지 씁쓸한 기분이 들었지만 신경 쓰지 않았다. 그저 나의 재능이 주변사람들을 즐겁게 할 수 있는 것만으로도 기쁠 것 같았다.

"그런가? 어쨌든 너무 고마워. 평생 간직할게." 그는 그림을 옆에 두고 상자의 포장지를 마저 풀었다.

"향수 팔찌야. 내가 쓰는 향인데, 몽골리아에서도 내가 함께한다는 걸 잊지 말라는 의미야."

"이 향 절대 못 잊지." 그가 갑자기 내 귀 뒤에 코를 가져다 대고 킁킁거리며 향을 맡았다. 그가 목덜미로 가까이 다가오니 숨이 멎는 것 같았다. 그의 뺨이 내 귀에 닿으니 찌릿한 전율이 온몸을 스쳐 지나갔다.

"팔찌도 같은 향이야. 그러니까 이거 맡으면 돼." 나는 아무렇지 않은 척 그에게 떨어져 나와 팔찌를 채워 주었다.

"엇, 시계 바뀌었네? 검은색이었잖아. 그거랑 레이어드 하면 예쁠 것 같아서 고른 건데."

"이번 생일에는 누나가 선물을 택배로 미리 보내 주었어. 메탈이어도 충분히 예쁜데?"

"롤렉스네? 누나가 동생을 상당히 아끼나 봐?" 투야가 누나가 있어 여자의 마음을 잘 아는 것일 수도 있겠다 싶었다.

"그런가?" 그는 팔찌에 코를 가져가 킁킁거렸다.

"이제 그만 킁킁거려." 웃는 얼굴이었지만 단호한 목소리로 말했다.

그는 벌떡 일어나 옷장으로 가더니 무언가를 꺼내 왔다. 자그마한 민트색 주얼리 박스였다.

"생일 선물." 내게 내밀었다.

"휴대폰 케이스 이미 받았잖아." 나는 생각지 못한 선물에 놀랐다.

"모가지가 길어 슬픈 짐승이라며. 내가 빛나게 해 줘야지." 별 의미 없이 한 말도 기억하는 투아였다. 그가 내 뒤로 가 목에 채워 주었다. 실버 체인에 달린 두 개의 하트 참은 베이비 핑크색으로 움직일 때마다 살짝살짝 엿보였다. 선물도 마음에 들었지만 의미 없는 나의 말도 의미 있게 만들어 준 그라서 더 좋았다.

결국 밖에는 비가 쏟아지기 시작하더니 창문이 펄럭거렸다. 비바람이 무섭게 내리쳐 온 세상이 날아갈 듯 거세게 내렸다. 아늑한 방에서 그와 따뜻한 이야기를 나누다 보니 아무리 바깥세상이 칙칙하고 암울

할지라도 그와 함께라면 행복할 것 같았다. 그 순간 울컥하는 감정도 함께 일었다. 사람들이 너무 행복해서 우는 이유를 알 것도 같았다.

그는 방의 불을 다 끄고 나를 창가로 데려갔다. 이 건물 바로 앞에는 가로등이 있었다. 그 불빛에 비가 춤을 추듯 흩날렸고 마치 나비가 현란한 날개짓을 뽐내며 공연을 하는 것처럼 보였다. 그저 비일 뿐인데 그와 함께 내려다보니 순식간에 낭만이 넘치는 장면이 되어 있었다. 나는 그의 작은 방에서 사방으로 내리치는 빗소리를 들으며 그가 주는 안락함을 한껏 누렸다. 갑자기 그가 나를 번쩍 안아 들어 침대에 앉혔다. 우리는 한동안 아무 말 하지 않고 서로를 바라보았다. 가로등 빛이 그의 방을 은은하게 비추어 그의 매끈한 피부와 반짝이는 검은 눈동자를 선명하게 볼 수 있었다.

"참 많이 좋아해. 네가 달려와 안길 때면 나의 모든 생각이 멎어 버릴 만큼." 그의 마지막 말에 심장이 튀어나올 만큼 쿵쾅거렸다. 그의 혀가 내 입 속으로 들어왔다. 그와 나는 입을 맞추었다. 야릇한 기운이 온몸에 퍼졌다. 그의 숨소리가 점점 거칠어지자 그 소리에 내 몸이 반응하기 시작했다. 가슴이 터질 듯 부풀어 올랐다. 그도 느꼈는지 그의 손이 내 가슴에 와 있었다. 그는 나머지 한 손으로 나를 눕혔다. 배 속에 수백만 마리의 나비가 휘몰아치는 기분이었다. 나의 다리를 벌려 가랑이 사이에 무릎을 대고 앉더니 그는 내 위에서 몸을 위아래로 움직이기 시작했다. 한참 후 온 몸에 힘이 다 빠진 상태로 내 배 위에 쓰러져 누우니 얼굴의 뜨거운 열기가 얼어붙은 나의 심장 안으로 고스란히 전해졌다. 내 위에 딱 달라붙은 그는 지금처럼 나의 방패막이 되어 기꺼이 이 세상의 모든 비를 다 막아 낼 것이다. 나 또한 그를 위해 뭐든지 감내할 테니 말이다.

Ÿ Ÿ Ÿ

하루하루를 한 사람의 사랑으로 듬뿍 채워 나가고 있는 요즘이다. 틈이 되면 잠깐이라도 투야를 보려고 했다. 그래도 각자의 생활을 온전히 유지하려고 노력했지만 이성을 잃어 수업을 빼먹는 일이 잦았다. 이제껏 알지 못했던 새로운 나를 매일같이 마주했고, 행복의 수치는 매일같이 최고치로 경신했다. 그의 방문을 열고 나올 때면 다른 세상에 있다 현실로 돌아오는 기분이 들었다. 현실로 돌아오기까지 시간이 필요할 만큼 그에게 흠뻑 젖어 있었다. 그와 함께하는 순간만 살아 있는 기분이었다. 그와 아무 생각없이 벤치에 앉아 햇볕을 쬐며 책을 읽는 것도 좋았고 그가 나의 머리칼을 쓸어줄 때 빠지는 나른한 낮잠도 좋았다. 특히 밤 산책 때 그가 들려주는 별 이야기가 가장 좋았다. 하늘에 별들이 수를 놓듯 빽빽하다는 몽골리아의 밤하늘. 몽골리아처럼 쏟아질 듯한 밤하늘까지는 아니었지만 이곳도 한국에 비하면 별이 굉장히 많았다. 하지만 그가 들려준 몽골리아의 밤하늘은 같은 하늘 아래 다른 세상 이야기였다. 풀 한 포기 없는 광활한 사막에서 지평선 위로 뜨고 지는 달과 별을 눈앞에서 보는 것은 가히 장관일 것이다. 언젠가는 그곳에서 꼭 무수히 떨어지는 별똥별을 내 눈으로 직접 보고 말 것이다. 꼭 그와 함께 말이다. 그는 별을 보며 자라서인지 밤하늘에 별이 보일 때면 자꾸만 북두칠성을 찾으려 했다. 마치 옛날 사람이 길을 찾기 위해 별자리를 찾듯 고개를 한껏 젖혀 하늘을 올려다보았다. 그가 끈질기게도 북두칠성을 찾아 내게 알려 주면 책에서만 배운 북두칠성이 내 머리 위에 떠 있다는 사실이 믿어지지 않았다. 마치 내가 허구 세계에 들어온 것만 같았다. 그와의 하루는 매일이 낭만이었다.

Ÿ Ÿ Ÿ

그의 방에서 컵라면 포장을 뜯으며 전기포트에 물을 올렸다.

"저번에 못 가서 오늘은 꼭 모임에 가 봐야 돼." 떠날 날이 얼마 남지 않아 태오 오빠 집에서 만나는 모임의 횟수가 늘었다.

"몇 시 약속이야?" 그가 내 주변을 서성이며 물었다.

"저녁 먹을 거니까 6시까지 가야 돼."

"나도 오늘 저녁에는 엄마랑 통화를 해야겠어. 며칠 전부터 할 말이 있으신 것 같아."

"알았어. 엄마와 좋은 시간 보내." 컵라면 선에 맞춰 물을 부었다. 그는 플라스틱 포크로, 나는 나무젓가락을 집어 들었다. 내려오는 머리카락을 한쪽으로 잡으며 먹고 있으니 그가 내 손목에서 머리 끈을 빼갔다. 거추장스러운 머리칼을 묶어 주려는 듯했다.

"여자들은 머리 끈이 있으면서도 왜 묶지 않고 먹어?"

"머리 끈을 계속 차고 있으면 한 몸이 되어 버려서 있는지조차도 까먹거든."

"앞에 놓인 음식에 너무 집중한 나머지 까먹은 건 아니고?" 그가 반달 눈으로 씨익 웃어 보였다. 나는 그를 째려보며 그가 들고 있는 머리 끈을 뺏어 와서 입에 물었다. 머리를 귀 뒤로 넘겨 묶으려는데 입에 물고 있던 머리 끈을 그가 다시 가져갔다.

"내가 해 줄래." 어설픈 솜씨라 머리칼이 삐져나와 엉성한 모양이었지만 고쳐 묶지 않았다. 사랑에 빠지면 아이 돌보듯 대신해 주고 싶어진다. 기본적으로 잘해 오던 것들도 의존하게 된다. 그래서 사랑하는 사람 앞에서는 아이가 되고 싶어지나 보다. 과한 어리광도 부리고 싶어지는데 그 모든 미운 짓일지라도 기꺼이 다 받아줄 테니까.

한 사발을 끝내고 나니 약속 시간이 점점 가까워졌다. 그의 세면대 한쪽에 마련된 나의 칫솔 꽂이에 칫솔을 내려놓으며 마지막 입 헹굼을 했다. 손으로 입을 대충 닦으며 방으로 들어가니 그는 어느새 나를 안을 준비를 하고 있었다.

"어쩜 이럴 수가 있어?" 내가 웃으며 두 팔을 벌려 그의 목을 감싸 안았다. 그는 이번에도 나를 가볍게 들어 올려 한 바퀴 빙 돌았다. 헤어질 때마다 그는 잊지 않고 나를 꼭 안아 주었다.

"나 되게 이성적인 사람인데 너에게는 그게 잘 안 돼. 나도 이런 내가 매번 놀라워."

"네가 이성적인 사람이라고? 아무도 믿지 않을 거야." 내가 크게 웃었다.

그가 자신의 발등에 나를 올려놓고 뒤뚱거리며 춤을 추기 시작했다.

"이 괴상한 춤사위는 또 뭐야?"

"왈츠야." 그는 아랑곳하지 않고 답했다.

"내 남자친구가 고상한 취미가 있는지 몰랐네. 못 알아봐서 정말 미안한데 더 이상 이러고 있을 시간이 없어." 나는 침대 위 아무렇게나 뒹굴고 있던 가방을 챙겨 들었다.

"지현!" 막 방을 나가려다 그가 부르는 소리에 뒤돌아섰다.

"몽골리아에 와 줄래?" 그의 눈빛이 순식간에 진지해졌다. 장난기 가득한 얼굴은 어느새 사라져 있었다.

"여…여름 방학 말하는 거야?" 나는 적잖이 당황해서 말을 더듬었다. 그와 함께 몽골리아로 가는 것은 전혀 생각해 보지 못했던 일이었다.

"아니. 당장 말하는 건 아니야. 나중에 몽골리아에 사는 건 어떤가 해서. 그냥 네 생각이 궁금해서." 왠지 모르게 두려움이 서려 있는 목소리였다. 불안해 보이기도 했다.

"몽골리아에 가 보고 싶었어. 어떤 나라인지 궁금하기도 했고 말이야. 그리고 너의 나라잖아."

그와 먼 미래를 약속하기에는 그와 사귄 지 이제 1달이 넘는 기간이었다. 내 모든 걸 내려놓고 그를 따라가기에는 아직 하고 싶은 것도 많았고 해야 할 공부도 많았다. 그의 기분을 상하지 않게 대충 빈말을 늘어놓으며 이 상황을 넘기고 싶지 않았다. 언젠가 그를 따라갈 날이 오지 않을까? 그때 나의 진심을 전해도 늦지 않을 것이다. 그가 기다려 줄 테니까.

"겨울에 영하 40도로 떨어진다면서. 나 추운 거 되게 싫어하는 거 알지?" 무거운 공기가 싫어 나는 괜히 실없는 소리를 했다. 그는 나를 향해 말없이 웃어 주었다.

　나는 가뿐한 마음으로 계단을 내려오지 못했다. 그의 떨리는 목소리
가 귀에서 맴돌았다. 어떤 불안 속에서도 내가 지켜 줄 테니 괜찮다고
따뜻하게 안아 주지 못한 것이 마음이 쓰였다. 하루하루 지날수록 그
에 대한 나의 마음도 종잡을 수 없이 커져만 갔다. 다른 한편으로는 나
자신보다 그를 더 사랑할 것 같아 두렵기까지 했다. 정말이지 겁이 날
만큼 그를 사랑했다. 하지만 자꾸 가기만 하는 마음을 또 애써 저지하
고 싶지도 않았다. 그저 그가 벌써 보고 싶을 뿐이었다. 최근에 새로 생
긴 습관이 있었다. 그가 보고 싶을 때마다 선물해 준 목걸이의 하트 참
을 만지작거렸다. 그러면 마음이 한결 편안해졌다. 오늘도 몇 번이나
만지작거릴지 가늠조차 되지 않았다. 태오 오빠 집에 같이 가기로 한
지우가 저 멀리서 걸어오는 것이 보였다.

　스무 명 남짓 되는 한국 친구들이 모두 모였다. 아마 이번 학기의 마
지막 삼겹살 파티가 될 성싶었다. 물론 몇몇 사람들은 학기가 끝날 때
까지 몇 번의 모임을 더 가지겠지만 말이다.

　불판 4개에서 삼겹살이 구워지는 소리가 요란했다. 라면을 먹은 지
얼마 되지 않아 배고프지 않다 생각했지만 지글지글 구워지는 소리와
냄새에 젓가락을 내려놓을 수 없었다.

　"며칠 전에 5동 지나가지 않았어?" 맞은편에 앉은 윤재 오빠가 지우
와 나를 보며 물었다.

　"어떻게 알았어?" 지우가 쌈을 입으로 밀어 넣으며 말했다.

"나 기숙사가 5동이잖아. 창문에서 보였어. 셋이서 어디 가는 거였어?" 며칠 전 투야와 지우, 나는 NPQ 5동 너머에 있는 축구장 옆 공원으로 가는 길이었다.

"대박! 창문에서 보여?" 내가 젓가락을 내려놓으며 물었다.

"어, 창문 방향이 그쪽이라서. 여기는 건물이 낮아서 잘 보이더라고. 마침 너희들이 지나가더라?" 윤재 오빠가 아무렇지 않게 답하려 했지만 자신이 남들에게 이상하게 비추어 질까 하는 걱정 때문인지 말을 계속 덧붙였다.

"우리들을 주시하고 있었던 거야?" 지우의 장난기가 발동했다. 장난기 가득한 눈빛과 목소리였다.

"그럴 리가." 윤재 오빠는 절대 아니라는 듯 고개를 저으며 단호하게 말했다.

"그럼 사색이라도 즐긴 거야?" 나는 한쪽 면이 다 구워진 삼겹살을 뒤집으며 거들었다.

"거기는 왜 간 거야? 아무것도 없지 않아?" 옆에서 듣기만 하던 하준 오빠가 꽤나 궁금했는지 고기를 먹다 말고 대화에 끼어들었다.

"저녁에 할 것도 없어서 산책 겸, 구경 겸 갔다 온 거야." 지우가 대수롭지 않게 답했다.

그날 저녁, 무료했던 지우와 나, 투야는 밤 산책으로 다녀왔었다. 거대한 축구장에 큰 조명이 환하게 비추고 있었고 잔디가 잘 정돈되어 있었다. 이 넓은 축구장을 보니 우리 셋은 한 마음으로 동일한 생각을 했던 것 같았다. 그저 달리고 싶었다. 그리하여 우리는 술래잡기를 시작했다. 어떠한 놀이 도구 하나 없이 맨몸만으로도 한바탕 신나게 뛰어놀았다. 아무 걱정없이 몸으로 부대끼며 놀았던 어린 시절의 기억이 불쑥 떠올랐다. 각자 다른 곳에서 다른 방식으로 어린 시절의 추억을 가지고 있을 테지만 이날 우리 셋이 지은 표정이 참 미묘하게 닮아 있었다. 각자의 추억 속에서 동심을 그려 내고 있었다. 서른 살이 되어도 마흔 살이 되어도 이런 동심을 즐길 줄 아는 사람과 함께 늙어가고 싶다는 생각이 들었던 밤이었다.

우리는 온몸에 삼겹살 냄새가 잔뜩 배여서야 태오 오빠 집에서 나올 수 있었다. 다른 친구들은 더 있다 오기로 하여 지우, 민정, 기훈 오빠만 자리에서 일어났다.

"아마 저들은 밤새 술 마시겠지? 대단해!" 민정이가 입을 열었다.

"알아서 하겠지. 다 지들 인생이야." 기훈 오빠는 위험하다 생각했는지 본인이 도로 끝 쪽에 서며 별 관심 없다는 표정을 지었다. 그가 짓고 있는 특유의 무표정 때문에 처음에는 다가가기 어려운 사람이라고 생각했지만 알아가면 알아갈수록 그에게는 잔잔한 정이 있었다. 단지 정이 있다 하여 굉장히 친한 친구라도 무조건적인 편을 들어줄 것 같지는 않았지만 어느 쪽으로도 치우치지 않은 공정한 판단을 기대할 수 있는 사람이었다. 살다 보면 전적으로 내 말이 다 맞다고 말해 주는 친구가 필요할 때도 있지만 상황을 객관적으로 직시해 주는 친구가 필요할 때도 있다. 그럴 때 꼭 생각날 사람이었다.

나는 투야에게 방으로 돌아간다는 톡을 남기려고 청바지 뒤 호주머니에 꽂혀 있는 휴대폰을 꺼내 들었다. 아까 헤어진 이후로 투야는 톡한 번 남기지 않았다. 엄마와 통화가 꽤 길어지는 모양이었다.

"연애 사업은 잘되어 가?" 휴대폰을 보고 있던 내게 기훈 오빠가 물었다.

"오빠가 보기에는 어떤 것 같은데?" 내가 웃으며 말했다.

"내가 어떻게 알겠냐?" 기훈 오빠는 도리어 내가 질문한 것이 기가 막힌지 떨떠름한 얼굴이었다.

"나 다음 학기 다닐까 해."

"그게 답이구만."

"이보다 더 확실한 답이 어디 있겠어?" 내가 활짝 웃어 보였다.

"확실히 학기 초보다 웃음이 많아졌단 말이야." 오빠는 고개를 저었다.

"그때도 잘 웃었지."

"그때는 가짜 웃음이었지."

"내가 그랬나?" 그의 예리한 관찰력에 박수를 보내고 싶었지만 일부러 모른 척하고 웃어넘겼다.

나는 방으로 돌아와 아직까지 통화 중인지 전화를 걸어보았다. 신호가 갔다. 통화는 끝난 듯했다. 자정이 넘는 시간이긴 했지만 너무 피곤한 나머지 먼저 잠이 들어 버린 것일까? 신호 가는 소리만 들려왔다. 걱정이 되었지만 별일 아닐 것이라 생각했다.

Ÿ Ÿ Ÿ

아침에 투야의 톡이 와 있었다.

'어제 그냥 잠들어 버렸어. 미안해! 어제는 좋은 시간 보냈어? 난 수업 가.'

그의 톡에 살짝 불안했던 마음이 눈 녹듯 사라졌다.

'오늘 수업 끝나고 너 방에 들를게.'

그에게서 바로 톡이 왔다.

'나 오후에 팀플 있어서 오늘은 힘들고 내일 보자.'

'알았어.'

알겠다고는 했지만 예전 같지 않은 그의 답에 혼란스러웠다. 팀플이 있어도 어떻게든 짬을 내어 함께했던 우리였다. 아무래도 어제 엄마와의 대화에서 문제가 생긴 것일까? 그저 나만의 추측이긴 했으나 그에게 시간이 필요한 것이라 생각했다. 오히려 어쭙잖은 위로가 아무 말 하지 않은 것보다 더 좋지 않은 상황을 낳을 수도 있으니 잠자코 기다리기로 했다. 마침 지우에게 연락이 왔다. 여름 방학 때문이었다. 장작 4개월을 어떻게 보낼지 계획을 잡아야 했다.

'내가 네 방으로 갈까?'

내가 지우에게 답장을 했다.

'그래 주면 좋지.'

'출출하지 않아?'

나는 점심을 일찍 먹어 배가 고픈 상태였다.

'오후 3시는 항상 배가 고픈 시간이지.'

그녀 말도 맞았다. 점심을 일찍 먹든 제 시간에 먹든 오후 3시는 출출한 시간이다.

'접수! 타코 사 갈게.'

나는 카드를 챙겼다. 우리가 자주 찾는 학생회관 2층 편의점 바로 옆, 간이 판매소에서 타코를 팔았다. 민정이 말로는 지난 학기에는 베이글을 팔았다고 했다. 사장님이 다양하게 시도하는 듯했다. 2층 복도를 지날 때마다 맛있는 타코 냄새 때문에 지우와 나는 꼭 먹어 보자고 누차 말했었지만 1층 카페테리아에서 이미 배가 잔뜩 채워진 상태에서는 아무 생각이 나지 않았다. 한 학기가 거의 다 끝난 시점에서야 타코를 맛보다니! 나는 타코 외에도 케밥, 나초, 감자튀김 등 여러 가지를 추가했다. 몇 개 되지 않은 메뉴라 다 맛보고 싶었다. 이왕 이렇게 된 이상 지우 방에서 이른 저녁을 해결해야겠다.

"거기 있는 메뉴 다 사 온 거야? 센스 있게 사이다까지! 잘 먹을게." 사이다에 빨대를 꽂으며 지우가 말했다. 지우는 카페테리아에서 여러 가지 음료 중 사이다를 자주 마시곤 했다.

"너한테 고마운 게 많잖아. 이참에 저녁도 해결하면 좋을 것 같고."

"그나저나 여름 방학 어떡하면 좋을까?" 나는 자리를 잡고 케밥을 한 입 베어 물었다. 케밥이 한국에서 먹던 것과 달랐다. 빵이 두꺼우면서도 굉장히 쫄깃했다. 도우가 웬만한 피자보다 두꺼웠다. 타코집인 줄 알았는데 케밥 맛집이었다. 상호명에 케밥이 들어가야 하는 가게임이 분명했다. 정말이지 압도적으로 맛있는 케밥이었다.

"일단 여행을 한 달 정도 한 뒤 한 지역에서 정착을 하면 좋을 것 같은데? 4개월 전체를 떠돌이 생활을 하는 건 무리일 것 같아." 그녀도 케밥을 한입 베어 물더니 토끼처럼 눈이 동그래졌다. 역시 그녀 입맛에도 맞는 듯했다.

"너무 동의해." 나는 한입 더 베어 물었다. 너무 맛있어서 구겨지는 미간을 제어할 수가 없었다.

"어디로 여행 갈지 또 어느 지역에서 머물지 오늘 다 정할까?" 씹을수록 하얀 사워 크림 소스가 안에 들어간 재료와 한데 어우러져 감칠맛까지 났다.

"시간이 얼마 남지 않았으니까 비행기표도 다 예약해 버리자."

"좋았어." 나는 한 손으로는 살사 소스가 찍힌 나초를 집어 먹으면서 다른 한 손으로는 미국 한인 커뮤니티 사이트를 열기 위해 터치패드를 움직였다. 미국의 각종 생활 정보를 교류할 수 있는 카페였다. 알아보니 본인이 살고 있는 대학원 기숙사를 단기로 렌트를 하는 경우가 많았는데 여름 방학에 한국에 가 있는 동안 방을 비워 두지 않고 렌트를 내려는 사람들이었다. 아마 기숙사 비용이라도 벌충하고자 하는 것 같았다. 이런 곳은 그 사람들이 사용하는 가전이나 가구를 그대로 사용할 수 있어 편리할 뿐만 아니라 금전적으로도 상당한 이득이었다. 업로드된 사진들을 보니 대학원생들이 사용하는 기숙사는 확실히 달랐다. 일반 가정집과 비슷했다. 방 2~3개짜리도 좋았지만 비용을 고려한다면 우리 둘에게는 있을 것 다 있는 1.5룸도 나쁘지 않았다.

지우와 나는 캘리포니아 주에 있는 주요 도시를 한 달간 여행하고 커뮤니티에 올라온 기숙사 중에서 하나를 선택하기로 했다. 어느 지역에서 정착할지는 여행을 하면서 최종적으로 확정 짓기로 하고 우선 한 달 여행에 필요한 비행기와 숙소 예약을 마쳤다. 며칠 남지 않았지만 구체적 일정은 틈틈이 시간이 날 때마다 상의하기로 한 뒤 일정을 마무리했다.

먹고 나온 쓰레기를 한데 담은 봉투를 챙겨 들고 지우 방에서 나왔다. RWD 커먼스 빌딩과 NPQ 커먼스 빌딩 사이에 있는 간이 쓰레기장으로 향했다. 쓰레기통이 아주 높고 커서 팽이를 돌리듯 휘감은 뒤 폴짝 뛰어 던져 넣어야 했다.

여름의 풀 향 가득한 바람 냄새가 났다. 4월 말의 이곳 날씨는 완연한 여름이었다. 저녁이 느릿느릿 다가오고 있는 것을 보니 해가 확실히 길어졌다. 예전의 나였으면 온통 푸룻푸룻하게 뒤덮을 여름이 오고 있음에 반가웠겠지만 날이 더워질수록 그와 헤어질 시간도 가까워진다는 뜻이라 마냥 반길 수도 없는 노릇이었다. 아침 톡 이후로 투야에게는 아무런 연락이 없었다. 그에게 시간을 주기로 해 놓고 하루가 채 지나지 않았음에도 연락이 없는 투야 때문에 불안했다. 하루 연락 없다고 불안해할 내가 아닌데 상황이 잘못되어 가고 있음을 본능적으로 직감했다.

방으로 돌아가려는 데 멀리서 빌궁이 보였다. 그의 방향이 왠지 투야 방에서 나온 듯했다.

"빌궁!" 나는 냅다 큰 소리로 불러 세웠다. 소리 나는 쪽을 찾기 위해 빌궁이 두리번거리자 손을 흔들어 보였다.

"지현!" 그의 표정이 복잡미묘했다. 나를 반가워하는 것 같으면서도 왠지 안절부절못하는 표정이었다.

"투야 방에서 나오는 거야?" 나는 일부러 그렇게 물었다.

"어…, 맞아." 그는 무언가를 숨기고 있는 게 분명했다. 투야는 팀플을 끝내고 빌궁을 만났지만 왜 나에게 알려 주지 않았는지 이해가 되지 않았다. 무슨 생각을 하고 있는지 갈피를 잡기 어려웠다. 짐작 가는 것이 전혀 없었다. 빌궁은 갑자기 가방에서 요란스럽게도 무언가를 찾기 시작했다.

"이거 가져. 선물이야." 이마를 문지르고 있던 내게 그는 내게 칭키즈 칸이 그려져 있는 자그마한 열쇠고리를 쥐어 주었다.

"와우. 고마워. 키링에도 칭키즈 칸이라니." 내가 웃어 보였다. 몽골리아 사람들은 모두 하나 같이 칭키즈 칸 부심이 있었다.

"내가 쓰던 거긴 한데 저번에 무지개 키링에 대한 보답이야." 그들은 받은 것은 꼭 돌려주어야 직성이 풀리는지 은혜도 복수도 그게 무엇이든 받은 것은 꼭 되갚아 주려는 민족성이 있었다. 칭키즈 칸의 업적을 보면 복수에서 시작했다고 봐도 과언이 아니었다. 그 민족성을 빼고서는 칭키즈 칸의 불가사의한 업적은 설명이 되지 않을 것이다.

"보답을 바라고 한 선물이 아닌 거 알지? 그래도 칭키즈 칸이 그려진 키링이니까. 너무 의미 있다. 잘 간직할게." 키링을 손가락에 걸어 보이며 고마운 마음을 담아 말했다.

나는 발걸음을 떼어야 했지만 떨어지지 않았다. 내게 또 다른 할 말은 없는지 물어보고 싶었지만 그를 난처하게 만들고 싶지도 않았다.

"그럼…." 마음을 정한 뒤 숨을 크게 들이마시고 인사를 하려는데 이번에는 빌궁이 나를 불러 세웠다.

"지현. 힘든 거지?" 내 자신이 포커페이스에 능숙하다 생각했지만 전혀 아닌가 보다. 그의 질문에 아무런 대답을 할 수가 없었다.

"네가 현명하다면 투야를 멀리해야 해." 그의 의미심장한 말에 나는 벼락을 맞은 것처럼 온몸이 뻣뻣해졌다.

"그게 무슨 말이야?" 빌궁은 결국 입안에서 맴돌기만 하고 있던 말을 내게 쏟아냈다.

"투야는 몽골리아에서 알아주는 집안이야. 결혼할 사람도 다 정해져 있어. 이번 여름에 약혼식도 올릴 거야. 우리가 사는 세계와 달라. 더 갈수록 상처받을 사람은 너야."

나는 이 말을 이해하는 데까지 시간이 걸렸다. 남들보다 좀 더 많이 배웠고 남들보다 좀 더 편안한 인생을 살았을 것이라 생각은 했지만 이건 전혀 예상치 못한 답변이었다.

나는 충격으로 무슨 말을 어떻게 해야 할지 몰랐다.

"괜찮은 거야?" 그는 내게 미안한 기색이었다.

"지금 장난치는 거지? 하나도 재미없어." 나는 소리를 높였다. 그의 말이 도무지 믿어지지 않았다.

충격받은 내 얼굴 때문인지 그는 아무 대꾸도 하지 않았다. 그저 연민 가득한 눈빛으로 나를 쳐다보기만 했다. 맨날 등신처럼 당하기만 해서 자주 마주쳤던 저 시선이 이제는 지긋지긋할 정도였다. 그의 눈빛 때문에 더 이상 이 모든 말이 장난이 아님을 인지했다. 그래서 더더욱 버티고 서 있을 수가 없었다.

"그럼 처음부터 나를 말렸어야지. 왜 이제 와서." 다리에 힘이 풀려 버려 그만 그 자리에 털썩 주저앉아 버렸다.

"내게 이 사실을 다 알려 주는 이유가 뭐야?" 일으켜 세우려는 빌궁의 팔을 뿌리치며 원망 섞인 눈으로 그를 쳐다보았다. 그가 알려 준 진실은 내가 전혀 감당할 수 있는 것이 아니었다. 아무 잘못도 없는 애먼 빌궁을 붙잡고 한풀이라도 하듯 쏘아붙였다.

"난 네 친구이기도 하잖아." 그는 자꾸만 주저앉은 나를 연신 일으켜 세우려 했다.

이 상황을 어떻게 받아들여야 할지 도무지 알 수가 없었다. 투야는 여전히 내게 연락 한 번 없었다. 그의 태도 때문에 슬슬 화가 나기 시작했지만 다른 한편으로는 그를 마주하고 싶지 않았다. 그가 혹여 이별을 고한다면 감당할 자신도 없었다. 내 눈에서 뜨거운 눈물이 두 뺨을 타고 흘러 내렸다. 이미 나는 돌이킬 수 없는 강을 건너 버린 것이다. 이미 나 자신보다 그를 더 사랑했다. 빌궁은 내게 힘든 길을 가지 말라고 조언했다. 투야는 집안에서 거는 기대를 쉬이 저버릴 사람이 아니라고 했다. 그에게 사랑은 한낱 지나가는 열병일 뿐이라며 성공의 욕심이 큰 사람이라고도 했다. 빌궁이 말하는 투야는 내가 알고 있는 투야가 아니었다. 빌궁의 말을 믿고 싶지 않았다. 그 누구보다 내가 투야를 잘 안다. 우리가 나눈 사랑을 그에게서 다시 확인할 필요도 없었다. 내가 오롯이 느낀 것이니까. 나를 저버리지 않을 사람이니까.

며칠이 지났지만 여전히 투야는 연락이 없었다. 그가 나를 마주할 용기가 없어 피한다면 나라도 결판을 내야 했다. 이런 식의 기다림은 더이상 견딜 수 없었다. 나는 그가 수업이 끝날 시간에 맞춰 그의 방으로 향했다. 그의 기숙사까지 올라가는 길이 오늘따라 어찌나 힘든지 왔다갔다를 여러 번 반복했다. 오늘처럼 이 거리가 이렇게 야속하리만큼 싫었던 적도 없었다. 500미터도 채 안 되는 거리였지만 그 어느 때보다 멀고도 아득하게만 느껴졌다. 나는 용기를 내기 위해 두 주먹을 꽉 쥐었다. 드디어 현관 앞이다. 나는 현관문을 열어젖힌 뒤 정적만 흐르는 거실을 지나 그의 방으로 들어갔다.

"투야!" 나는 인기척을 내며 방문을 열었다. 다행히도 그가 방에 있었다. 투야는 느닷없는 나의 등장에 꽤 놀란 듯했다.

"미안해. 연락을 계속 못 했지?" 그는 나를 제대로 쳐다보지 못했다.

"무슨 일 있어?" 나는 그를 보란 듯이 똑바로 쳐다보며 물었다. 그 모든 정황을 빌궁이 아니라 최소한 그에게서 듣는 게 맞았다.

그는 한참이나 뜸을 들이다 말했다.

"그냥 좀 힘들어서." 이번 학기가 곧 끝나가고 있음에도 그는 내게 말할 생각이 없어 보였다.

"왜 말 안 했어? 약혼식 있다면서?"

결국 내 입에서 흘러나왔다. 나는 그의 표정 하나라도 놓치지 않기 위해 그를 똑바로 쳐다보았다. 눈물이 흐를 것 같았지만 눈에 힘을 주어 꾹 참아 냈다. 그의 앞에서 눈물을 보이고 싶지 않았다.

"넌 나를 만나면서도 마음이 지옥이었겠네. 그 사실을 숨기느라 말이야."

억장이 무너져 내렸다. 여기 계단을 오를 때까지만 해도 모진 말로 그를 원망하며 욕이라도 실컷 퍼부을 줄 알았다. 그런데 그의 얼굴을 마주하는 순간 나는 그를 아프게 할 수 없는 사람임을 알아 버렸다. 그의 슬픔이 고스란히 전해져 그가 나를 속인 것은 더 이상 중요하지 않았다.

"왜 원망하지 않아? 어떻게 그럴 수 있냐고 화내지 않냐고!" 투야는 뚫어질 듯이 나를 쳐다보며 다그쳐 물었다.

"나를 만나면서도 너의 눈빛은 지금처럼 불안해했으니까. 지옥이었을 네 마음을 알아 버려서."

이제야 퍼즐이 맞춰지는 듯했다. 불안함과 미안함이 섞여 있는 이 눈빛이었다. 내게 고백한 날, 그가 망설인 이유를 알 것도 같았다. 숨이 쉬어지지 않을 만큼 가슴이 죄어 왔다. 그의 행동에 화가 나서 죄어 오는 것이 아니었다. 어이없게도 이 모든 걸 숨기느라 지옥이었을 그의 마음을 알아 버려서, 아팠을 그를 안아 줄 수가 없어서 가슴이 죄어 오고 있는 것이다. 나를 잃어도 괜찮을 만큼 그를 마음 깊이 두었다는 사실을 마주한 순간 눈물이 솟구쳤다. 주체 못 할 만큼 목놓아 울어 버릴까 봐 서둘러 그의 방을 나왔다. 더 이상 대화를 이어 가는 것 자체가 무리라 생각했다. 그가 나를 따라 나왔다.

"이대로 나한테 올 수 있어?" 나는 떨리는 목소리로 뒤돌아보지 않고 그에게 물었다. 만신창이가 되었을 내 얼굴을 그에게 절대 보이고 싶지 않았다.

그는 대답하지 않았다. 흐느낌 비슷한 울음이 목구멍에서 날카롭게 새어 나왔다. 이곳에 더 있다가는 곧 무너져 버릴 것이다.

"어떻게 할지 정해지면 연락 줘." 나는 그대로 나와 버렸다. 어처구니없는 사실은 이 관계를 이어 갈지 말지는 내가 아니라 그의 손에 달려 있다는 사실이었다. 나보다 그를 더 사랑한 대가가, 나를 잃으면서까지 그를 사랑한 대가가 참 가혹했다.

2층쯤 내려와서 계단에 털썩 주저앉아 버렸다. 다리가 후들거려 계단을 단번에 내려오기가 힘들었다. 잠시 숨을 골랐다. 사람 한 명 지나지 않은 거리였다. 밖에는 정적만 감돌 뿐이었다. 3층에서 현관문이 삐걱 열리는 소리가 날카롭게 들렸다. 아마 창밖으로 내가 지나가는 모습이 보이지 않자 걱정이 되어 나온 모양이었다. 나를 붙잡지도 못했으면서 위에서 나를 지켜보고 있을 것이라는 생각에 화가 났다. 나를 저버려야 한다면 신경 쓰지 말고 본인 갈 길을 가야 한다. 그는 이제 나에 대한 걱정을 접어야 한다. 지금처럼 3층 난간 위에서 나를 지켜볼 일이 아니란 말이다.

화가 난 나는 후들거리는 다리를 부여잡았다. 넘어지지 않게 다리에 있는 힘을 다 주며 내려왔다. 내 꼴이 너무 안쓰러워 그만 울음이 터져 버렸다. 더 이상 흐르는 눈물을 주체할 수가 없었다.

'방에 도착하기 전까지 참기로 했잖아. 제발 울지 마.'

이 말을 속으로 몇 번이고 되뇌며 나를 다그쳤다. 최대한 소리를 내

불꽃과 재 속의 작은 불씨 - 상

지 않기 위해 아랫입술을 꽉 깨물었지만 들썩이는 어깨는 막을 방법이 없었다.

커먼스 빌딩을 지나는 찰나 낯익은 목소리가 들렸다.

"지현아!" 지우였다. 만신창이가 된 내 얼굴 때문인지 그녀 얼굴의 온갖 근육도 찌그러져 있었다. 어쩌면 눈물이 그렁그렁 맺혀 지우의 얼굴이 더 찌그러져 보이는 것일 수도 있겠다는 생각이 들었다. 지우는 커먼스 빌딩에서 꺾어 3동으로 들어갈 참이었던 것 같았다. 이 와중에 지우가 혼자 있어서 다행이었다. 이 꼴을 그녀한테만 보인 것이니까.

지우는 자신의 방으로 나를 데리고 들어갔다. 나라도 그랬을 것이다. 나 또한 혼자 있고 싶다는 그녀의 의견을 깡그리 무시하고 내 방으로 데리고 갔을 것이다. 그녀가 건네준 페퍼민트 차를 마셨다. 그녀는 내가 진정되기를 잠자코 기다렸다. 어느 정도 시간이 흐른 뒤 그녀가 물었다.

"무슨 일이야?" 그녀는 가라앉은 목소리로 물었다.

어제 오늘 일어난 일들에 대해 최대한 이성적으로 설명하려고 애썼다. 내 노력에도 불구하고 눈치 없이 흘러 버리는 눈물은 휴지로 대충 찍어 냈고 가누기 힘든 울음이 새어 나올 때는 억지로 삼켜 버렸다.

"정하고 말고가 있어? 기다릴 이유가 있냐고?" 지우는 길길이 화를 냈다.

"그의 얼굴을 보기 전까지만 해도 그가 나를 놓지 않을 것이라는 확신이 있었어. 그런데 이제는 모르겠어. 그가 정말 나를 저버리면 어쩌지?"

"왜 바보, 멍청이 같은 소리만 하고 있냐고! 그는 너에게 엄청난 걸 속였어. 너에게 빌고 빌어도 용서받지 못할 일이야."

나는 아무런 대꾸도 하지 못했다.

"어머, 너 설마 그를 받아 줄 건 아니지? 절대 안 돼! 어떻게 사람을 그렇게 속일 수가 있어? 너를 이렇게 바보로 만들 수 있냐고! 너무 화나." 지우는 악에 바치듯 말했다. 대신 화내 주는 그녀가 고마웠다. 나는 그에게 원망 섞인 말 한마디 내뱉지 못했다.

"이 비유가 맞을지 모르겠지만 부모는 자녀가 잘못했다 해서 바로 내치지 않잖아. 바른 방향으로 갈 수 있도록 잡아 주고 기다려 주잖아. 내가 짊어지고 싶은데 그 기회가 있을지도 모르겠어. 어이없게도 이 모든 것이 그의 선택에 달려 있다는 것이 화가 날 뿐이야."

사람은 누구나 실수할 수 있으니까. 그래서 그를 다그치고 싶지 않았다. 이미 본인이 잘못했음을 알고 있는 그였다. 그의 눈이 그렇게 말해 주고 있었다. 그가 지옥 구렁텅이라도 간다면 기꺼이 함께 가 주고 싶었다.

"네가 투야의 부모님은 아니잖아. 네가 왜 그걸 짊어져야 돼? 지현아 네 인생도 소중해. 왜 그런 길을 택하냐고!" 지우는 내가 답답한지 말끝을 몇 번이나 흐렸다. 내 인생도 소중하지만 그를 지켜 내고 싶은 마음이 더 컸다.

그녀는 나를 내 방까지 데려다주었다. 퉁퉁 부은 두 눈으로 그녀에게 고맙다는 말을 전했다. 지우가 내 방문을 닫고 나가려다 갑자기 생각이 난 듯 내게 물었다.

"모레 사슴고기 파티는 갈 수 있겠어?" 에이든이 초대한 파티였다. 에이든의 친구들이 사냥을 종종 했고 이번 사냥에는 사슴을 잡아 야외 캠핑장에 가기로 약속을 잡은 상황이었다. 사슴이라는 소리를 듣자마자 눈물이 다시 맺히고 있었다. 나도 모르게 그가 선물해 준 목걸이에 손이 갔다.

"응. 갈 수 있지. 그 전에 어떤 답이든 해 주겠지." 나는 애써 웃어 보였지만 갈라지는 목소리는 숨길 수가 없었다.

"에이든과는 어떻게 됐어?" 나는 그녀에게 바로 물어보았다. 그녀가 고민하며 힘들어 하는 모습이 떠올랐다. 그 둘은 어떤 선택을 했는지 궁금했다.

"우리는 친구로 남기로 했어. 서로를 책임지기에는 감당할 것도 많고 버거운 게 사실이니까." 그녀의 말이 맞았다. 애초에 책임질 수 없으면 시작하지 않은 것이 현명한 것일지도 모르겠다. 그래야 어느 누구도 다치지 않으니까.

"네가 현명한 것 같아. 그런데 서로에게 마음이 있었잖아. 어떻게 친구로 남을 수 있어?" 그녀의 심장은 다른 사람의 심장과 다른 것일까? 가는 마음을 어떻게 막을 수 있는 것일까? 도저히 이해가 되지 않았다.

"우리의 시작은 친구였으니까." 그녀는 그 말을 남기고 내 방문을 닫아 주었다.

그녀의 말에 여운이 쉽사리 사라지지 않았다. 우리가 사귀기 전으로 돌아간다면 난 그녀처럼 투야와 시작조차 하지 않았을까? 우리가 친구가 될 수 있었을까? 아마 이 모든 것을 알았더라도 그를 받아들였을 것이다. 그 사실에는 변함이 없을 것 같았다. 투야 덕분에 내 인생에 가장 찬란하고 행복한 순간을 맞이했다. 비록 지금은 지옥 같지만 그와 함께했던 모든 순간들이 천국이었다. 그를 선택하지 않았다면 비록 지옥은 없었겠지만 천국 또한 없었을 테니까.

Ÿ Ÿ Ÿ

사슴고기를 먹기로 한 토요일이다. 어제 모든 수업이 끝이 났다. 여기에서 생활도 이제 일주일도 채 남지 않은 것이다. 어제 마지막으로 지우와 나는 매점에 들러 예전처럼 감자칩과 복숭아 맛 젤리를 고르고 있었다. 이번에도 민정이가 매점 안으로 들어오는 것이 보였다. 민정이도 막 마지막 수업을 끝내고 들어온 모양이었다.

"이제 5월이야. 여기 생활도 끝났어." 민정이는 모든 것이 끝났다는 사실이 시원섭섭한 얼굴이었다.

"짐은 다 싼 거야?" 지우가 감자칩을 집어 들며 물었다.

"어느 정도는?" 민정이는 어깨를 들썩였다.

"그럼 주말에는 뭐 할 거야?" 복숭아 맛 젤리를 골라 담으며 내가 물었다.

"딱히 없어. 그냥 이곳저곳 둘러보려고. 택배도 이미 다 붙였거든." 민정이는 기지개를 펴듯 몸을 활짝 폈다.

"우리 내일 사슴고기 파티 갈 건데. 너도 올래?" 지우가 상기된 얼굴로 물었다.

"사슴고기?" 민정이의 두 눈이 동그래졌다.

"에이든의 친구 중 한 명이 사슴을 사냥했다고 해서 캠핑 파티에 초대받았거든." 파티에서 몇 번 마주쳤던 민정이와 에이든은 안면이 있는 사이였다.

"나야 완전 좋지! 마지막을 장식하기에 그만한 장소도 없겠는걸?" 민정이는 싱긋 웃어 보였다.

"저번에 네 덕분에 우리도 오코노미야끼랑 타코야끼 잘 먹었잖아."

민정이의 일본인 친구 히토미와 타카코의 합작으로 만들어 준 오코노미야끼와 타코야끼가 떠올랐다. 그날 나는 초대에 늦게 도착했었다. 투야가 날 놓아주지 않았기 때문이었다.

'사랑해, 사랑해, 사랑해.'

그는 떠나기 전에 나를 끌어안아 같은 말을 3번이나 반복했다. 그는 기분이 좋을 때 똑같은 말을 3번 반복해서 말하는 습관이 있었다. 그가 기분이 좋다는 사실을 단번에 알아차린 나는 그의 사랑스러움에 자리를 박차고 나갈 수 없었다. 이 순간을 좀 더 누리고 싶었다. 나는 그에게 입을 맞추었다. 잠깐의 이별도 쉽지 않았던 우리였다. 그런데 그는 지금까지도 연락이 없었다. 그를 기다리는 이 시간들이 내게는 지옥이었다. 이제는 그가 어떠한 말도 없이 훌쩍 떠나 버릴까 두렵기까지 했다. 휴대폰의 모든 무음을 해제한 지 오래지만 내가 기다리는 알림은 단 하나도 없었다. 그에 대해 누가 물어보기라도 한다면 더 이상 버티지 못하고 무너져 버렸겠지만 다행히도 우리의 상황을 유일하게 아는 지우는 그 이후로 어떤 것도 묻지 않았다. 그래서 나는 아무렇지 않은 척 가면을 쓰고 일상을 꾸역꾸역 살아내고 있었다. 내 세상은 부서지더라도 다른 사람이 사는 세상은 온전히 굴러가니까. 나의 아픔 때문에 이 세상이 운영을 중단하는 일 따위는 절대 일어나지 않는다는 것을 경험을 통해 이미 알고 있으니까.

"맞아. 타코야끼 틀까지 가지고 있어서 나 기겁했잖아." 나는 대화에 끼기 위해 그와의 추억을 애써 밀어내고 있었다.

NPQ 커먼스 빌딩 앞 주차장에서 에이든이 오기를 기다렸다. 오후 1시임에도 불구하고 사방이 어두웠다. 날씨가 흐려 저녁 시간을 방불케 했다. 새들이 굉장히 낮게 날았는데 금방이라도 비가 올 것 같았다. 자연과 가까이한 지 몇 개월 되지 않았지만 이제 곧 비가 퍼부을 것이라는 전조 현상을 피부로 느낄 수 있었다.

"곧 비 올 것 같아." 혼잣말로 내가 말했다.

"날씨 어플에서는 밤늦게 되어서야 비가 온다는데." 민정이는 하루 종일 밖에서 보내야 하는 일정이라 더 걱정스러운 얼굴이었다. 그녀의 말에 조금이라도 안심이 되었으면 좋겠지만 누가 툭 치기라도 한다면 그 자리에서 감당 못 할 만큼의 비를 퍼부을 것 같은 날씨였다. 마치 나처럼 말이다.

에이든이 지우와 함께 3동 입구에서 걸어오고 있는 모습이 보였다. 우리는 에이든 차에 올라탔다.

"우리가 돌아올 때까지는 비는 오지 않을 거야."

에이든도 비가 올까 걱정인지 핸들을 꺾으며 말했다. 하늘은 절대 그럴 생각이 없어 보였지만 에이든은 마치 마술 주문을 외는 것처럼 말했다.

"맞아. 밤늦게 온데." 민정이가 흘어진 양갈래 머리를 어깨위로 늘어뜨리며 맞장구쳤다.

"사슴을 어떻게 사냥해? 총으로 하는 거야? 그거 합법이야?" 오늘도 궁금한 것이 많은 지우가 조수석에서 이것저것 물어보았다.

"당연히 합법이지. 취미 생활 중 하나로 보면 될 것 같아." 에이든은 당연하다는 듯 말했다.

"미국에서 캠핑도 해 보고 재밌겠다." 민정이는 날씨와 상반되게 아주 상기된 목소리로 대화를 이어 갔다.

"취사가 가능한 공원이 있어. 차로 20분만 가면 돼. 그리고 바로 앞에 호수가 있어서 경치까지 장난 없지."

"오! 작년에 태오 오빠가 운전해서 전 기수 사람들이랑 호수가 보이는 공원에 다녀온 적 있는데 거기인가 보다. 해질 때 거기 환상적인데! 정말 아름다운 곳이었어." 민정이가 추억에 잠긴 목소리로 말했다.

"스텔라, 오늘 컨디션 괜찮은 거야?" 백미러로 나를 보며 에이든이 물었다. 나의 영어 이름을 알아차리는 데 잠깐의 시간이 걸렸다. 스텔라로 불릴 일이 거의 없었다. 요 근래 투야와 거의 모든 시간을 함께했기 때문이었다. 투야는 발음이 어려워도 꼭 '지현'이라고만 불렀다.

"응. 좋아. 나 사슴고기 처음 먹어 봐." 나는 애써 밝은 척하며 분위기에 어울려 보려 노력했다.

나무숲 사이로 펼쳐진 광활한 호수의 풍경은 장관이었다. 물 밖으

로 살짝 고개 내민 그루터기에서 첨벙거리는 물소리가 들려왔다. 호숫
가에 물결이 부딪치는 모습을 내려다보았다. 잔잔히 흐르는 물결을 보
니 이 모든 지옥도 곧 흘러갈 것이라고 위로를 건네는 것 같았다. 생각
지 못한 위로에 울음이 울컥 새어 나오려고 했다. 이곳에 주저앉아 펑
펑 울고 나면 좀 괜찮아질까? 하지만 사람 많은 이곳에서 무너질 수 없
었다. 눈가에 자꾸만 고이는 눈물을 꾹꾹 눌러 찍어냈다. 마침 지우가
에이든의 친구들과 인사를 나누자고 불러 천막 아래로 들어갔다. 민정
이와 지우는 이곳에 모인 새로운 친구들과 이미 인사를 끝냈는지 한데
어우러져 개수대 앞에서 요리 준비가 한창이었다. 야채를 다듬기 위해
나도 방수가 되는 얇은 겉옷을 벗고 소매를 걷어붙였다.

"안녕." 뾰족한 턱을 가진 남자애가 내게 인사를 건넸다. 그는 싱크대
앞에서 다듬어진 사슴고기를 꼬치에 끼우고 있었다.

"네가 사냥한 거야?" 내가 애써 미소 띤 얼굴로 말했다.

"응. 혹시 사냥이 혐오스럽다고 생각하는 건 아니지?" 그 친구는 호탕
하게 웃으며 물었다. 슬픔에 젖어 있는 눈빛에 입만 웃고 있는 괴상한
얼굴이었을 것이다. 아마 내 표정 때문에 그렇게 생각한 듯했다.

"아니야. 흔한 취미는 아니니까 생소할 뿐이야." 더 이상 억지웃음은
짓지 말아야겠다고 속으로 생각했다.

"먹어 본 적은 있어?" 그 친구는 수북이 쌓인 꼬치 쟁반을 불을 지피
고 있는 사람에게 건네주며 물었다.

"처음 먹어 봐서 기대 중이야." 어깨를 으쓱하며 답했다.

"어때?" 옆에서 야채를 같이 다듬고 있던 민정이가 물었다.

"사슴은 지방이 하나도 없어서 다이어터들에게 최고지." 그는 씨익 웃어 보였다.

"그럼 너무 퍽퍽한 거 아니야?" 야채 손질이 끝난 민정이는 개수대에 손을 털며 찡그린 얼굴로 물었다.

"난 퍽살 좋아하는데." 나의 혼잣말이 컸는지 둘은 당황스러운 표정 이었다.

"지방이 없어도 사슴고기는 되게 부드러워. 걱정 안 해도 돼. 퍽살보 다 맛있어." 뒤에서 조용히 듣고만 있던 에이든이 분위기를 부드럽게 이끌어 주었다.

우리는 준비된 다른 음식을 나무 테이블에 옮겨 놓기 시작했다. 꼬치 와 곁들여 먹을 수 있는 각종 소스와 소금, 피클을 테이블 위에 흩어 놓 았다. 불을 지핀 화로 위에 그릴을 올렸다. 야채와 사슴 고기가 번갈아 꽂아진 꼬치가 잘 익기를 기다리는 동안 한 쪽에 피어 놓은 모닥불에 마른 장작 하나를 던져 넣었다. '타닥타닥' 요란하게 타들어 가는 소리 를 가만히 들으며 거멓게 줄어드는 나뭇가지들을 응시했다. 모닥불의 뜨거운 불꽃이 뒤숭숭한 마음을 잡아 태우려는 듯 부지런히도 장작 나 무를 활활 태웠다. 영원히 타오를 것 같은 이 불꽃도 언젠가는 사그라 지겠지? 무엇이든 영생의 시간 동안 타오를 수 있는 건 없을 테니까.

날씨는 점점 더 흐려졌고 공기도 스산했다. 방금 불어온 차가운 바람 에서 솔잎 향이 코를 찔렀다. 나는 벗어 두었던 겉옷을 다시 입고서 나 누어 주는 꼬치구이를 받아 들었다. 에이든의 말처럼 부드러운 식감이 라 먹기 좋았다. 컨디션이 좋았다면 꼬치 10개도 거뜬하게 먹어 치웠겠지만 지금은 입안이 까슬하여 안에서 맴돌기만 했다. 얼마 먹지 못하자 내 맞은편에 벌꿀색 머리카락을 가진 '티파니'라는 친구가 걱정스러운지 물었다.

"맛이 별로야?"

"아니야. 너무 맛있게 먹었어." 티파니는 꼬챙이가 달랑 2개만 놓인 나의 일회용 앞 접시를 바라보고 있었다. 심지어 하나는 다 먹지도 못했다. 거짓말을 하다 걸린 기분이었다. 다른 사람들 앞에 꼬챙이 잔해가 수북이 쌓인 것과 비교되어 민망했다. 이곳에 나만 어울리지 못하고 있었다. 바람에 따라 이리저리 굴러다니는 저 낙엽이 어디에도 끼지 못하고 방황하는 나를 보는 것 같았다. 나를 제외한 모두는 무엇이 그리 즐겁고 궁금한 것이 많은지 웃음꽃이 가득했다. 에이든의 친구들에게 민폐를 끼치는 것 같아 미안한 감정이 이는 동시에 이 지옥 같은 마음이 그로부터 기인한 것이라 생각하니 화가 치밀기 시작했다. 지금까지 연락 없는 그에게 더 이상 바보 같은 기대를 걸지 말자고 생각하니 눈물이 왈칵 쏟아질 것 같았다. 나의 인내심은 점점 바닥을 보이고 있었다. '조금만 더 참자. 곧 방으로 돌아갈 테니 조금만 더.' 무너져 내리더라도 이곳은 아니었다. 좀 더 버텨야 했다. 나는 턱이 아플 만큼 입을 앙 다물었다. 입안 벽을 너무 세게 깨물었는지 입안에서 비릿한 피 맛이 살짝 났다. 결국 나는 호수를 한 바퀴 돌고 오기로 마음먹고 자리에서 일어났다. 다른 사람들까지 우울하게 만들고 싶지 않았다.

"어디 가?" 지우가 일어난 나를 보더니 물었다.

"호수가 너무 예뻐서 사진 좀 찍어 오려고." 지우는 내가 걱정이 된

듯 따라나서려고 엉거주춤 엉덩이를 떼고 있었다.

"나 혼자 갔다 올 거야." 그녀와 함께 간다면 무너지지 않고 돌아올 자신이 없었다. 그저 민폐를 끼치고 싶지 않아 잠시 사라지는 것일 뿐이었다.

걸을 때마다 땅에 떨어진 잔가지들이 '탁탁' 부서지는 소리에 집중하며 그의 생각을 차단할 방법을 생각해 보았다. 그런데 그의 생각을 멈추는 방법을 도저히 알 길이 없었다. 하루 24시간 그의 생각으로만 가득 차 있었다. 너무 힘들어 그에게 향하는 나의 생각 회로를 모두 다 끊어 내고 싶은 심정이었다. 마음과 다르게 호숫가에서 불어오는 바람에서도 그의 향기가 났다. 빌궁이 그랬다. 그에게는 잠시 지나갈 열병일 뿐이라고. 하지만 내게는 완치하기 어려운 지독한 고질병이 될 것 같았다. 나는 이제 어떻게 하면 좋을까? 그때 정수리 위에서 '뚝' 하고 차가운 빗방울이 묵직하게 떨어졌다. 굵은 빗방울은 곧 빗줄기로 변할 것 같았다. 서둘러 자리로 돌아오니 일행들은 이미 자리를 정리하고 있었다. 아무래도 비가 일찍 찾아온 듯했다. 깊은 숲속에 있는 캠핑장이라 비가 세차게 내리기 전에 지금 출발해야 한다고 하니 차라리 내게는 잘된 일이었다. 시간이 지날수록 점점 더 버티기 힘들었다.

"여름 방학 지나고 다시 한번 더 모이자. 다음 학기 때도 볼 수 있으면 좋겠어." 티파니가 우리 셋에게 마지막 인사를 건넸다.

"아쉽게도 나는 이번 학기가 끝이라 곧 한국으로 돌아가." 민정이가 아쉬운 얼굴로 말했다.

"좀 더 빨리 알았으면 좋았을 텐데. 그래도 너희 둘은 남을 거잖아?"
그녀는 나와 지우를 바라보았다.

"맞아! 다음 학기 때 볼 수 있지." 지우는 나의 대답까지 대신하는 듯
했다. 지우의 바람과 달리 과연 내가 다시 돌아올 수 있을까? 걱정이 현
실이 되었다. 이곳이 나를 자꾸만 밀어내고 있었다.

요동치는 내 마음과 달리 돌아오는 도로의 풍경은 고요하다 못해 적
막했다. 울컥울컥하는 마음을 누르느라 혼이 났다. 민정이도 지우도
아무것도 물어보지 않아서 고마웠다. 다음에 웃으면서 오늘을 설명할
날이 있기를 바랐다. 지금 당장은 날것의 감정이라 표현하는 것이 아
니라 표출할 수밖에 없기에 혼자 다듬는 시간이 필요했다고 말이다.

1층 로비에서 민정이와 헤어지자마자 계단 앞에서부터 눈물이 솟구
치고 있었다. 이 계단도 투야와 추억이 깃든 곳이었다. 이 학교에서 그
와의 추억이 없는 곳이 있기라도 할까? 혹여 그가 이별을 통보한다면
다음 학기에 그를 볼 자신이 없었다. 그가 있었던 빈자리를 바라보며
아무 일도 없었다는 듯이 학교를 누빌 자신이 정말이지 없었다. 나는
새어 나오는 울음을 참으며 서둘러 방으로 올라갔다.

Ÿ Ÿ Ÿ

그의 태도에 화가 나 악에 바친 울음이 새어 나왔다. 지금 당장 그를
봐야 할 것 같았다. 이 몰골로 그를 마주하는 건 옳지 않을지 모르지만
나는 확인해야 했다. 이성보다 감정이 더 앞섰다. 방에서 다시 나와 그

불꽃과 재 속의 작은 불씨 - 상

가 있는 기숙사로 향했다. 이제는 빗줄기가 제법 굵게 떨어졌다. 우산을 깜빡했지만 개의치 않았다.

그의 기숙사 현관문을 열어 젖혔다. 불행히도 예전에 보았던 그의 룸메 한 명이 거실에 앉아 있었다.

"투야 방에 있어?" 내가 그에게 물었다.

"어, 방에 있어. 어서 들어가 봐." 비 맞은 나의 얼굴을 보고 많이 놀란 듯했지만 대충 짐작 간다는 표정이었다.

"투야!" 그는 방에 있을 투야를 향해 큰소리로 불렀지만 그의 목소리가 채 닿기 전에 내가 먼저 문고리를 잡아 돌렸다.

그는 침대에 걸터앉아 있었다. 그의 몰골도 만신창이가 되어 있었다. 책상 위에는 내가 준 무지개 열쇠고리가 보였다. 아직 나를 놓지 못할 거면서 왜 아무 연락도 없었는지 따져 물어보고 싶었다.

"왜 연락 한 번 없어? 모레면 여기를 떠나잖아. 나한테 어떤 말도 하지 않을 참이었어?"

투야는 한참 뜸을 들인 뒤 답했다

"…미안해."

"난 너한테 뭐였어? 나에게 이럴 수는 없어." 두 손으로 얼굴을 감싸 쥔 채 악에 바친 목소리가 흘러나왔다. 그는 고개를 숙인 채 나를 바라보지도 않았다.

"왜 처음부터 말하지 않았어? 약혼자가 있다고 말했으면 좋았잖아. 알았다면 시작도 하지 않았을 텐데." 나는 거짓말을 했다. 그가 약혼자가 있다는 사실을 알았더라도 그에게 향하는 나의 마음을 막지 못했을 것이다.

"그래서 말하지 못했어. 알았다면 넌 절대 우리의 우정을 시험에 들게 내버려 두지 않았을 테니까."

줄곧 고개만 숙이고 있던 그는 나를 바라보면서 차가운 목소리로 말했다. 그의 눈빛은 슬펐지만 시릴 만큼 냉정했다. 그의 눈빛은 내 영혼까지 아프게 만들었다. 어쩌면 나는 그를 비워 낼 준비를 해야 할지도 모르겠다. 그와 끝내기 전에 마지막으로 확인해야 했다.

"너의 미래에 내가 존재하기는 했어?" 눈물 때문에 그의 얼굴이 자꾸만 흐리게 보여 손등으로 찍어 내며 그에게 물었다.

그는 아무 대답이 없었다.

"나를 위해 한 번이라도 파혼을 생각해 본 적은 있어?"

그에게 무턱대고 파혼을 바라고 물어본 질문은 아니었다. 엄마와의 통화 이후 우리 관계가 예전 같지 않음을 느낀 나였다. 무슨 대화를 나누었는지 알 길은 없으나 통화하기 전에 내게 몽골리아에 살아 보는 것은 어떻냐고 물어본 그였다. 어쩌면 그는 파혼을 생각했을지도 모를 일이었다. 그저 '그렇다'는 대답 하나면 그를 미워하지 않고 떠나보내 줄 생각이다. 어쨌든 그의 미래에 내가 있었다는 뜻이니까. 그를 온 마음 온 정성 다해 미워하고 싶지 않았다. 그런데 내게는 너무 큰 욕심이었을까? 내 질문에 무응답으로 일관하는 그의 태도에 감정이 격해지기 시작했다. 한참을 기다려도 그는 끝까지 아무 말이 없었다. 내가 이 모든 관계를 정리해야 할 듯싶었다. 나는 마지막 말을 남기고 그의 방을 도망치듯 나왔다.

"네 인생에서 나만큼 널 사랑해 줄 사람은 다시는 없을 거야."

Ÿ Ÿ Ÿ

오늘도 그날처럼 다리가 후들거렸지만 이번에는 긴 계단을 한 번에 내려왔다. 그때처럼 계단에 주저앉지 않았다. 그래도 한 번 해 본 일이라고 곧잘 내려왔다. 이제는 비가 퍼붓는 지경에 이르렀다. 비를 피할 정신이 없었기에 온몸으로 맞아냈다. 몸이 부들부들 떨렸는데 차가운 비바람 때문인지 아니면 그를 향한 분노 때문인지 혹은 둘 다 때문인지 모르겠으나 나는 지금 상당히 바들바들 떨고 있었다.

NPQ 커먼스 빌딩을 꺾어 들어가니 누가 낯익은 목소리로 불러 세웠다.

"지현아, 왜 비를 맞고 있어?" 3동에 사는 기훈 오빠였다. 며칠 전 지우와 만났던 그 곳이었다. 왜 하필 계속 이런 꼴로 사람을 마주치는 것인지 하늘이 참 원망스러웠다.

"내 몰골을 보았으면 차라리 모른 척해 주지, 오빠." 떨어지는 비 때문에 눈을 깜빡였다.

"무슨 일이야 대체?" 오빠는 우산을 내게 씌워 주었다.

"별일 아니야. 나 먼저 가 볼게."

"지현아, 저녁은 먹었어?" 나는 대답 없이 그를 올려다보았다.

"그때 말한 오차즈케 한 사발 말아 줄게." 오빠는 내 팔을 잡아 끌며 본인 기숙사로 향했다. 방에서 혼자서 파고드는 것보다 기훈 오빠한테 털어놓으면 좀 나을까 싶어 뿌리치지 않았다. 어쩌면 기훈 오빠는 같은 남자니까 그를 이해할 수 있지 않을까? 그를 이해할 수 있다면 이 지옥 같은 심정이 좀 나아질지도 모를 일이었다.

기훈 오빠 방은 3동 1층이었다. 민정이 방만큼 아늑했다. 다만 방 여기저기에 택배 상자가 많아 좁아 보였는데 여기를 떠날 날이 얼마 남지 않았음을 느낄 수 있었다. 기훈 오빠는 포장이 덜 된 짐들을 한쪽으로 치우고 내게 수건을 건넸다. 어깨 위로 흐르는 젖은 머리카락에 수건을 대고 꾹꾹 눌렀다. 나의 젖은 옷 때문에 그의 카펫이 버리지 않도록 침대 밑에 깔린 카펫을 옆으로 치우고 수건을 깔고 대충 쭈그려 앉았다.

"어차피 방 빼면서 카펫 버릴 거야. 그냥 그 위에 앉아도 돼. 바닥 차가워." 내 행동을 보더니 기훈 오빠가 말했다.

"나도 괜찮아. 이게 편해."

기훈 오빠는 서둘러 오차즈케를 만들어 주었다. 밥에다 오차즈케 가루를 뿌리고 따뜻한 물을 넣는 간단한 음식이었다. 건네받은 오차즈케를 한 모금했다. 고소한 녹찻물이 입안 가득 퍼져 나갔다. 나는 따뜻한 밥그릇을 움켜잡으며 심호흡을 한 뒤 그와 겪은 일들을 털어놓았다. 최대한 객관적으로 말하기 위해 노력했다. 한순간 이성을 잃어 나의 원망 섞인 감정을 거짓 하나 없이 토해 내기라도 한다면 그가 받을 비방이 도리어 나에게 무척이나 큰 상처가 될 테니 감정에 호소하지 않을 생각이었다.

"이렇게 돌아오는 게 아니라 붙잡지 그랬어? 그는 아무 결정도 내리지 못한 것 같은데 왜 벌써 놓아 버려?" 덤덤히 듣고 있던 그는 미니 냉장고에서 맥주 한 캔을 꺼내 들었다.

"그가 살아가야 할 세상과 내가 살아가야 할 세상이 다른 걸 알아 버렸으니까." 나는 어떠한 감정도 담지 않은 채 답했다.

"그는 네가 붙잡아 주길 바랄 수도 있잖아?"

"오빠가 보기에는 그런 것 같아?"

"장담은 못 하지만 해 보는 거지." 역시나 기훈 오빠는 실낱같은 희망은 심어 주지 않았다. 그리고 내가 매달린다고 한들 달라질 리 없었다. 그의 마지막 눈빛이 내 머릿속을 떠나지 않았다. 내 뇌리에서 깊이 박혀 영원히 떠나지 않을 것 같은 불길한 예감이 들었다. 그 눈빛을 보지 않았던 때로 다시는 돌아가지 못할 것이다. 우리의 관계를 예전으로 돌려놓을 수 없다는 사실을 받아들여야만 했다.

"나 때문에 그의 세상을 저버리게 할 수 없었어." 모든 걸 저버리고 나를 택하라고 말할 수 없었다. 나는 상대의 꿈을 응원하면서 살아가고 싶었다. 그런데 나의 존재가 왠지 그가 이루고 싶은 꿈을 꺾는 격인 것 같아서 그를 놓아주는 것이 이성적으로는 맞았다.

"지현아, 사람은 굉장히 이기적이라 사랑도 이기적으로 해야 돼." 그는 맥주를 한 모금 마시더니 일그러진 표정으로 말했다.

"오로지 나를 위한 결정을 하고 왔다고 생각하려고." 더 가기 전에 여기서 멈추는 게 맞았다.

"놓아주는 것이 오히려 너를 위한 선택이라는 거지?" 기훈 오빠가 알겠다는 듯 고개를 끄덕였다.

"나는 이만 가 볼게. 너무 늦었다." 더 이상 그의 시간을 뺏고 싶지 않았다. 국물만 비워 낸 밥그릇을 탁자에 내려놓자 오빠도 자리에서 일어나고 있었다.

"1동까지 너무 코앞이다. 괜찮으니까 나오지 않아도 돼."

"오해 마! 담배 피우러 나가려던 참이었어." 오빠는 장난기 가득한 얼굴로 말했다. 오빠에게서 이런 익살스러운 표정은 처음 보는 것 같았다. 아니면 정말 나라는 사람은 내가 보고 싶은 것만 보는 것일까? 예전에도 오빠가 이런 표정을 자주 지었던 것일까? 나는 한 학기가 다 끝난 시점에서야 처음으로 마주한 기분이었다.

내 방으로 돌아가려다 마음을 고쳐먹었다. 오빠를 따라 로비를 지나 테라스 쪽으로 나갔다. 하얀 플라스틱 테이블 위에는 파라솔이 있어 의자가 비에 흥건하게 젖은 것은 아니었지만 그렇다고 젖지 않은 것도 아니었다. 아무렴 어때? 이미 온몸으로 비를 맞은 뒤였다. 나는 의자를 하나 빼 한 자리 차지했다. 그는 하얀색 플라스틱 의자를 옆으로 기울여 고여 있는 물을 털어 내고 있었다.

"왜 방에 바로 가지 않고?" 기훈 오빠는 담배 한 개비를 꺼내 불을 붙여 입에 물었다.

"나도 하나 줘." 나는 아무 표정 없이 그에게 손을 내밀었다.

"너 담배 안 피우잖아?" 그는 처음에 황당한 표정을 짓다가 내가 뻗은 손을 거두지 않자 계속 나를 빤히 쳐다보았다. 나 또한 그 시선을 피하지 않고 그대로 받아내며 일부러 더 빤히 쳐다보았다. 기훈 오빠는 잠시 생각을 하는 것 같았다. 그는 이내 담배 한 개비를 꺼내 주며 불을 붙여 주었다.

"후~. 콜록." 담배 연기를 훅 내뿜었다.

"담배 피워 본 적은 있어?" 그는 걱정스러운 눈으로 나를 쳐다보았다.

"그게 뭐가 중요해?" 나는 일그러진 표정으로 답했다. 얼른 니코틴이 온몸의 피를 타고 흘러 들어가 마음이 진정되기만을 바랄 뿐이었다. 그럴 수만 있다면 내 영혼이라도 팔고 싶은 심정이었다. 그리고 흡연은 투야가 가장 싫어하는 것 중 하나였다. 그가 얼른 나타나 자제력 잃은 나의 행동을 꾸짖어 주었으면 했다. 잔소리 한 바가지라도 웃으면서 받아 낼 수 있는데 말이다. 하지만 이제 그는 없다. 나는 보란 듯이 담배를 몇 모금 더 깊게 빨아 들였다. 헛기침이 몇 번 맴돌더니 이내 점점 퍼지는 나른함이 나쁘지 않았다. 되는 것 하나 없는 오늘 같은 날에 담배를 피우지 않으면 언제 피우겠냐며 속으로 수십번 외쳐 댔다. 나는 담배꽁초를 바닥에 비벼 껐다. 내가 일어서니 말없이 기다리고만 있던 기훈 오빠도 일어섰다.

"오늘 고마웠어. 나 이제 가 볼게. 오늘의 신세를 꼭 갚을 날이 와야 할 텐데." 내가 애써 웃어 보였다.

"신세는 무슨. 그리고 너는 어린애가 무슨 애늙은이처럼 그런 쓴웃음을 자주 짓냐? 그만 좀 지어." 나는 대꾸할 말이 없었다. 인정하고 싶지 않지만 틀린 말도 아니었다. 종종 애늙은이 같다는 소리를 듣던 터였다.

"종종 연락해. 여름 방학 캘리포니아에서 보낼 거라며? 거기에 내 친구가 살아. 혹시 도움이 필요할 때 말해. 그 친구 소개해 줄게." 그의 말에 내가 경악한 표정으로 그를 쳐다보았다. 이 상황에서 누구를 소개받겠냐 말이다.

"새로운 곳에 가면 도움이 필요할 수도 있잖아. 샌프란시스코에 있는데 혹시나 일정이 맞는다면 지우와 같이 한번 만나 보라는 거야."

"아아, 알았어. 생각해 줘서 고마워. 이제 나 진짜 간다." 나는 뒤돌아서서 곧장 내 방으로 향했다. 기훈 오빠가 말한 그 친구를 내가 만날 일은 절대 없을 것이다. 지금 당장이라도 미국 땅을 떠나고 싶은 심정이었다.

Ÿ Ÿ Ÿ

나는 내 방문 앞에서 열쇠를 꺼냈다. 달랑거리는 무지개 키링을 보는 순간 눈물이 다시 왈칵 쏟아졌다. 열쇠를 돌리니 그와 마지막 장면이 떠올랐다. 이곳에서 완벽하게 사라지고 싶었다. 나는 한국으로 돌아가는 항공편을 알아보려고 충동적으로 휴대폰을 꺼내 들었다. 나는 그에게 어떤 존재였을까? 그는 나를 그저 스쳐 지나가는 인연 정도쯤으로 생각했던 것일까? 생각해 보면 그의 과거도, 그의 미래도 아무것도 몰랐다. 당연히 그의 꿈조차도 알지 못했다. 그는 자신의 세계에 나를 기꺼이 초대한 적이 단 한 번도 없었다. 그의 태도에 정말이지 비참한 기분을 떨칠 수가 없었다.

어떻게 그 짧은 시간에 그에게 그토록 빠져들 수 있었을까? 그저 그

불꽃과 재 속의 작은 불씨 - 상

의 배려와 호의에 정신을 못 차린 것일까? 상대의 기본적인 매너조차 분간하지 못하는 나였나? 혼란스러웠다. 내가 어떤 사람인지 그가 어떤 사람인지 객관적으로 보기가 점점 힘들어졌다. 약혼식이 있음을 내게 미리 알려 주었으면, 그의 세계를 내게도 보여 주었으면 어땠을까? 그와 함께 이 현실을 헤쳐 나갈 수 있었을까? 어쨌든 나는 그에게 그 정도밖에 신뢰를 주지 못했던 것이다. 그의 슬픈 눈빛을 마주하고도 파헤쳐 볼 생각을 하지 않았다. 그는 혼자 감당하기 어려웠을지도 모른다. 나의 세계를 무너뜨리고 싶지 않았을 그였다. 내가 발을 딛고 있는 이 세상이 낭만으로 가득했으니까. 나의 욕심에 그가 좀먹었을지도 모른다. 이 세상 살아가다 힘이 들 때마다 그에게 위안과 위로를 건네줄 사람은 단연코 나이기를 바랐는데, 그는 나에게서, 나는 그에게서 말이다. 그는 내 인생 가장 찬란한 추억을 선사해 준 사람임에도 나는 그에게 그런 존재가 되어 주지 못했다. 불현듯 놀이터에 있는 시소가 떠올랐다. 반대편에 앉은 그는 자신의 무게로 나를 높이높이 올려 주었다. 이미 높이 올라와 있는 나는 그를 내려다볼 겨를이 없었다. 아니, 보려고 하지 않았다. 그래서 그가 어떤 상태인지 파악하지 못했다. 계속해서 하늘과 더 가까워지기를 기대하면서 저렇게 넓고 큰 마음으로 나를 언제까지나 한껏 올려 주리라 굳게 믿으며 이 상황에 도취되어 있을 뿐이었다. 하지만 어리석게도 그가 발을 떼고 나서야 알았다. 마음만 먹으면 이 관계를 끝낼 수 있는 쪽은 언제나 발이 땅에 닿아 있는 쪽이라는 사실을 말이다. 아니면 이 모든 상황으로부터 어쩌면 그를 옹호하고 싶었는지도 모르겠다. 돌이킬 수 없을 만큼 그를 사랑했으니까.

불꽃과 재 속의 작은 불씨 - 상

ⓒ 이소현, 2024

초판 1쇄 발행 2024년 7월 5일

지은이   이소현
펴낸이   이기봉
편집   좋은땅 편집팀
펴낸곳   도서출판 좋은땅
주소   서울특별시 마포구 양화로12길 26 지월드빌딩 (서교동 395-7)
전화   02)374-8616~7
팩스   02)374-8614
이메일   gworldbook@naver.com
홈페이지   www.g-world.co.kr

ISBN   979-11-388-3332-5 (04810)
ISBN   979-11-388-3331-8 (세트)